遠くまで歩く

柴崎友香

中央公論新社

遠くまで歩く　目次

カバー画　ピーター・ドイグ
「ラペイルーズの壁」
（ニューヨーク近代美術館蔵）
装　幀　名久井直子

遠くまで歩く

1　忘れられた小説／ある年の八月

太陽は数分前に沈んで、空は赤く染まっていた。

西向きのベランダに出てみると、昼間の強烈な暑さはようやくやわらぎ、住宅街の風景はとても静かだった。

完璧な夏の夕方。

私は今までに何回、こんな美しい夕暮れを見ただろう。と、思いながら、森木《もりき》ヤマネはしばらくベランダでかすかな風に吹かれていた。

〈校庭で振り返ったときに見たあの美しい夕日を覚えているかしら〉

あれは、いつの言葉だっただろう。

空に浮かぶ雲は、地平線の向こうから光を受けて縁が黄金色に光り、それもだんだん薄れていく。

あの美しい夕日を覚えているかしら。それは、何年も前に森木ヤマネが古書店で手にした手紙にあった言葉だった。女学生が級友に宛てたと思《おぼ》しき手紙のその一行を、夕暮れの空を見るときにふと思い出すことが今までにもあった。

空は刻々と色を変えていき、裏手のアパートから子供が歌う声が聞こえた。そしてまた静かになった。

〈廊下から見たあのすごい夕焼けを覚えてる？〉

そう言ったのは、私の高校時代の同級生だった。五年前だったか、同窓会で二十年ぶりに会った彼女は、その光景を詳しく話してくれた。文化祭の準備で残っていた日で……、音楽室の前の廊下で……。

校舎の窓もそこから見ていたグラウンド越しの街並みもありありと思い出せたが、夕焼けの記憶はよみがえってこなかった。

あの手紙の人が見た夕日と、同級生が見た夕焼け。八十年前と三十年前。私は覚えていなかったけど、あの手紙を受け取った級友は覚えていただろうか。手紙を書いた女学生と級友は、あのあと会って夕日の話をすることができただろうか。あの手紙のあと……。あの手紙は、確か資料の箱にあるはず。

部屋から携帯電話のアラームが聞こえてきて、ヤマネは我に返った。

インターネットを通じて参加している翻訳教室がそろそろ始まる時刻だった。アラームをセットしておいてよかった、と部屋に戻ってパソコンの前に座ると、メールが届いていた。

先月連絡をしてきた若い編集者からだった。

森木ヤマネは、小説を書くことを仕事にして二十二年になる。これまでに出版した単行本には収まらなかった短編を集めた本を作りたい、と編集者は言い、十数本の過去の短編の原稿や掲載誌を調べて整理しているところだ。

〈……は確認できたのですが、その巻末の近況欄に「五分だけの散歩」という短編を書いたとありますす。こちらはリストにありませんでしたが、どちらに掲載されたものでしょうか〉

ヤマネは、メールを何度か読み返した。

しかし、そのタイトルにまったく覚えがない。

再び、アラームが鳴った。二回鳴るように設定しておいてよかった。ヤマネは目の前のことに気を取られるとやるべきことを忘れがちな自分の性質と何十年もつきあってきて、さすがに対策を講じるようになっている。

パソコンのモニター画面には、すでに翻訳教室にいろんな国から参加している人の顔が並んでいた。カメラをオンにするとヤマネの顔もそこに加わった。

「それでは、最後のページの訳文を検討していきましょうか」

進行役の翻訳家のイギリス人女性が言って、ヤマネの小説の一文が画面に映し出された。日本語の作品を英語に翻訳するクラスなので、参加者の学生や研究者たちは日本語が流暢《りゅうちょう》に話せる。

イギリスにある大学の翻訳サマースクール参加の誘いを受けたのは、五月の連休のころだった。前年の春先に新型コロナウィルスの感染拡大によって行動に制限が課されて以来、外出したり人に会ったりすることが難しい状況が続いていた。ヤマネも遠い場所への旅行はもちろん、東京から外へ出ることさえめったになかった。一年ほどで状況が改善するのではと期待していた考えの甘さを思い知ると同時に、散歩に出ていたのもだんだん億劫になり、近所で日々の買い物をする程度になっていた。

書くはずだった長編小説も進まなくなっていたヤマネは、文学祭で縁のあったイギリスの大学からの依頼を二つ返事で引き受けた。翻訳をされる側として質問に答えたり意見を言ったりする役割である。

デスクからふと窓のほうを見ると、空はもう暗かった。色が変わっていくのを見ていたかった、とヤマネは悔やんだ。

画面に向かってヤマネは言ってみた。

「さっき、空が暮れていくところで、とてもきれいだったんです」

「少しだけ、オリンピックの中継を見たのですが、空はもう夜みたいに見えました」

台湾から参加している大学院生がそう言った。二〇二〇年に開催されるはずが延期になったオリンピックが、一年後の七月二十三日から行われていて、競技日程はそろそろ終盤である。

オリンピックに冠された名前の街に住んでいても身の回りには何も変化がないヤマネも、外国から見ているのと同じような距離感だった。

アメリカから日本に留学中で千葉に住んでいる学生が言った。

「外、見ればよかったですね。ずっと訳文のチェックをしてて」

「こちらは何時間かしたら夜が明けます。眠いです」

苦笑いした韓国人の研究者は、シアトルにいる。

オンラインでの会議やトークイベントに参加する機会はなにかと増え、ヤマネはすっかり慣れた。話すタイミングは難しいままだったが、違う場所にいる人達と画面越しに会話できるのは出歩く機会が少ない生活では貴重だし、子供の頃に見ていたアニメの世界みたいと思ったりもした。

イギリスの昼間だから、東京の午後六時から午前一時ごろまでが開講時間になる。ヤマネは生活時間が夜寄りだし、参加するのも一日二、三時間だから平気だったが、時差がある上にみっちり出席する翻訳者たち、特に夜中や明け方になるアメリカにいる二人は大変そうだった。

画面に並ぶ四角の中は、場所もとても遠く離れたところで、時間もそれぞれの場所の時刻だった。

翻訳の具体的な検討が始まり、ヤマネは自分が何年も前に書いた文章が一語一語詳細に話し合われるのを聞いていた。

そのうちに、リトアニアで参加している翻訳者が室内からテラスに移動した。隣の家と木が見え、曇り空からほどよくやわらかい日が差している。そこも、昼から夕方になり、日が暮れ、やがて夜になる。シアトルの部屋は夜中で電気スタンドの照明がついているが、やがて朝が来る。

どこかの一日の終わりとどこかの一日の始まりが重なり合う中で、たった一行の文章について十人が一時間話し合った。

翌日、東京のオリンピックより少し早く、翻訳教室は最終日を迎えた。

翻訳教室が終わってから約二週間後、森木ヤマネは出版社での打ち合わせのために午後に家を出た。

駅に向かう途中、ごおーという音が遠くから聞こえた。周りを見回すと建物の窓や非常階段のあちこちに人の姿があって、皆空を見上げていた。

つられるようにヤマネも空を見ると、赤と青と緑の飛行機雲が曇り空を横切っていくところだった。飛行機を追って反《そ》っくり返るような姿勢になったので、頭を戻すと目が回った。普段なら閉まっている窓や人けのない階段に人がわらわらといた。今は二〇二一年なのに、名称は変更されないままだから「ＴＯＫＹＯ２０２０」の文字があちこちの幟《のぼり》やポスターに並んでいる。ヤマネは一瞬、二〇二〇年を何度も繰り返して出られない世界に迷いこんだ気分だった。

二年ぶりに訪れた出版社は、出勤する人が少ないのか以前よりも静かだった。

「そうですねえ」

未収録短編集の担当編集者である本多直記《ほんだなおき》は、腕組みをして視線を斜め上に漂わせた。黒縁の眼鏡がちょっとずれている。

二人で話すには広すぎる会議室で、ロの字型に並べられた長机のあちらとこちらに座ったら、マスクをしているせいもあって声の音量を上げなければ聞こえにくかった。

「原稿のやりとりをしていてもー、言葉の解釈や受け取り方の違いは結構ありますねー。同じ単語でもー、世代や接してる文化で持つ印象が違うことも多いですし」

相手に聞こえるように大きめの声で話すと、間延びした会話になる。

「もちろんー、すべてが完璧に伝わる文章や言葉があるわけではないのはわかっていますしー、そのずれから面白さが発生することもあるんですけどねー」

会議室の大きな窓からは、隣のビルの似たような会議室が見えた。そこも広い部屋に二、三人だけがいる。一人がホワイトボードに何か書いている。なんの話をしてるのだろうか。オフィス街に出てきたのが数か月ぶりのヤマネは、普段は見ない光景がつい気になって視線を向けてしまう。

「えー、それでですね、今日の最重要課題なんですけどー」

本多の声ががらんとした会議室に響いた。本多は、学生のような外見であるが三十一歳だし三歳の子供がおり、話し方も間が抜けて聞こえたりもするけど要所要所は押さえてるタイプだから、とは、上司にあたる編集者の評だ。

本多とは二、三年前に誰かの文学賞の授賞式で挨拶をしたことがあったが、ヤマネにはおぼろげな記憶しかなかった。春に短編集を作りたいと連絡をもらって以降のやりとりはメールだけだったし、あまりにも家から出ていなかったので、出版社での打ち合わせを希望してみた。それでやっと顔が確認できた。

「あの短編のこと、なにかわかりましたか？」

ヤマネの手元には、本多から渡された雑誌のページのコピーが置かれていた。

執筆者のプロフィールと近況が並び、ヤマネのところには確かに〈「五分だけの散歩」という短編を書きました〉とある。

子供のころ愛読していた漫画雑誌には〈○○先生に応援のお便りを送ろう！〉の言葉と共に漫画家の近況が一言書いてあった。将来はこれを書くような漫画家や小説家になりたいと憧れたものだったが、実際書くとなると気恥ずかしく、仕事の報告を事務的に書いたのだろうとは想像がついた。

「いえ、なにも」

ヤマネははっきりと答えた。

「なにも」

本多は復唱した。

「なにも、思い浮かばないですね」

一通り捜索《そうさく》したが原稿のデータなどは見つかっていない。

雑誌の刊行年から、地元で働いていた会社を辞めて東京に引っ越してきた年なのはわかる。十六年前だ。しかし、雑誌や担当者、書いた内容、なにも浮かんでこなかったし、タイトルを何度見ても自分が考えた実感が湧かない。

本多は前向きになろうとしてか、少し明るい声で言った。

「五分だけの散歩、って内容が想像つきにくいタイトルですしね」

「それはイメージが広がらないというか、ぱっとしないってことですか？」

「そんな身も蓋もないことは」

「でもまあ、確かに、忘れそうなタイトルではあります」

「ですよね！」

　嘘がつけない性格なんだな、とヤマネは思った。言葉の裏を読まなくていいのは、ヤマネにとっては楽である。

「散歩する話かな、とは思います」

「五分って、散歩にしては短くないですか」

「その短いところが重要なのかもしれませんね」

　と言ってみたものの、虚しい響きだった。

「これはいいのが書けた！　って小説だったら、私自身がなにも思い出せないってことはないと思うんですよね。だから、今回の単行本には入れなくていいんじゃないでしょうか」

「作者ご本人にそう言われますと恐縮ですが、なんとなく、気になってきて。実はすごく斬新な作品の可能性とか！」

　本多は妙に前のめりである。

「経験上、それはないですね。ハードル上げないでくださいよ」

「すみません」

「もし、なにか思い出したらお伝えしますけど、短編集のほうは、このリストの通りで進めて

くださ い。ここにある短編も、久しぶりに読み返して、こんなこと書いてたかって新鮮だったり、いい刺激になりました」

それは本心だった。今ならこんなふうには書かないとか、ここは書き直したいとか思うところもあったが、それよりも、こんな表現を書いていたのか、ここはけっこうおもしろいんじゃない？　と若い作家の作品を読むように楽しめた。

短編集出版までのスケジュールを確認して打ち合わせを終え、森木ヤマネと本多直記は出版社を出た。

曇りで気温はそれほどでもないが、蒸し暑く、歩きだすとすぐに汗が流れてきた。ヤマネは単行本の装画を描いてもらったイラストレーターの展示会場まで歩くつもりで、それを言うと本多もその近くの駅までご一緒していいですかと言った。

ヤマネが歩こうと思ったのは、あまりにも家から出ないどころか、動くことも極端に少ないので、さすがに体の衰えが不安になったからである。

神楽坂下から外濠沿いの歩道を市ヶ谷に向かって歩いた。土手沿いの木々で少しは涼しいかもと思ったのだが、たいして変わらなかった。深緑色の水をたたえる濠の向こう岸には中央線と総武線が走っていて、オレンジ色と黄色のラインの電車がすれ違ったり追い抜いたり追い抜かれたりしている。ヤマネはこの外濠沿いの風景がとても好きだった。初めて東京に来た日に「自分は今、東京にいる」と思った風景でもあった。

「この道、昔は市電が走っていたんですよね」

もない。

「本多さん、若いのによく知ってますね」

というヤマネも、生まれるだいぶ前に廃線になった市電を見たことはないし、詳しいわけでもない。

「前にいた会社で路面電車の資料を集めたことがありまして」

本多が以前勤めていたのは旅行ガイドをメインにした出版社で、鉄道関連の本も担当したことがあると話した。

土手側から、ごーと微《かす》かに音が聞こえる。昔市電が走っていたこの道の下には、今は地下鉄が走っていてその換気口があるのだ。東京メトロ有楽町線と南北線が、ちょうど今、ヤマネと本多が歩いている下あたりで交差しているが、二人ともそのことには気づいていない。しかしヤマネは、地下鉄が二本走っていることは知っているので、行き交う長い車両と、それから何十年も前にここを走っていた短い車両をぼんやりと思い浮かべながら歩いていた。

「去年のはじめに、お茶の水橋の工事で、市電の線路が出てきたの知ってますか。私、見に行ってきて」

「ああ、なんか、ネットのニュースで見たかもです。わざわざ見に行ったんですか？」

緑濃く茂った桜の葉が、微かな風で揺れて見えた。ミンミン蟬のまとわりつくような鳴き声が繰り返し聞こえる。

「正確に言いますと、ＳＮＳでそのことを知り、ちょうどお茶の水の近くに用があったので行ってみたんです。あのときは寒い季節でしたね。工事中の橋のアスファルトがめくられて、その下に昔の石畳のブロックと鉄の線路が見えました。めくられた舗装は、ほんの十センチくらいなんです。そんな薄い表面の下に、昔の線路と石畳があんなにそのまま残っているなんて。残っているのを知らなかったなんて。すごく不思議な感じがしました。お茶の水あたりの市電というと、私には夏目漱石の『三四郎』や『彼岸過迄』の場面が思い浮かんで……。『彼岸過迄』の探偵ごっこみたいな場面が好きなんですよ。あれは神田のほうでしたっけ」

「工事で出てきた線路って、そのあとどうしたんですか？」

「確か撤去されて、一部はどこかに保存されたと思いますが、橋はそこを埋めて工事が完了したようです」

「せっかく出てきたのになんだかさびしい気もしますね」

「三年ほど前に浅草で浅草十二階の遺構が工事現場から出てきて、それも見に行ったんですけど」

「森木さんはフットワーク軽いですね」

「たまたまです。掘った土のところに煉瓦《れんが》の壁が見えて。あの場所ももう新しい建物が建ってますね」

「そんなもんですか。というより、森木さんがそういうレトロなものに興味あるのが興味あります」

「昔のその時間に触れるような感じがするからじゃないでしょうか。何十年前か、百年前か、遠い時間にいきなり目の前がつながる感じがするんですよね。わー、っとなります」

「わー、っと」

本多が繰り返した言葉を聞いて、作家のボキャブラリーではないなとヤマネは思った。わー、っとなる。それをどう書けばいいか。

外濠沿いの歩道は、市ヶ谷駅の近くまで来た。木々の間から、濠の釣り堀が見える。じっとりと蒸し暑い中、釣り堀にはそれなりに客がいる。市ヶ谷駅のホームからよく見えるこの釣り堀に通りかかったのは何回目だろう。釣り堀に入ってみたことはない。何が釣れるのだったか。鯉か鮒《ふな》か。見ていても釣り人たちはじっと座っていて、だれも動かない。

「私はそういう現場に遭遇したことがないですねえ。私でも、目の前でそれを見たら、わーってなるでしょうか」

しばらく行って、道路を渡った。心なしか、車の数は少なくて通りはがらんとした印象だ。

「どうでしょうね。人がなにに対してわーっとなるかは、それぞれだから」

しばらく道なりに歩き、携帯の地図アプリで行き先を確かめ、狭い道へ入った。東京の真ん中だが、一本入ると住宅街の景色で家やアパートもまだ残っている。狭い道はけっこう起伏があり、緩やかな坂を上りかけたとき、

「……あっ」

ヤマネは思わず声を上げ、立ち止まった。

「どうしました?」

本多が振り返った。

「さっきから、この道、なんか歩いたことがある気がするなーと思ってたんですよ」

道の先は、Y字路になっている。そこには蔦《つた》が絡まった三階建てがあった。

「やっぱりそうです。あの角の建物、見覚えがあります。えー、何年前かな」

本多は、ヤマネの顔と蔦の絡まった建物を見比べた。その建物は、確かに特徴的ではあった。

「東京に住む前に地元で会社員をしていて、そのときに出張で四谷の広告事務所に来たことがあって、時間があったから適当にぶらぶらと新宿のほうまで歩いたんですよね」

「では、十七、八年前あたりですか」

短編集編纂《へんさん》中の本多は、ヤマネのプロフィールに詳しくなっていた。本多は歩道の脇へ下がり、携帯で蔦の建物を撮影した。

「なんで撮るんですか？」

ヤマネは聞いた。

「こうして撮っておけば、今度、いつか、通りかかって見覚えがあると気づいた時に、正解なのか、前回はいつ通ったのか、確認できるかと」

「ああ、なるほど」

会社員時代にここを歩いた時期、ヤマネはカメラを持ち歩いていた。フィルムのコンパクトカメラだった。写真は撮ったかもしれないし、撮らなかったかもしれない。大量の写真をざっくり分けて突っ込んである箱を探せば、見つかるかもしれない。今のデジタル写真なら、日付けや時間も記録されて、すぐ検索できる。

ヤマネはゆっくり歩き出し、本多もそれにしたがった。周囲には新しい建物も多く、十七年か十八年か前にここを歩いたときとは変わっていそうだった。だが、歩けば歩くほど、長い間一度も思い出さなかったあの日の記憶の感触がぽろぽろと出てくる。

あの古いアパートも見たような、あの電柱の感じも……。

「記憶って脳のどこかには保存されていて、引き出しが開かないだけなんでしょうか。それとももう失われて永遠に行方不明みたいなこともあるんでしょうか」

二台分だけのコインパーキングの前を歩きながら、ヤマネは聞いてみた。建物の間から見える狭い空は、少しずつ夕暮れの気配が漂いはじめた。

「あ、それ私は子供のころによく考えました」

「子供のころって、何歳ぐらい？　考え込むほど過去とか記憶とかまだそれほど意識しなくないですか」

「小学生、の後半ぐらいですかね。子供、だとイメージはもう少し小さい子になりますか」

ヤマネはうなずいた。

「近未来を舞台にしたSF映画で、人間の記憶がデータとして取り出せて保存できる話を観たんです。有名人のデータが高額で取引されたり、いい記憶を販売する業者が現れたり」

「『トータル・リコール』？」

「ではないですね。少し前にふと気になってそれらしきものをいろいろ観てみたんですけど、正解は見つからず。それで、自分の頭にも売り買いするぐらい正確な記憶が全部あるんだったら、何時間分録画されてるのかなって。計算したら当時で約九万時間でした。寝てる時間を算入するかどうか難しいとこですが、今ならその三倍といったところですね」

「私はもっとあるってことですね」

と、言いつつ、計算は面倒で苦手なヤマネは、人間の記憶が記録されていて売買したり覗《のぞ》いたりできる設定に気を取られていた。殺人事件の犯人を突き止めるには被害者の記録を取り出せばいいのでそれを盗む話、などは既に数多く書かれていそうだ。記憶に入っていって忘れ物をどこでしたか調べられると便利だな。忘れたい記憶を消すサービス、も絶対映画化されてそう。


とりとめもなくストーリーや設定が浮かんでぼんやりしていると、

「森木さん！　車」

本多に腕をつかまれた。

「ああ、ほんとですね」

ヤマネのすぐ前を、オリンピックを機に増えたミニバン型のタクシーが黒いつやつやの車体と窓に曇り空を映しながらゆっくり通り過ぎて行った。

「このあいだうちの子供が」

本多が話し出した。

「テレビに映ってた公園を観て、ここ行った、って言うんですよ。春に行ったんですけどちゃんと覚えてるんだな、って思ったら、そうか、このちっこいのも自分に過去の時間があることを認識してるんだなって。なんか不思議な気分でした。自分とは別の一人の人間なんだなって実感したというと大げさかもしれませんが」

ヤマネの頭の中に、今度は会ったことのないその子供がテレビを指差す姿が浮かんだ。想像したそのテレビは、なぜかヤマネが子供のころに家にあったブラウン管の家具調テレビになっている。

「よくある質問ですけど、本多さんのいちばん古い記憶ってなんですか？」

本多は頷《うなず》いてから、話した。

「かなり鮮明なんですけど、家の庭に兄といて。庭って言っても塀際に梅の木があるくらい。梅の花は濃いピンクっていうか、赤じゃないけどすごく鮮やかな。その木に真っ白い猫が登ってて、私はそれが怖くて泣いて、兄がおもしろがってけしかけて、家の中から母だったのか祖母か、そこはぼんやりしてるんですけど、誰か笑ってる。天気はすごくよくて、白いタートルネックに茶色のハーフパンツ」

「すごいはっきりしてますね。三歳か四歳くらいですか？」

「でもそれ、母に話したら違うって言われたんですよ。直記はまだそのとき生まれてないよって」

「ええ？」

「梅があったのは母の実家で、小さいときによく行ったからその家の記憶があること自体はおかしくないんですが、梅はもっと前に大雪で傷んだから伐《き》ったって。白い猫も、母が十代のころに飼ってたミーちゃんがよく梅の木に登ってたと。あんたはおばあちゃんによく遊んでもらってたから、聞いた話が自分のと混ざっちゃったんじゃないの、と言われまして」

「そういうのも、ときどき聞く話ではありますね」

「そうなんですよねー。そもそも私、兄はいませんから」

「えっ」

「……となると、途端にホラーですね。兄は五つ上でエンジニアです、健在です」

本多を嘘はつかない人だと判断していたヤマネは混乱した。マスクで隠れているせいもあり、本多の表情はいまひとつわからない。

そこはもう目的地のギャラリーの前だった。ヤマネの内面の混乱に気づかない本多は、それではここで、今日はありがとうございました、と頭を下げた。それから、言った。

「あのですね、これから短編集を作ることですし、すぐではなくて、もう少し先、森木さんのお仕事のご予定からするとだいぶ先になると思いますが、長い小説を書いてもらえませんか」

「どういう感じの……」

反射的にそう返してから、ヤマネは、どういう感じのという聞き方は作家としてどうなのだろうかと考えた。せめてもう少し具体的なことを言うべきだったのでは。

「そうですねえ」

本多は、引き続きヤマネの困惑には気づかないまま、言った。

「人がたくさん出てくる小説がいいです」

「考えておきます」

別れ際、ふと思いついてヤマネは聞いた。

「本多さんは、資料を探すのは得意ですか？」

〈校庭で振り返ったときに見たあの美しい夕日を覚えているかしら〉

それは、森木ヤマネが神保町の古書店で見た手紙に書かれていた文章だった。

東京の古書店や喫茶店を巡るムック本の取材中のできごとだ。後日エッセイを書いた。編集者とライターと写真家とともに、神保町の店を回って、本を手に取っている姿などを撮影し、後日エッセイを書いた。

断片的な記憶しかないが、その店は二階にあった。古書以外にも、地図や絵葉書、アルバム、そして明治時代の貯金通帳まであった。筆書きの文字が並ぶその帳面は、紙の傷みが少なくてそれほど古いものには思えなかった。

夕日のことを書いた手紙も、状態はよかった。崩し字に近い文字で書かれていたので、全部は読めなかった。女学生が長い休みの間に級友に送ったものだと推測された。

その後にも、そうして売られている知らない人の手紙や絵葉書などを読むことがあった。絵葉書は誰かが誰かに出したものであり、アルバムは誰かが仕舞っておいたものであり、それがいったいどういう経緯で古書店で売られることになったのか。事情は様々であろうが、外国を訪れた際にも、蚤《のみ》の市や古道具屋で「誰かが誰かに出した絵葉書」はたいてい売られていて、熱心に見ている人がいた。

本多に資料探しを頼んでみたのは、その時のムック本のほうだった。ガイドブックを作る会社にいたのだからすぐにわかりそうだと期待している。

本多から受け取った短編集企画書の過去作のタイトルを眺めるうち、ヤマネは、昨年からほとんど出歩かず人に接することも減った中で、自分に何が書けるだろうという思いにとらわれた。ミステリーには、事件現場に行ったり聞き込みや調査で出かけたりすることなく、部屋にいながら人から話を聞いて事件を推理、解決する探偵が活躍する系統の小説がある。それを目指してみるのはどうだろうか、と思ったが、ミステリーを書いたことのない自分が生半可に手を出すものではないし、探偵に伝える現場や世間の状況をむしろリアルにする必要がある。

探偵なら、作家の元に人捜しが舞い込むストーリーはどうだろう。突然の訪問者がある人物の伝記を書いてほしいなどと依頼し、調べるうちに事件に巻き込まれて誰かの秘密を知ることになる、という小説の系譜もある。怪しげな人物の過去を調査していくと実は自分自身の封印していた過去や秘密に行き当たる展開には特にわくわくする。いつかは自分も書いてみたいと思っていた。それが今ではないだろうか……。

ところで、思い出せない短編があることが判明した森木ヤマネだが、書けない長編を抱えているところでもあった。予定では、昨年中に書き上げるはずだった。編集者とのやり取りを重ね、ようやく書き始めた時期、世界中に感染症が流行しはじめた。

小説の導入部分は、大型のクルーザーが寄港した埠頭《ふとう》で旅行者たちが出会う場面だった。まだ市中での感染が少なかった時期に、横浜に寄港中の豪華客船での集団感染が連日大きく報じられ、設定を変えたほうがいいのか悩んで、筆が止まってしまった。今から思えば、豪華客船での感染のニュースとそれほど重なるイメージでもなかった。しかし、そこで躊躇《ちゅうちょ》したために、やっと滑り出した文章がうまく戻らなかった。構想がほぼできあがっていたはずのその長編小説は、書き進めることができなくなった。

ヤマネは、この仕事を始めてしばらく経ったころのことを思い出した。三作目の単行本がようやく賞の候補になり、受賞はしなかったものの新聞や雑誌に書評がいくつか出て、インタビュー取材も受けた。

愛読していた小説家との対談企画もあった。早めに着くように家を出たはずなのに緊張のあまり電車を間違え、焦ったせいで繁華街の路地の奥にあるその場所もなかなかわからず、汗を拭いながら予定の時刻に五分遅れてなんとかたどり着いて、ドアを開けるとそこは吹き抜けの壁一面が本棚になったバーだった。

薄暗い静かなバーという場所がヤマネにとってはすでにものめずらしく、落ち着かずにカウンターの隅で固まっていた。

小説家がヤマネの作品についてあれこれと質問し、それに必死で答えるうちにやっと緊張もやわらいで、そうすると少しだけ飲んだハイボールが急に体じゅうに回って、壁の本棚が歪《ゆが》んで倒れてきそうに見えた。

小説家は言った。

「これから、スランプは絶対来るから」

はい、とヤマネは学校の生徒みたいな返事をした。

「ほんとうに、なーんにも書けないから」

小説家は両手を胸の前で広げて「お手上げ」なポーズをとり、それがまた小説家の丸い眼鏡にあまりにも似合っていて、緑色のランプシェード越しの光とあちらの壁に並ぶ酒のボトル、こちらの壁に並ぶ本の効果で現実感が薄れ、ウサギについていって落ちた穴の中のような気がした。

「なーんにも、一行も、一言も書けない。だから、楽しんじゃうしかないね。わあー、書けなあーい、って」

小説家はにっこりと笑った。

なんだか妙な世界に来てしまったのかもしれない、とヤマネは思いながらうなずいた。

小説家は、ウイスキーを飲み干し、グラスに残った大きな氷の塊に緑色の光を反射させながら続けた。

「人間の細胞は七年で全部入れ替わるらしいから、七年ごとにスランプがくるんだって。この仕事して何年？」

「たぶん、五年です」

「じゃあ、これからだねえ。楽しみだねえ」

七年。

眉唾とも思いつつ、それは時間が経っても森木ヤマネの中に残り続けた。

そしてあの小説家が言った通り、書けない時期は何度かやってきた。初めて小説が雑誌に掲載されて原稿料をもらったときから数えるなら七年目ではなかったが、小説を書き始めた時期からかも、とか、前の書けない時期からだいたいそれくらいかも、とか、自分の都合のいいように「七年」を解釈して数えた。「七年目」のせいにすることによって、楽しむとまではいかないものの、それほど悪い流れにはまり込まずに済んだと思っている。

それで、昨年もなにかの七年目だったということにした。

「スランプ」は、元はスポーツ選手の不調期を表す言葉なのだが、ヤマネはその響きからもっと右往左往したりパニックになる感覚を思い浮かべる。原稿用紙をぐしゃぐしゃに丸めて捨てたり頭をかきむしったりするイメージだ。

ヤマネは学生時代に小説を書き始めた当初はワープロ、その後はパソコンを使用しており原稿用紙に書いたことは一度もなく、原稿用紙を使う作家が稀少な存在になって久しいのに、そのイメージが変わらないのは自分でも不思議に思う。

ヤマネ自身の「書けない」は、もっともやもやと濃い霧の中で動けなくなるように感じており、あのとき小説家が言った「なーんにも書けない」のようなぽっかり空白になる感じとも違っていた。

今のヤマネは、そのぽっかりとした空白がやってくるのを待っている気さえした。

夏になる前にはお盆ごろに友人たちと集まろうと話していたのだが、緊急事態宣言が発令されて、もう少し落ち着いた頃にと延期になった。落ち着いた頃に日程を決めて約束の日が近づいたら雲行きが怪しくなることの繰り返しで、友人や作家の知人たちと会う機会はなかなか実現しないままだった。

部屋で昼ごはんを食べながら、ヤマネはスマートフォンで猫の巡回をした。以前からの習慣だが、外出が減ってからはその時間も巡回先もだいぶ増えた。

ＳＮＳに投稿されている猫の画像を見る。見ているうちに馴染《なじ》みになった猫、それはヤマネが一方的に馴染みになっているだけで、数人の知り合いをのぞけば飼い主も見ず知らずの人であり、ましてや猫はヤマネに見られていることを知るよしもない。

毎日見ていると、各猫の好みの食べものや何匹もいる家の猫関係もわかってくる。別のところからもらわれてきて数日でくっついて寝る猫たちもいれば、長年同じ家で暮らしていても近づかない猫同士もいるのは、ヤマネにとっては発見であった。発見といえば、猫が仰向けに寝ている姿には驚いた。動物は常に警戒して生きているのだと思っていた。安心できる場所であれば猫も仰向けで寝入るというのは、画面越しに見ているヤマネにとってとても心が穏やかになることだった。

猫の画像や動画をこんなに見られるようになったのは技術の進化のありがたいことだが、気づくと一時間などすぐに経ってしまうのはヤマネにとっては困ることでもある。

スマートフォンの小さい画面から顔を上げると、部屋中の床に雑誌や雑誌の切り抜きや本や、その他、紙や細々した分類できないものが散らばっている。

何度かこうして棚や引き出しや押し入れに収めている箱をひっくり返しては収拾がつかなくなっている。しかし、いくら探しても、あの手紙もその写真が載っているはずのムック本も見つからなかった。

ここに引っ越してきた二年前、荷物はだいぶ整理したから捨ててしまったのだろうか。資料の類はなるべく残したし、捨てたならそのときに見た記憶がありそうだ。

引っ越す前の家は元夫と住んでいたから、元夫が持っていったほうに紛れている可能性もなくはない。

七年同じ家で暮らした元夫とは、険悪になって別れたのではなかった。七年もいっしょに暮らしていると別れたあともなにかしら事務的な用事や問い合わせたいことがあるもので、何度か連絡は取った。その際には互いの近況を伝え合ったりもする。しかし用がないのに連絡をしたことも、向こうから用事ではない連絡があったこともない。そちらに私の資料が紛れていないか、と聞いてみてもいいのだが、用事というほどでもないし、と思うのは要するになにか気が進まないのであろう。

そうか、元夫と暮らしていたのも七年か。

ヤマネは、窓辺に座って夏の終わりの空を眺めた。

八月の最後の日、近くに住む友人がヤマネの家に来て、お菓子を食べてお茶を飲んだ。その日は曇りで、夕日は見えなかった。

「天気予報に夕焼け予報がないっていうことは、その日が夕焼けになるかどうかはそのときになってみないとわからないってことだよね」

ヤマネは言った。友人は、

「今だと携帯で写真を撮って保存して、そこには日付けもあるから、中には、十歳くらいから遭遇した夕焼けを全部記録してるなんて人もいるかもねえ」

と言った。

友人が帰ったあと、予期せぬ依頼が舞い込んだ。もちろん、ドアがノックされたのではなく、メールが届いたのだった。

2　地図をはじめる／九月

九月になった。窓際にデスクを移動すると、部屋の真ん中がぽっかりあいて広くなったように見えた。

今まであったものがなくなったから広く見えるだけで、実際はそう変わらないのに気持ちはずいぶんすっきりする。ヤマネは、部屋を見回した。十六年前、初めて東京で住んだ部屋はごく平凡なワンルームだった。部屋にデスクと座卓とベッドを置くともういっぱいという感じ。仕事をするのも食事をするのも寝るのも同じ部屋で、早々に飽きてしまった。

それで、一か月ごとに、ベッドをデスクと反対の壁際から、ベランダに出る窓の前に移動させた。移動、というほどの空間もなく、向きを変えるだけ。それでもかなり新鮮な気分を味わえた。かと言って一週間ごとだとそれほど変化が感じられない。少なくとも一か月はその状態に慣れる時間が必要で、慣れたからこそ「変わった」ことがあざやかになるのだった。

あのときはまだ、荷物はほとんどなかった。本棚も一つだけで、自分の小説やエッセイが載った雑誌も全部そこに収まっていた。あのくらいの量なら、探し回ることもどこに行ったかわからなくなることもなくて、あの手紙や思い出せない短編小説だってすぐに見つかるのに。しかし、そのシンプルで快適な生活は、森木ヤマネの人生で短い例外に過ぎない。出がけに鍵がないと探し、提出期限の過ぎた書類がないと探し、買ったはずの本がないと探し、自分の人生の途方もない時間が失せ物探しに費やされているとヤマネは自覚している。

今の部屋に住んでから家具を移動させたのは初めてで、窓際に置いてみたデスクは、明るくすっきりして見え、仕事がはかどるのではないかとの期待をかき立てた。ただ問題は西日で、夕焼けが見たいからと西向きの部屋を希望した自分のせいであるが、午後はカーテンを閉めなければ仕事はできない。どうしたものかとパソコンの位置を動かしたりしているうちに、時間が来て、パソコンでオンライン会議の画面を開くと、既に二人の顔が並んでいた。

画面の右側は八月の末にメールを送ってきた映画監督・丘ノ上太陽《おかうえたいよう》で、左側の四角には髪を緑色に染めた若い女性がいた。ヤマネがカメラをオンにすると、すぐに丘ノ上太陽の声が響いた。

「あぁー、どうも、こんにちはー。ご無沙汰してますー。今日はほんまに、お時間取っていただいて」

大阪弁のイントネーションが混じる声に合わせて、ヤマネは軽く頭を下げた。

「いえ、こちらこそ。お元気ですか?」

「ああ、もう、元気は元気です。暑いから端っこのほうからちょっとずつ溶けてきてましたけども、なんとか乗り切れそうです。

こちらは、今回の事務局をやってもろてる七坂《ななさか》マチさん。事務的なことは彼女のほうが正確なんで、同席してもらいます」

「こんにちは。よろしくお願いします」

ショートヘアの緑色が何かに似てるとヤマネは思って、友人が飼っていたオウムの羽の色だと気づいた。彼女は会議室のような白い壁の部屋にいる。

「でね、早速本題に入らしてもらいますけども。このオンラインていうのは、ぼちぼち近況言いながらっていうのに向いてないですよねえ。だらだらしてた会議がサクッと終わるようになってよくなったこともありますけど、ぼくなんかはやっぱりどうでもいいような話をしてるうちに重要なことを思いつくタイプで……」

丘ノ上は、『ジョーズ』のTシャツを着ていた。半円形の大きな口に尖《とが》った歯が、彼が動くのに合わせてしゃべっているように見えた。

ヤマネは、五年ほど前に丘ノ上が監督した映画のトークイベントに呼ばれたことがある。打ち上げの席で、年齢が近いのと、スティーブン・スピルバーグ監督の『宇宙戦争』でトム・クルーズの恐怖に吸い込まれていくような表情が素晴らしい、宇宙人が倒されはじめる場所として名前が上がるのがなぜ大阪なのかなどの話でそこそこ盛り上がり、また飲みに行きましょうと言っていたのが実現されないまま今に至る。

「丘ノ上さん、本題に入るんじゃないんですか？　森木さんに時間取っていただいてますし」

「あ、ほんとや。すみません」

「いえ、私のほうは、全然……」

「この間のメールでざっくり書かしてもらいましたけど、ぼくが去年から関わってる生涯学習と言うんですかね、学生だけでなく社会人やいろんな人を対象にしたスクールのコースがあって」

メールに添付されていた資料では、大学とそのキャンパスが所在する自治体、それに出版社の関連会社が共同で進めている事業とのことだった。建替えられたばかりの市民センターと図書館の一角にいくつか教室があり、そこで講座やイベントを開催している。丘ノ上太陽は、一昨年、その教室を使って夏期と冬期に二週間ずつ、映画を作る講座を担当した。

「それが去年は対面で集まってやるのが難しくなったでしょ？　それで、夏期講座は中止になったんですけども、秋から試験的にオンラインでやってみることになって。そしたら今までは場所や時間の関係で難しかった人にも幅広く参加してもらえるんちゃうかと。とはいえ、ばらばらの場所にいて、こうやって画面通じて話すだけで映画作るのは難しいものがあるので、ちょっと別の形にとまあ紆余曲折《うよきょくせつ》ぐるぐるして、それで、同じ夏期講座で近隣を歩いて地図を作る教室をやってはった小滝沢《こたきざわ》先生と共同企画を考えたんですね。あ、小滝沢先生には前にドキュメンタリー短編の取材でお世話になったことがあって」

ジョーズのTシャツで身振り手振りを交えながら話す丘ノ上の背後では、棚の上に積み上がった本や雑誌が崩れそうになっている。窓の外は明るく、木の葉の影がガラスに映って揺れていた。

「今回のは四月から本格的に受講生を募集して、自分の思い出深い場所をテーマに作品を作ってみよう、と、一応そんなテーマです。映画も地図の講座も、地域学習というか、作ることを通して地元のことを知りましょうというのが始めたときのお題目なんです」

「なかなかおもしろいものをみなさん作ってこられてます」

にっこり笑った七坂の顔を見て、ヤマネは、このところは直接会う人の顔はマスクで見えないのに、画面越しに離れた場所にいる人の顔は見られるのは妙な心地だと思った。

「それでぼく自身も作ってみたりしてね。実は、まあご想像がつくと思いますけども、去年は撮影に入る直前やった映画が中止になって、もう一本延期中のもあるし、とにかくなにかやらないと気が滅入ってきますからね。三分ぐらいですけど、とりあえず見てもらえますか」

画面が切り替わり、どこかの小さな駅が映し出された。

晴天のもと、駅前ロータリーには人影はない。カメラがゆっくり左へ動いていくと、若い男が眩《まぶ》しそうに空を見上げている。次に、住宅街の用水路沿いをその男が歩く後ろ姿が映った。カメラを構えている丘ノ上の声と彼がなにか話しているが聞き取れない。並ぶ家の前や庭に、サルスベリやタチアオイの花が鮮やかに咲いている。板塀の前に立つ年配の女性が映り、なにしてるの？　とカメラに向かってにこやかに聞いた。狭い道にカメラを持つ丘ノ上ともう一人の影が落ちているが、その声は入っていない。女性は何度か頷き、ああ、それならあちらに、と顔を右に向ける。その視線の先を辿《たど》ると、緑の濃い山の斜面がある。カラスが飛んできて、その影を追ってカメラは青い空を映し出した。雲一つなく、深い青色の、透明にどこまでも続くような空だ。

画面が暗くなり、それから、丘ノ上と七坂マチが戻ってきた。

「これは、その延期になってる映画のロケ場所を探して五月に歩いたときに撮影したんです。いつか行ったことがあるような、小さな町の夏の風景のイメージを作ってみようと思って」

「あ、そんな感じがしました」

と、ヤマネは答えてから、あまりにそのままますぎる感想だった、もう少し作家らしい言葉を求められているのでは、などと思ったが、画面の丘ノ上は、うんうん、と笑顔で頷いた。

「受講者が今までに作ってこられたものを、少しお見せしますね」

七坂マチが画面を操作して説明しながら、いくつかの作品が映った。

住宅街の写真をコラージュ的につなぎ合わせたものもあったし、画面上の地図の印をクリックすると画像が現れるものもあった。色鉛筆で描かれた紙芝居のような地図があり、バスの車窓から撮った映像もあった。

「皆さん、自由に作っていただいてて。参加者も半分ほどは学生や卒業生などこの大学や講師に縁のある方ですが、会社員、役者、定年退職したばかりの人などバラエティに富んでます。オンラインならではで、遠くに住んでる人、外国に滞在中の人もいます。基本的には、課題を出して、次の回にそれぞれが作ってきたものに感想を言い合う形で進めています」

「そんな堅苦しい感じじゃなくて、どっちかというと、作品を肴《さかな》にあれこれしゃべるいう感じに近いですね」

Tシャツのジョーズの口とともに左右に揺れながら話す丘ノ上を見ていて、講座もこんなふうに気さくにしゃべっているのだろうとヤマネにはすんなりと想像できた。

「それで、あれこれ言うてるあいだに、文章を書いてみるのはどうかって話になりまして。映像や図に言葉や文章が入ると表現できることの幅が広がるのではと話しながら、森木さんのことが浮かんだんですよ。ずっと場所や記憶のことを書かれてるし、去年出された短編集、時間とか場所とか次々移り変わっていくのが、文章ならではの表現やなあっていい刺激を受けたので。そしたら小滝沢先生も、森木ヤマネさんとは面識があるって言うじゃないですか」

「そうなんです。私が大学でお世話になった先生の後輩だそうで」

「奇遇？　奇縁？　世間は狭いですねー！　ということで、お願いすることになりました。どうでしょうか」

「はい」

二週間に一度、仕事が終わったあとに参加できるように午後八時からの二時間の講座で、都合のいい時期に三か月ほど参加してほしい、とメールには書いてあった。

「そんな即答でだいじょうぶですか？　今の説明でいけました？　ほんまに？」

「よくはわからないですが、おもしろそうかなーと」

「ほんとですか。おもしろいのはおもしろいと思います。他の人はわからないけど、森木さんにはおもしろいです」

「あ、それなら全然、いいと思います」

森木さんにはおもしろい、という言葉は、信頼できて、気負わなくてもいい、ほどよい言い方だとヤマネは思った。

「よかったあ、そしたら……」

いつ参加するかを調整して、打ち合わせは終わった。

ぱっ、とオンライン会議の画面は消え、モニターにはヤマネが書きかけていたエッセイの原稿が表示された。

モニターの枠の外側は、いつも通りの散らかった自分の部屋である。さっきまで丘ノ上の賑《にぎ》やかな声が響いていた反動で、部屋の中はとても静かに感じる。自分がマウスやキーボードを操作する音とエアコンの振動する音だけだ。オンラインの打ち合わせやイベントや、何度やってもこの終わった瞬間に一人になる感覚は苦手だ、とヤマネは思う。

最初の緊急事態宣言が出て間もない時期に、本来は公園で集まるはずだった花見の参加予定者十人ほどでいわゆる「オンライン飲み会」をやったことがある。まだオンライン会議アプリの機能がよくわからない時期に成り行きでヤマネがアカウントを取得してホストとして設定した都合で、お開きになって一人ずつ画面から消えていくのを眺めていたときは、いつか見たSF映画の宇宙船に取り残された人の気持ちを想像してしまった。

ヤマネは立ち上がって、伸びをすると、部屋を片付け始めた。安請け合いしてしまっただろうか、求められた役割が果たせるだろうか、と今さら不安になる。長い期間、あまりに人としゃべらない生活が続いて、話すこと自体がなんだか下手になっている気がするのも不安材料だ。

話すにもおそらくは筋肉みたいなものがあって、運動しないと体が衰えるように、いくら文字を書いたり本を読んだり考えたりしていても、うまく話せなくなってしまう。

小説を書く仕事はほとんど人に会わなくてもできてしまうものだが、打ち合わせやら打ち上げやらにかこつけて仕事関係の人に会う少ない機会も、友人たちとおいしいものを食べながらしゃべるというヤマネにとって人生の最大の楽しみもほとんどなくなってしまったこの期間で、自分の生活はかなり変わったと思う。出勤のない仕事だし生活は変わらないですよ、と同業者が話すのを目にするたび、すっかり変わったと思う自分はなにが違うのだろうと考えるが明確な答えは出ない。

構想していた長編小説は中断しているものの、連載中の連作短編やエッセイなどなにかしら仕事はあって日々はそれなりに忙しく、増えた時間を読書や散歩や新しい趣味に有意義に、というのからもほど遠い自分の生活に倦《う》んでいるのは確かだった。それで、思わぬところからもたらされた目新しい仕事を二つ返事で受けたのだとは、自覚していた。

床に積んだり崩れたりしていた本を重ね、棚に戻し、すぐに増えてしまうコピー用紙や封筒や領収書やメモを整理したり捨てたりしていると、携帯電話が短い音を鳴らした。確かめると、友人からの今日見た映画がおもしろかったというメッセージだった。

返信したついでに、ＳＮＳを開くと馴染みの三毛猫が現れた。小首を傾《かし》げる、という言葉がぴったりの姿勢でこちらを見ている。ついでのついでに、他の猫も巡回する。ソファで丸まっているキジトラは、知人のライターが一年前から飼い始め、今ではそのアカウントに投稿されるのはほぼ猫のことである。カラスにつつかれていたところを拾われた子猫だった黒猫は、すっかり大きくなっておなかを上に向けて床に転がっている。猫たちの画像や動画を順に見ながら、遠くの、どこにいるのかもわからないどこかの、会うことも触ることもない小さな生きものが、こうして毎日食べたり寝たり転がったりしている、つまりは今日を確かに生きているのだということを、私が知ることができるのは、奇妙であり、奇跡的であると、ヤマネは思った。

だんだんと新規感染者数が落ち着いてきて、ヤマネはいくつか展覧会などに一人で出かけたりした。晴れた日は心地よい空気だったが、電車も美術館の周りの公園なども人出は少なく、ヤマネも人に会う予定はないままだった。

水曜日の夜、参加するオンライン講座の初参加の時間が近づいた。ノートパソコンを開き、七坂マチからのメールを表示する。記載されたURLを、19：55という画面の隅の時刻を確認してから、少々緊張してクリックした。ほんの一、二秒、画面の真ん中で青い小さな輪っかが回転し、そして表示された画面はすでに分割され、何人かの顔が並んでいる。

左上の四角の中で、丘ノ上太陽がヤマネに気づいて笑みを作ったので、ヤマネは軽く頭を下げた。

「えー、今週から参加していただきます、小説家の森木ヤマネさんです」

「よろしくお願いします」

と言うと、画面にいる人たちも会釈したので、自分の声がちゃんと聞こえているようで安堵《あんど》した。

「小滝沢です、お久しぶりです」

丘ノ上の右隣の枠で、小滝沢道子《みちこ》が小さく手を振った。髪を一つにまとめてきれいな形の富士額も、銀縁の眼鏡の奥で穏やかそうな目も、以前会ったときとほぼ変わらない印象である。

参加者は、一画面には収まらない人数だった。右端の三角をクリックすると次の画面にも十人ほどがいるようだったが、その半分はカメラがオフになっていて黒い四角に名前だけが表示されている。

じゃあ、そろそろ始めましょうか、と丘ノ上が言い、「実践講座・身近な場所を表現する／地図と映像を手がかりに」の何回目かがスタートした。

「なんで森木さんにお願いしたかあらためて話しますと、これまで写真とか映像とか、それから地図を描くのも、見える形にする表現だったわけで、言葉で限定されないイメージを作ってきました。ここで一度文章を書いてみることで、写真や地図で自分が伝えようとしているのはなんなのか、じっくり考えてみることができるんとちゃうかなあと考えた次第です」

丘ノ上は、『グレムリン』のギズモのTシャツを着ていた。ギズモの大きな目が困ったようにこちらを見上げている。丘ノ上はカメラから少し離れて座っているようで、他の人より小さく映っている。前回のジョーズを思い出し、Tシャツが見えるように位置を合わせているのだとヤマネは気づいた。

ギズモと丘ノ上の右側の枠で、頷いていた小滝沢道子が後をついだ。

「この講座で皆さんが作ろうとしているのは、ご自分のこれまでの記憶や経験を映像や地図という視覚的な形で表すものですね。夏前までに写真と地図を組み合わせて作ってきてもらいましたけど、ちょっと難しさを感じているってお話も何人かの方からうかがって。それで、今までとは少し違う方法を試してみることで、写真や地図のイメージにも発見があったり、別の角度から見てみたり、変化があればと思ったんです」

小滝沢は、画面に向かって本を持ち上げてページを開いた。地図の歴史の本で、古そうな版画の世界地図には植物の絵と文章が書き込まれている。

「あのー、私は文章は苦手なんですが」

そう言ったのは、真ん中あたりの枠にいる白いシャツの男性だった。背景にはスチールの棚が映っていて、職場だろうかとヤマネは思った。

「それは全然、気にされなくてだいじょうぶです。今までと変わらず、採点したり順位をつけたりしないですし、なにか、その人が作ってみたいものを形にしていくための手がかりを探す感じかな。だから、毎回全員が提出しなくてもいい、というのも今までとおんなじです。おもしろそうと思ったらやってみて、それで見せていただけたら、この講座としては十分な成果ですから。皆さんが何かを作ることや、作るまでの過程を楽しんでもらうのが、いちばんの目的です」

丘ノ上はそれから、ヤマネのことを簡単に紹介し、ヤマネも挨拶した。

「私は大学では人文地理学を専攻していたんですけれど、そのときの先生の後輩にあたるのが小滝沢先生というつながりで、ずっと前に授業に呼んでいただいたことがあって」

「そのときは、作家の日記を読んで書かれた場所を実際に歩いてみるというのをやりましたね」

小滝沢道子は、銀縁の眼鏡がずれたのを直して、ほほえんだ。

数えてみれば、ヤマネが小滝沢道子のゼミに参加して四谷あたりを歩いたのはもう七年か八年前になる。『東京焼盡《しょうじん》』という内田百閒《うちだひゃっけん》の太平洋戦争末期の日記をまとめた本があり、その記述を頼りに十人ほどの学生たちと歩いたのだった。曇っていて蒸し暑かったのを覚えているが、何月だっただろうか。外濠沿いの崖などはそのままだったが、百閒の家があったあたりは面影は残っていなかった。

小滝沢のうしろで、猫が棚に上った。真っ白の猫だ。

「あれ、いつのまに」

小滝沢は振り返ったが、猫は棚の上で落ち着いたのでそのままにした。猫がいる、とヤマネは表情には出さずに喜んだ。

ヤマネの背景も本棚だが、本物ではなく本棚の絵がプリントされた布である。布の下には実物の本棚があるが、本と棚の隙間にあれやこれや突っ込んで乱雑なので、絵の本棚をかぶせている。布はインターネットで見つけて買った。

カメラをオンにしている人の背景は、部屋の人もいれば、オンライン会議ソフトに備わっている宇宙や草原の画像になっている人、自分で撮影したどこかの画像を使っている人と、様々だった。

　翻訳教室のときもそうだったが、背景に映って素敵に見える部屋の人はすごいなあ、とヤマネは素直に感心してしまうし、生活感のある部屋もその人となりが伝わるようで好きだった。自分の乱雑な本棚は「人となりが伝わる」とは思うが、今のところは隠している。

「今日は、前回の続きで、『夏休み』をお題に作ってきてもらったものを見ていきます。形式は自由で、映像や音声がついたものだと三分以内ということでしたね。森木さんにもいっしょに見てもらって、次回の課題を決めるところまでやりましょう」

　受講者は全部で三十人いるが、平日の夜で、仕事や家事などがある人もいるし、出席するのは平均して十五〜二十人くらいだと、ヤマネは七坂から聞いていた。講座の様子と提出された作品は記録されて、出席できなくてもあとから見られるというのは、今っぽいなあとヤマネは思う。ヤマネが出演するトークイベントも、たいてい「アーカイブ配信」がつくようになった。「そのとき」でなくても、自分の都合のいいときに見られる。「そのときに」「その場で」ではなくても、できることが増えた。

　画面に並ぶ四角にはそれぞれの名前が表示されているが、ローマ字表記やニックネームらしき人もいる。

「本来なら森木さんに向けて一人一人自己紹介をしてもらえたらいいんですが、なにぶんこのオンラインというのは時間が限られている上に基本的に一人ずつしか話せない。教室でやっていたときは、作品を一面に並べて皆で見ることもできたんですけどねー。なので、紹介された人は参加のきっかけを一言足してもらって、森木さんは作品を見て思ったことをなんでも言ってもらえればありがたいです」

はい、とヤマネが返事し、画面は人の顔が並ぶ小さな四角の集合から、大きな一つの枠に切り替わった。

「では、えー、タイトルは『わたしたちだった時間』です」

七坂マチの声と同時に、読み上げられたタイトルが文字で現れて消えた。

＊　＊

道路の上に置かれたスナップ写真が映った。学校の教室で、女子生徒たちがカメラに向かって手を広げたポーズをとっている。次は芝生の上に置かれた写真。ピントが少し外れていて、顔がはっきりしないがさっきと同じ生徒たちが廊下でダンスをしている。さっきとは違う道路に置かれた写真。生徒たちがＴシャツやスウェットを着て木々の前で並んでいる。

階段や植え込みに置かれた生徒たちの写真は八枚続いた。どの写真にも右下にオレンジ色で日付けが入っていた。それから、住宅街の道が映った。その奥には学校の校舎の一部が見える。そこで、映像は終わった。

＊　＊

参加者が並ぶ画面に切り替わった。

「えー、では、ご期待に応えて森木さんのご感想を早速うかがってみましょうか」

ヤマネは一呼吸置いて、手元のメモをちらちらと見ながら話した。

「写ってる人たちの雰囲気からしてたぶん最近というか、そんなに前ではなさそうだけど、写真の質感からもっと前に撮られたもののように見えて、時間の隔たりを感じさせる作品だと思いました。写真が置かれていたのは、通学路のどこかなのかな？　数年前でも、そこへはもう行けないという距離が伝わります。学校って、ほとんどの人が経験してきた場所なので、見る人の記憶と自動的につながるところがあるというか、今、見た人それぞれに、ちょっと時間が広がるような感覚があったんじゃないでしょうか」

「おおー、森木さんらしいコメントですね。時間かあ。ぼくは、写真の中の人が少しずつ変化しているのがいいなあと。髪が短くなってたり、夏の服が冬の服になってたり、同じ人の少しだけ違う姿が並べられて、いつもこの人たちといっしょにいたんだなっていう、教室や作った人の近くにその人がいた存在感がじわっときましたね」

「これは、川端《かわばた》さん？」

小滝沢が言うと、ショートボブの若い女性が頷いた。

「川端あしほです。大学で小滝沢先生の授業を取っている二年生です。入学以来、登校する機会もほぼないままで、なにかやってみたいと思って参加しました。七月に少しだけ地元に帰ってたんですけど、春ぐらいから片づけにはまってる母がとにかく家中の物を減らしてるみたいで、私が高校生の時に作ってたアルバムを箱に詰めていて、ちょっと整理したら？　って。高校の時、家にある古いカメラを持ってきてフィルムで撮るのが流行《はや》ってたんです。このオレンジ色で日付けが入るのがなんかいい感じがして、昔っぽく見えるっていうか……最初にカメラを学校に持ってきたのは、写真の中の背が高い……」

表示されている画像がぱっぱっと戻り、教室で掃除道具を構えてポーズを取る女子生徒たちの写真で止まった。左端で箒《ほうき》を掲げている髪の長い女子の背の高さが目立っている。

「彼女はいつもそうやって新しいものを持ってきたり始めたりする人なんですね。流行らせる、と言っても、四、五人の間で二週間ぐらい流行ったらみんなすぐ飽きちゃうんですけど。カメラはでも、長く続いてました。彼女のお母さんが使ってたカメラで、シャッター押すだけの簡単な、高級なカメラじゃなくて、プラスチックで軽いやつ。お母さんが学生の時に流行ってたらしいです、女の子がカメラ持って身近なものとか友達とか撮って、コンビニでカラーコピーして」

そのお母さんは私と同世代かな、とヤマネは思った。

「それで他の友人たちも家族の誰かからカメラを借りたりもらったりして、私は誰のかわからないけど家にあったやつなんです。家は、元は母の実家だったんですね。十年前からうちの家族が住んでいて、謎なものがちょこちょこ出てくるんです。高値が付くようなものだったらいいんだけどなあ、って父がいつも言うんですけど。去年の春には、私が引っ越す準備してたら納戸から別のカメラが出てきて。こう、箱みたいな縦型のすごく古そうなの。

　母は、祖父母がそんなカメラを持ってた覚えはない、祖父の弟のじゃないかって話になったんですけどその人は四十歳ぐらいで亡くなってて、私は会ったことないんです。カメラ本体だけで他の道具もそれで写したような写真やアルバムも全然なかったんですね。使い方もわからないし。とりあえず、ふたっぽいところを開けてみたりして、そしたら上のところがぱかっと開いて、中を覗くとガラスの板みたいなところに部屋が映ってて、あ、ここから見て撮るものなんだーと。

　箱の中に映ってる部屋は映画みたい、うーん、なんて言ったらいいのかな、鮮明なんだけど暗い中でぼんやり浮かんでるような、別の世界がそこにあるみたいで、きれいで見とれてしまって。それで、覗きながら奥の壁に向けたら、和簞笥《わだんす》が映って。あれ？　こんなのここにないのにって思って顔を上げると、やっぱり簞笥なんてないんですよ、洋服掛け過ぎの見慣れたハンガーラック。もう一回覗いてみたら普通に目の前の部屋と同じだったし、何か見間違えたと思うんですけど。今度、地元に帰ったら、その祖父の弟って人のことを誰かに聞いてみようかなと思ってます」

「えー、それめちゃくちゃおもしろそうじゃないですか。謎の物語の始まりっぽい。ぜひ、取材して、そのカメラの伝来で映画作ってください」

　ホラーになりそう、過去に戻ってカメラを使っていた人たちに出会う物語はどうでしょう、などとチャット欄にいくつかコメントが書き込まれ、丘ノ上と小滝沢はそれについてしばらく話し合った。それから、写真に写っている人たちは今どうしているのかと質問があり、川端あしほが答えた。

「写真撮り合ってた友人たちは、高校卒業してから離れたところに住んでいたり、今こういう状況だから全然会えてないんですけど、ＳＮＳに毎日なにかしら上がってるから毎日会ってたときよりも今日なにしてたか知ってるかもです」

「川端さんは、初回の時にその家の周りの地図を作ってきてますね」

「そうですね、家から幼馴染《おさなな じ》みの家に行くまでの道なんですけど」

画面が切り替わり、色鮮やかなマーカーで塗ったような絵が表示された。縦に道が一本あって、両側に家や犬や看板が描かれている。絵が上に動いていくと、道はところどころで曲がりながら続き、猫や自転車や一輪車が現れた。

初期のロールプレイングゲームの画面を、ヤマネは思い出した。平面的でシンプルな画面。コントローラーでキャラクターを操作すると、真ん中のキャラクターはその場で足踏みしているのに周りの道や森やお城が動くので歩いているように見えた、その感じに似ていた。

次の作品が画面に映った。

＊　＊

土塀の続く道が映る。歩きながら撮影しているようで、映像は不規則なリズムでわずかに揺れている。ざっざっ、と足音が入っている。塀が途切れ、まだ青い実がたくさんついたみかんの木が並び、小さな墓地を通りすぎ、そしてぱっと海の光景が映った。さざ波の立つ海面は強い日差しを受けてきらきらと光っている。映像が切り替わり、小さな桟橋に、六十代初めくらいの男性が立って、海からの風を浴びている。海は穏やかに見えるが、男性の髪やチェックのシャツのはためき方からすると風は強そうだ。ぼぼぼ、とマイクに風が当たる音がする。近づいて行くと、男性が振り返った。

こんにちはー。

あー、どうもー、こんにちはー。

サングラスをかけた男性は、カメラに向かって少し戸惑いつつ、会釈する。そこで撮影していいですか、と説明と交渉をする声が入り、映像は了解が取れたあとの場面になった。

男性がカメラのほうを見て尋ねた。

地元の方ですよねえ。

ええ、出戻りなんですけど。

ああ、そうですか、私も広い意味では出戻りかもしれないですね、父がこちらの生まれなんですよ。父が住んでたのはあっちの岬の裏のほうですかね、幼い頃に離れたらしくて、どこだったのかはよく知らないんですよ、私も特に縁があったわけではないんだけど、どこか空気のいいとこに住みたいと思ったときにこちらが思い浮かんで、いいとこですねえ。

海はいいですね。

海のそばの家だから、波の音がね、夜もずっとかすかに聞こえるんです、最初は気になって眠れなかったんだけど、今は、たまに別のとこにいって波音がしないと落ち着かなくて。

ああ、そうですね、ぼくも波の音聞くと、家にいるなあって感じがします。

父が亡くなるときにね、もう三十年も前ですけど、意識が朦朧《もうろう》としてるときに波の音がするって言ったんですよ、父はこの島のことをそれほど話してなかったから、最初は急に海なんてなんのことかと思ったんだけど、父の姉がそれは子供のときに住んでた家の記憶だって。

浜のすぐ近くにあったから荒れた日なんかはとっても怖かったけど自分もときどきなぜかすごく鮮明にあの波の音を思い出すことがあるんだ、って、その伯母もそのあと五年ほどして亡くなったんだけどね、あっ、うちのかみさんです、おーい。

男性が手を振り、カメラが振り返ると、低い堤防越しに手を振り返しながらつばの広い麦わら帽子を被《かぶ》った人が歩いてくる。

そこで、映像は終わった。

＊　＊

「こんばんは。入江《いりえ》と言います。十五年前に丘ノ上監督の撮影にスタッフとして参加したことがあって、その縁でこの講座を知りました。手短に言いますと、昨年、仕事を辞めて東京から実家に戻りまして。実家は瀬戸内海の島で民宿をしてるんですが、両親がそろそろたたもうかみたいな話をしてたんで、自分が帰ってゲストハウスをやろうかなと。このあたりでは夏に大きなアートイベントが開催されて、実家の近所もそれを巡る人がけっこう来るし、それきっかけで移住してくる人なんかもいて。自分は海の近くで暮らすのがやっぱり落ち着くし、東京で映像関係の仕事してたんですけど、もう気が済んだというかなんというか、そんな感じで。壁を塗り替えたりほぼ自力で改装してさあオープンという時期が去年の春に重なったわけです」

髪を短く刈った彼の顔は、言われてみれば日に焼けていたし、背景は障子の窓がある和室で宿の風情があった。

仕事を辞めて地元に戻るためにある程度貯金はしていたが、観光客が来ないとなれば近くで働く場所もなく、東京での仕事の延長でウェブサイトの作成や映像の編集などを請け負ったりしながら、宿のほうは長期滞在で書き物仕事をする人など向けのプランを売り出してなんとか少しは稼働して（あ、もしよかったら森木さんもいつでもいらしてください、割引しますから）、とはいえ今年の夏休みもお客さんはぽつぽつという感じで、それで近所をぶらぶら歩いてよくわかんない映像撮ってるんで親には何してるのかって言われたりしてますね、高校生に戻った気分です、さっきの人は何回か海辺で会ったことある人で、このあとうちにお客さん紹介してくれました、と入江は快活な調子で話した。

「入江さんの家は、海のすぐそばなんでしたっけ？」

小滝沢が尋ねた。そのうしろで本棚に居場所を定めていた猫がぱっと頭を上げたが、しばらくなにかを見つめたあと再び香箱を組んだ姿勢になって目を閉じた。

入江は、両手を動かして浜や道の形を辿りながら説明した。

「映ってた桟橋は少し離れたところで、うちの近くは堤防の外は岩や石がごろごろしてて潮が満ちると堤防の外側で波がたぷたぷしてるんですけど、その海との間には道路があって、だからほんとのことというと昼間なんかは特に波より車の音が大きいんですけど、思い出すと波の音だけ聞こえて来るんですよね。夜は静かだから、じっと聞いてるとだんだん波が近づいてくるような感じがして」

入江の話を聞きながら、ヤマネはこれまでに行ったことのある海辺を思い出した。浜に面したホテルに泊まって確かに波の音が聞こえていたことがあったが、あれはどこだっただろうか。

他の受講者たちは、知っている海を思い出している人もいたし、行ったことのない海辺を想像している人もいた。

ヤマネは、入江の映像について話した。

「海に出る前に塀の続く道やみかん畑を歩いていたのが、夏の盛りのうんざりするような蒸し暑さを伝えていたと思います。その部分があるから、海辺に出るとぱっと視界が開けて色が一気に変化するのがいっそう鮮やかでした。

海と言っても、瀬戸内海と、外洋に開けた太平洋岸では全然違いますよね。波の立ち方もそうだし、海の先に島や陸がたとえ見えていなくてもある感覚と、果てしなく途方もない感覚と。砂浜と岩場、それから港でも波の音や海の見え方は違いますが、映像は短いけれど、瀬戸内海で、島で、砂よりも石があるところの桟橋に立って感じる海がしっかり映っていました。移住してきた男性の方が話している間にもちょっと日が陰ったり風の強さが変わったりするのと、話の中の昔の海の記憶が重なって、それが自分の過去に行ったことのある海の思い出にもつながっていく。

最後に登場する麦わら帽子の女性の手の振り方がよかったですね、男性との距離感というか長くいっしょにいる人の親しみが表れてて。ちょっとした仕草にもその人となりや関係性がこんなに出るもんなんだあと」

ヤマネのあとを丘ノ上が継いだ。

「あの奥さん、話聞いたらおもしろそうな人だよねえ。その後、お二人にはよく会うんでしたっけ?」

「ときどき、ぐらいですね。あの人は自然系の写真を撮ってるらしくて、それがメインの仕事なのか趣味なのかはわからないんですけど、車で島中あちこち出かけてますね。奥さんのほうは港の近くの診療所で事務をされてるし、ぼくより全然活動的で忙しくされてるから」

話している間、入江の両手はよく動いた。

小滝沢が興味深そうに言った。

「入江さんの手が描く曲線を見ていると、島の形や道が想像されますね」

入江は笑った。

「あっ、手が動きすぎってよく言われるんですよ。手の動きを封じられたらしゃべれないだろ、って友達に手を押さえられたら、ほんとに言葉が出てこなくて」

「手が動いた軌跡を画面に表示できるものが、今どきなら何かありそうですよね。この講座中では難しいかもしれませんが、いつかそれで作った映像や作品を見てみたいな」

「あー、たぶん可能だとは思うんですが、そしたらきっとぼくの手の動きがいかに適当かってことがばれそうですね。ぐちゃぐちゃな線がこんがらがってるだけのものができそう。電話しながら片手で意味なく書いてるメモみたいな」

「最終的な形はこんがらがった線でも、線が描かれていく動きを見るのはおもしろそうな気がするなあ」

丘ノ上はその線を想像して真剣な面持ちで話した。

「さっきの奥さんの仕草もそうですけど、無意識にやっている体の動きをしっかり考えてみるのはいいかもしれません。うまい役者さんって、そういう手とか体全体の動きがすごく自然にそのキャラクターがやってるようにできるんですよねえ」

画面が暗くなり、その次の作品が映し出された。

＊　＊

白地に緑色の線で木の葉が描かれている。

明るい緑色でふちがぎざぎざした葉が何枚も画面いっぱいに重なり合っている。下へゆっくりとスクロールしていくと、明るい緑色の葉の中に、濃い緑で艶《つや》があり先が尖った葉が混じり、だんだん濃い緑の葉ばかりになる。

さらに下へ移動していくと、そこに葉脈が浮かび上がる丸い形の薄緑色の葉、小さな深緑色の葉の集まりが現れる。進むと、葉と葉の間に、木の幹。縦にひび割れたような焦げ茶色の樹皮、斑《まだら》模様の灰色の樹皮、小さな突起のある幹……。

何種類かの葉と幹が重なりながら、明るい葉が増えたり、深緑の葉とざらざらした幹が続いたりして、そして最後は大きな楕円形《だえんけい》の葉で埋め尽くされた。

＊　＊

「ヤマモトマヤと言います。市民センターの近くに住んでいて、三月にセンターでの展示を見たんですね。上の子が高校一年生なんですが、図書館に行ったときに見たんだけどお母さんが好きそうなのやってるよって言うので、出かけた帰りに寄ったんです。写真や絵を組み合わせた地図が並んでて、そこにこの講座の募集も書いてあったんですよ。

子供が産まれる前は漫画やイラストを描く仕事をしていて、名前はそのペンネームを久しぶりに使ってます。応募したときは勤め先が週の半分リモートになってたから今ならできると思ったんですけど、今月から出勤の日がまた増えたりして、今日も時間ぎりぎりになってしまい……。

今回の葉っぱと幹は、その市民センターの周りにある木です。駅からの並木、センター前の公園、その先の昔は川だった緑道を歩いて、葉っぱは落ちているのを拾い、幹と枝は写真を撮ってきて、それを見ながら描きました。

歩いた道にあるのと同じ順番になってます。巻物みたいな紙に色鉛筆で描いてそれをスマホで撮影するっていう、アナログな作り方です。タブレットで描くのもやってるんですが、まだ思ったような感じにならなくて」

落ち着いた声で話すヤマモトマヤの背景は、どこかの山の風景だった。青い空に緑の山並みが合成されている。

白いシャツに肩くらいのボブヘアのすっきりした印象がその風景に似合っている、とヤマネは思った。年齢は自分と近そう。

「葉っぱも幹も丁寧に描かれていて、それぞれの特徴がよく伝わりました。道をそこにある木で表すって地図の表現としていいですね。たとえば家とか目的地までの地図を描いてくださいって言われたら主要な道路を描いて、目印になる建物を描き入れますが、並木道やいろんな木々が植えてある遊歩道を木だけで表すのは、その道を実際に歩いてるときの感覚を体験できる感じ。

私はこのところあまり散歩にも出かけていないので、歩きに行きたい気持ちになりました。東京に引っ越してきたとき、私が育った街よりも大きな木が多くて枝や葉も茂り方が見事でびっくりしたんですよね。特に東京の西側だと住宅地の真ん中にどーんと立派なケヤキがあったり、都心にも公園や木が密集してる場所が意外なほどたくさんあって、急に木に興味が湧いて図鑑やガイドブックを何冊か買いました」

「木って、図鑑を見てもなんの木かなかなかわからないことがないですか？」

小滝沢がヤマネに聞いた。

「そう、そうなんですよ。葉っぱと花と樹皮がそれぞれ載っている図鑑を買って、それでだいぶわかるようになったんですが、木によって個性というか、とりわけ長く生きていて大木になっている木だと、個別の特徴のほうが強くなるんですよね。とてもポピュラーなケヤキも、建物の五階や六階を越えるような大木と、近所の公園で太い枝が根元から伐られている木では、葉の大きさが全然違って、同じ種類とは思えなかったり」

「ああ、ぼくもロケ先なんかで超個性的になった古木というか老木が気になる。その地に根付いて場所に一体化してるというか、ぼくは『妖怪化』って言ったりしてるんですけど」

丘ノ上のコメントに、小滝沢が反応した。

「妖怪化ね。東京の真ん中でも樹齢が四、五百年を越える巨樹や古木がけっこうあるんですが、実際見に行くとただならぬ雰囲気がありますね。木そのものも、その周囲も」

「木ってずっとそこにあるというか、その場所で生きているわけですよね。中には移植されたり、最近は新しい大型施設やマンションに植えられる木は街路樹や植木用の木を育てている遠い地方から買って持ってきたりもしますが、その木にしたってその場所で長い年月を生きていくわけで。

木を見ると、私はこの木はこの場所の何十年、何百年の一日一日を全部体験してるんだなあ、って思って圧倒されます。夏も冬も雨も雪も、気の遠くなるような時間を全部知ってるんだと。ヤマモトさんの歩いたあたりにある木は、街路樹や緑道に植えられているものだと思いますが、個性が出てきていますか？」

「そうですねえ、遊歩道沿いは整備されて木の種類なんかもバランスよく配置されてますが、市民センターのそばの公園はもともと丘陵の裾野でかなり大きなケヤキや松があって夏は鬱蒼《うっそう》としてますね。幹回りを囲むには三人ぐらい必要そうなケヤキの大木は、幹の皮が剝がれてきてるのが渋い魅力があって好きですね。その一帯は真夏の倒れそうに暑い日でも涼しくて、こんな木がもっとあったらっていつも思います。うちから駅へ行く道は木がほとんどなくて、真夏はほんと考えるだけでくらっときます」

ヤマモトマヤの明るい話し方に、小滝沢も丘ノ上も微笑《ほほえ》みながら大きく頷いた。

そのあと、受講者たちの作品がさらにいくつか映され、感想を言い合った。近所の個性的な看板の写真、地元の駅前や街角の動画、犬の散歩でいつも会う犬たちの動画などがあった。

終了予定時間を少し過ぎ、丘ノ上が締めに入った。

「では、次の課題は、予告の通り森木さんにお願いしたいと思います。どうでしょうね？　ちなみにこれまでは、身近な場所の写真を撮ってみる、身近な場所の地図を描いてみる、思い出がある場所を写真や地図や絵で表してみる、と進んできました」

それを受けて、小滝沢が発言した。

「文章だけを書いてもらうよりも、今までに作ってきた写真や絵に文章をつけたり組み合わせたりというほうが、これまでの経験とつなげてやりやすいでしょうね」

「そうですね、では」

ヤマネは一呼吸置いた。

だいたいこういう感じの課題で、というのは事前にメールで丘ノ上とやりとりしていた。今日見た受講者の映像と、それに続く話を思い出しながら、ヤマネは話した。

「なにか写真を一枚選んでもらって、その写真の場所を誰かに伝える文章を書く、というのはどうでしょう」

パソコンの画面には参加者たちの四角い枠が並んでいる。講座が始まった時間よりも、顔が見える枠が増えていた。

開始時間には帰宅して間もなくて慌ただしいので音声だけを聞いている人もいるし、途中で食事をとる間だけカメラをオフにする人もいる（というのはヤマネはあとで七坂マチから聞いた）。誰かに話しかけられたのか、振り向いて席を外す人もいる。猫が出入りするのは今のところ小滝沢の部屋だけだが、カメラが映す範囲の外側に他の人や猫や犬がいたりするかもしれない。

それぞれの場所にいる人たちが、それぞれの時間を持ちながら、映像や会話を共有している。その感覚は、昨年の春以来、大半の時間を一人で過ごしているヤマネにとってはとてもおもしろいものだった。

ヤマネは自分が話すとき、何人もが並ぶ画面のどこを見ていいかわからなくて、結局自分の顔を見ることが多い。自分に向かって話すのは、奇妙なものだ。この画面の中で話している顔は、ほんとうに私だろうか、という気もしてくる。

「ガイドブック風でもいいですし、いっしょに歩いている友人に説明するのでもいいですし、その場所のことを文章で伝えてみてください」

　ヤマネは自分で確かめるように、ゆっくりと課題を伝えた。聞いている受講生たちの表情や反応は、小さな画面の中ではつかみづらい。ヤマネは、さらに言葉を重ねた。

「文章が苦手というか、書くのにちょっと抵抗があるっていう人もいらっしゃると思うのですが、提案としては、普段の自分じゃない主語を設定して書いてみるのもいいかもしれません。普段使っているのが『私』だったら『ぼく』や『おれ』で書いてみるとか、キャラクターを設定してなりきってみると書けることもあります」

「なるほどぉ。ぼくもどっちかって言うたらストレートに言葉や文章を発するのはなんか妙な照れがあって、それで映画っていう形で登場人物を設定して物語を作ってるんやと思います」

　丘ノ上の抑揚のある声で反応があると、ヤマネは安堵した。オンライン越しでは、自分の話していることが伝わっているかどうか不安になって上滑りしてしまうことがあるので、フォローしてくれる人がいるのは助かる。

　丘ノ上のTシャツのギズモが、励ましてくれているように見えた。

「実は普段の自分とは違う主語を設定するっていうのは私自身の経験なんです。中学の国語で作文の授業があって。そのとき先生に、女だからってなんで『わたし』って書かないといけないんですか？　って聞いたんですね。当たり前だとか決まってるからだとか言われると思ってたら、そんなの好きなように書けばいい、オレでもワシでもなんでもいい、って言われたんです」

「へえー、おもしろい先生ですね」

「そうなんです。定年間際の男の先生で、それまではとっつきにくいというか、苦手意識を持ってたから、その返答は意外というか、えっ？　いいの？　ってかえって驚いて。言った手前もあるし、じゃあなにか別の言葉を使わないとなあと。それで、『ぼく』で書いてみたら、自分が書いた文章がちょっとフィクションっぽく思えるというか、ほどよい距離ができて客観的に読めたんです。

　もしかしたら小説を書くようになったきっかけの一つになってるかも、と今は思っています」

　受講生の何人かが頷いた。

「フィクションを書いてください、ってなるとそれはそれでハードルが上がると思うので、少しだけ、普段の自分や現実からずらしてみる。好きな小説やエッセイの文体っぽく書いてみるのもありですね」

「ぼくも学生時代に最初に作ってみたのは好きな映画やドラマのパロディでしたけど、形を真似てみたりその枠組みで考えるのっていい練習になりますよね」

　丘ノ上が話すと、チャット欄に、似た経験のある人たちのコメントが書き込まれた。

　真剣な面持ちで聞いていた小滝沢が、手を上げて発言した。手を上げる律儀さが、小滝沢先生っぽい、とヤマネは思った。

「えーっと、写真一枚だけなのは、ちょっと限定される気もします。今回見ていただいたように、映像やイラストやその人がやりやすいスタイルで作ってきたので、基本は写真一枚でももう少し幅を持たせて、適宜、図や映像なども追加していいことにしませんか？」

ヤマネも丘ノ上も同意し、文字数は千字くらいということで話がまとまった。

「設定などがないほうが書きやすい方はそのまま自由に書いてください。今日、作品を見せていただいて、自分が行ったことのない場所が見られるっていうだけで楽しかったので、これからいろんな場所を見たり知ったりできるのがすごく楽しみです」

最後に七坂マチが課題を説明し、次回の日時を伝えて、講座は終了した。

「ありがとうございましたー」

「おつかれさまでしたー」

参加者たちの声と、コメントと、手を振る姿が重なり、数秒後にそれは消えた。

ヤマネの目の前にあるのは、パソコンの液晶モニター、機能の説明が並ぶ記号的な画面だった。

急に静かになった部屋を、ヤマネは見回した。さっきまで人の声が響いていた空間は、今は透明な空気だけが満ちている。何度目でもこの瞬間だけは妙な居心地の悪さがある、とヤマネは思う。夢から突然覚めたときにも似ている。

ヤマネは、立ち上がると、窓を開けてベランダに出てみた。

夜の風は、ずいぶんと涼しくなった。

午後十時半、夜空の下の住宅街はとても静かだ。ときおり、自動車が走る音がするが、それ以外は人の声も音楽なんかも聞こえてこない。子供のころはもう少し近所の家のテレビの音や話し声が聞こえていたような気がするが、自分の記憶にある二、三十年前の光景はノスタルジックに補整されているのかもしれない。

皆、こんなに早くに寝てしまうのだろうかと思うほど、窓の明かりも少ない。遠くに高層ビルの赤いライトが点滅している。

涼しい風に吹かれていると、だんだん気持ちが落ち着いてきた。ベランダの柵にもたれて、静かな街を見ていると、少し離れた場所にあるマンションのバルコニーが明るいことに気づいた。五階のヤマネの部屋と同じくらいの高さの建物で、最上階のバルコニーが広い部屋だ。距離があるので人の姿は見えないのだが、今までにもそのバルコニーに夜遅くまで明かりがついているのを何度も見た。ヤマネは、昼夜逆転ほどではないが平均的な生活時間よりは遅めなので、そのバルコニーの部屋の住人も少々夜更かしな人なのだろう。

ビルの屋上にある部屋やルーフバルコニーが広い部屋は、ドラマや漫画で探偵だとかちょっとやさぐれた暮らしをする人物が住んでいる設定にときどきなっていて、なんとなく憧れがある。実際に住んだことはないのだが、電車の窓から見かけたりすると気になる。同じように思う人はけっこういるようで、空から街を見ておもしろいところを探すテレビ番組でも屋上にある部屋はチェックポイントの一つだ。

この部屋に越してきて以来、ヤマネはその最上階の部屋に夜遅くに明かりがついていると、なんだかほっとした。暗くて静かな街で、自分の他にも起きている人がいて、広いバルコニーを眺めているのかなあ、などと考える。見上げると、月のない濃紺の空に一つ、星が瞬《またた》いていた。

思い出したように空腹を感じ、ヤマネは部屋に戻って冷蔵庫を開けた。

講座でなく、他の作家とのオンライントークイベントが終わったあとも、たいていは急に空腹を感じる。午後七時や八時の開始前にある程度食べていても、遅い時間に食べるのはよくないとわかっていても、少し食べる。画面の前にただ座ってしゃべるだけなのに、なにかしらのエネルギーを消耗しているらしい。会場でお客さんの前でイベントをしていたときとは、種類の違う疲れ方だ。

冷蔵庫にはちょうどよさそうなものはなかった。中国茶を入れて、ダイニングテーブルでチーズ鱈《たら》をかじりながら、音楽をかけた。

ヤマネはこの数年、ラジオで新しい音楽と出会うことが多い。ラジオは、かかる音楽が幅広い。新曲やヒット曲、あるいは「懐かしソング」のような特集ではなくて、新しい曲も何十年も前の曲も、地域やジャンルもいろんな曲が流れてくる。だから「新しい音楽」との出会いは、ヤマネにとっての「新しい音楽」で、作られたのが最近というわけではない。

そしてラジオもアプリのタイムフリー機能で放送時間ではないときに聴き、好きだと思った曲はその一部分を聴かせると何の曲かわかるアプリで調べる。スマートフォンを使い始めて十年になるが、最高の発明はこのアプリではないかとヤマネは考えている。どこかの店で流れてきた音楽も、これを使えばその場でなんの曲かわかる。ＣＭなどでもよく使われているが誰のなんていう歌だろうと長年気になっていた曲も、ようやくわかった。

若いころに、CDショップで流れていた曲が気になり思い切って店員に尋ねてみたら、それはたいてい店員が好きでかけている曲なのでよろこんで教えてくれて他のおすすめまでメモして渡してくれたことが何度かあり、そんなコミュニケーションが失われるのかもしれないのはさびしく思うが。

ヤマネが今かけた音楽、このところよく聴いている音楽はアメリカの古いブルースだ。八十年と少し前に録音された。ギターを弾いて歌っているのはロバート・ジョンソン。

高校生のとき、ギターを弾いていた同級生がブルースが好きで、何枚かCDを貸してくれた。マディ・ウォーターズやハウリン・ウルフ、ジョン・リー・フッカーといった名前をそのときに覚えた。一九四〇年代から五〇年代に活躍が始まった彼らと生まれた時期は近いが若くして死んだロバート・ジョンソンの歌は、一九三〇年代に録音されたものだ。

ロバート・ジョンソンには、十字路で悪魔に出会い魂を売って歌とギターがうまくなる契約をした、との伝説がある。彼の音楽を知らない人でも、その話は聞いたことがあるかもしれない。

簡素なギターの音と歌声。ぷつぷつ、とアナログレコード特有のノイズが入っている。何十年も前に録音された歌が、今、ここで鳴っている。何十年のあいだに世界中のあちこちで、何万回再生されただろう。

ヤマネは中国茶が体内を温めていくのを感じつつ、ロバート・ジョンソンが悪魔と出会った場面を想像した。それは昼間か、夜か。どんな道路で、寒い日か暑い日か、などとつい考えてしまうのは職業柄である。今までに見たイメージ映像や写真は、どれも昼だった。実際の場所とはずれているらしいが、ギターの看板が立てられたミシシッピ州の十字路は観光名所になっている。

アメリカ南部のどこまでも広がる平原。夜だと真っ暗でなにも見えないに違いない。十字路で出会ったのは、ロバート・ジョンソンも悪魔も歩いてきてばったりなのか、どちらかがその場に立っていたか座っていたか。ともかくも、ギターを抱えてブルースを歌う男は、素晴らしい音楽となにを引き換えにしたのだろう。若くして死んでいるから寿命か、いざこざの多い人生だったようだから人間関係や幸福か。

もし、私が道を歩いていて十字路で悪魔か、わからないけど謎の存在に出会って、すごい小説が書けるようにするから魂を売れと言われたらどうするか。と、ヤマネは考えてみた。「魂を売る」の中身がなんなのかが問題であるが、それ以上に「すごい小説」がどんな小説なのか先に読ませてほしい。しかし、そのようなちまちま条件を交渉するエピソードだと伝説にはならないに違いない。シンプルに一言で伝わる内容で、そのインパクトと同じ強さでロバート・ジョンソンのブルースが人の心に響くから、説得力があるのだ。

そんな伝説が一人歩きするとは知らなかったロバート・ジョンソンは、この歌を歌っていたときなにを思っていただろう。歌っていないときは、どんなふうに生きていただろう。

お茶を飲み終わって窓辺に立つと、さっき見えた屋上の部屋は、明かりが消えていた。

「へー、今はいろんな講座とかイベントとかあるんだねえ。おもしろそう」

友人でイラストレーターの花井みどりんがヤマネの部屋に遊びにきたのは、講座の一回目からちょうど一週間後だった。

会うのは半年ぶりで、みどりんは近所で評判の豆大福を買ってきてくれた。

同じ沿線の三つ先の駅に住むみどりんは、ヤマネが東京に住むようになってから東京で知り合った最初の友人である。みどりんはヤマネの地元の友人の友人だった。家が近く、平日の昼間に時間が作れる者同士ということで展覧会や映画に行くようになった。十年前にみどりんに子供が産まれ、その後にヤマネが結婚して別の沿線に引っ越したのでしばらく会っていなかったが、ヤマネが一昨年この沿線に戻ってきて、みどりんは子供も小学四年になって時間も作りやすくなったので会おうと言っていたところに、外出できない時期がやってきた。

「受講生の人が作ってきた映像や絵の作品を見て、もちろん自分なりにその作品から受け取ったことや伝わり方を考えて言葉にしてはいるけども、ふつーに感想言ってるだけじゃないかな、私で役に立ってるのか心配になって」

「ヤマネちゃんに頼んだんだから、それでいいんじゃない？　仕事は依頼したほうの責任、って考えるようにしてたよ」

みどりんは、五年前にイラストレーターとしての仕事をしばらく休んだ。仕事として絵を描くのが難しくなって、とは以前言っていた。自分で言うのもなんだけど器用に注文や調整に応えられちゃうタイプだからやってるうちに自分の絵がどういう絵なのかわかんなくなってきちゃって。そう淡々と話したみどりんの顔を、ヤマネは今もよく覚えている。

先日の講座の翌日、丘ノ上からメールが届いた。参加へのお礼と、ヤマネの講評に対して丘ノ上が興味を持ったところが書かれていた。

「丘ノ上さんもおんなじようなこと言ってた。森木さんが楽しんでおもしろいところを見つけてもらえれば、それがいちばん受講生に伝わると思います、って」

「その通りだねえ」

豆大福をおいしそうにほおばるみどりんの表情に安堵して、ヤマネは中断したままの長編小説のことを話してみた。

若いころは仕事で考えることや迷うことなどお互いによく話していたので、たまにしか会わなくてもやはり話しやすい。

「なんていうのかな、自分の考えることとって自分は既に知ってるから、驚きがないのかもしれない。小説そのものがどうというよりも、自分自身に飽きるというか。特に、去年の春からって人に会ったりしゃべったりすることが極端に少なくて、一日中そこにいるのは自分だけだったし」

と言いながら、昨年の春からの状況は人によってかなり違うことをヤマネは思った。家族や誰かとずっと同じ家にいた人もいるし、家族と長時間過ごすことがコミュニケーションにつながった人もいればつらく苦しかった人もいるし、不安を抱えつつ仕事に行かなければならない人も仕事を失った人もいて、そしてそのどの人のことも、家にいる自分は直接目で見ることはできないでいる。

みどりんは、最初は子供の学校が突然休みになったことで混乱し、専門学校に勤めている夫も対応に追われて大変そうだったが、ずっとメッセージでやりとりしていただけで、ヤマネが会って詳しいことを聞けたのは今年に入ってからだった。

ヤマネの話をときどき頷いて聞いていたみどりんが、言った。

「そうだねえ。自分に飽きるって感じはちょっとわかるかな。長篇を書く予定だったのに豪華客船のシーンが書けなくなったのはきっかけっていうだけで、もっと全体になにかうまくいかないことがあったんじゃないかなあ」

「全体？」

「私もねえ、細かいところが気になって何度もそこばっかり描き直して、だけど直せば直すほどこれじゃない感が大きくなって、結局最初から全部やり直したほうがうまくいくってことがよくあった」

「ああ。そうかもしれない」

ヤマネの頭の中には、書きかけた冒頭の場面や用意していたエピソード、集めた資料などが浮かんだ。湯飲みにお茶を注ぎ足して、ヤマネは言った。

「理由って、ほんとうにそうなのか、自分でも信用できないことってあるよね。人が納得しやすい理由を言うときもあるじゃない？　会社辞めるときとかさ」

ヤマネは勤めていた会社を辞めたとき、小説の仕事はまだ全然生活できるほどにはなっておらずどうなるのか不安しかなかったが、小説の仕事のほうに思い切って集中したいし小説の仕事があることで会社に迷惑をかけてはいけないから、と考えて、そして結局のところ上司にはなんと伝えたのか正確には思い出せない。そして離婚のことも、ヤマネの脳裏をよぎった。

「自分を納得させるための理由もあるし。だからって『ほんとうの理由』みたいなものを掘り続けていっても、必ずしも答えにたどり着くわけでもないかも」

みどりんも、なにか自分の経験を思い出しているようだった。

「一つの理由で物事を決めるわけじゃないし、自分ではどうにもならない状況が積み重なって、その中でなんとか進んでいって、何年も経ってからあれが分かれ道だったんだなって思うこともあるよねえ」

「分かれ道」と聞いて、ヤマネの頭には再びロバート・ジョンソンの十字路が思い浮かんだ。「すごい音楽」と「悪魔」ほどの極端な対比でなくても十字路的なものは実はたくさんあったかも、とみどりんに話してみた。

みどりんはしばらく考えこむような顔をして、それから言った。

「魂を売る、って、お金のために本来とは違うことをやるみたいな意味で使わない？」

「確かに。なんだろうね、そういうときに意味するタマシイって」

「あっ、そろそろ迎えに行く時間だから」

みどりんは、子供の通う習い事が終わる時間が近づいて、帰っていった。

換気のために窓を開けっぱなしていた部屋は少し寒かった。晴れていたが夕焼けにはならず、日が落ちる直前にほんの短い時間、オレンジ色の光が窓に映った。

ヤマネはその夜、夢を見た。

夢の中で、ヤマネは歩いていた。みかん畑や海辺や通学路や並木道や、犬のうしろを歩く道や山の中の道が、次々に現れ、また別の道になり、かと思うとさっき歩いたみかん畑に戻ったりした。暑い、とヤマネは思った。空は見えず、天気はわからない。並木道の先は、駅前の商店街だった。昼間で、飲食店はシャッターが下りている。バーの閉まったドアの前に、ギターを背負った男が、じっと立っている。三つ揃《ぞろ》いのスーツにネクタイを締め、中折れ帽をかぶったその姿はジャケットに使われている写真のままだったが、目の前で見るといっそう洒落《しゃれ》た佇《たたず》まいだった。彼は、店に入りたいようだったので、ヤマネは言った。

今、お休みなんです。規制っていうか、自粛要請っていうか、自粛を要請するって言葉的には妙ですけども……。もう少し早い時間だとテイクアウトがありますよ。

彼は、ヤマネを無言のまま見つめた。ヤマネはおずおずと言ってみた。

あのー、ファンです。

彼は無言のまま頷いた。

ドアが開き、彼は店に入っていった。

七坂マチから前回の内容をまとめた文書が送られてきた。最後にＵＲＬが貼り付けてあって、そこで受講者たちの作品やコメントが見られるしヤマネもコメントを書き込むことが可能だ、と書いてあった。

クリックして開いたそこは、オンライン上で共有できるホワイトボードのようなものだった。初回からの受講生の作品が並び、それぞれに前回参加できなかった人が感想や提案を書き込んだり、講座の時間には間に合わなかった作品も貼り付けられたりしていた。物理的なホワイトボードと違ってどこまでも広く、ヤマネは操作方法がよくわからないなりに、夢中で読んでしまって気づくと夜中を過ぎていた。

3　場所を思い出す／十月

本多に依頼した資料探しは、予想より難航した。ムック本と思っていたのが雑誌の増刊号で、似たタイトルの特集がいくつもあった。本多に頼む前にヤマネ自身が検索してみても見つからなかったのも、それが理由だった。特定できたあとも、実物をオンラインの古書店で見つけるまでにしばらくかかった。

ようやく届いて封筒を開け、表紙のデザインを見るとヤマネの記憶とほぼ合致していた。覚えているところと忘れたり間違えて覚えているところに濃淡があるのはなぜなのだろう、と思いながらヤマネは古書独特のにおいがするその雑誌をめくった。

ヤマネが古書店と喫茶店めぐりをした記事は、特集のうしろのほうに載っていた。書店の紹介とヤマネが書いたエッセイが組み合わされている。本棚の前に立つヤマネは、アメリカのロックバンドのロゴが入った赤いTシャツを着ていて、そのTシャツも何年かぶりに思い出した。

あの手紙のことは、ヤマネが思っていたほどは書いていなかった。戦前の女子学生の手紙、とはあるが、夕日のことも同級生に宛てたものらしいことも言及していない。写真のヤマネが手にしている紙はその手紙と思われるが、文字が特定できるほど鮮明には写っていなかった。

そして、記事を実際に読んで判明したのは、手紙を購入していなかったことだ。記事の最後には、何を買ったかのリストがあった。文庫本が四冊と古い地図が二枚。

いくら家の中を探しても見つからないはずである。自分の記憶がこれほど当てにならないとは。そしてなにより、あの手紙のことは永久にわからないのだとわかって、ヤマネはしばし茫《ぼう》然《ぜん》とした。

西日が差す部屋を見回す。夏よりも、すっきりした風景だ。

このひと月ほど、写真や切り抜きなど資料の入った箱やファイルを捜索するたび、少しずつ整理したり仕分けて処分した。箱やファイルを引っぱり出した押し入れや棚も、ついでに片づけた。ついでが長くなって、仕事が進まなかったりもした。

多少は片づいた部屋の真ん中で、ヤマネは十六年前の自分がぎこちない笑顔を向けるページを見つめた。このときに買った文庫本のうち三冊と東京の古い地図二枚は、確かにまだこの部屋にある。手紙は、ない。

あの手紙は、自分の部屋にあったことはなかったのだ。

しばらく茫然と床に座りこんでいたが、次にこちらも本多が古書で入手したカルチャー誌をめくった。若手作家が音楽アルバムをお題に短篇を書く連載企画があり、この号にはヤマネが載っている。巻末のプロフィールには、「五分だけの散歩」という短編を書きました、と記されている。ここにも掲載誌などほかの手がかりは記されていない。違う出版社の雑誌だから書かなかったのか、それとも。

あまりになにも思い出せないので、ヤマネは、もしやほんとうはこの短編を書いていないのになにかしらの遊びのような気持ちでプロフィールに入れたのではないか、などと考え始めた。なにかのパロディとか。「五分だけの散歩」って似たタイトルの映画とかあったかな。いや、自分はそんな遊び心のあるタイプではない。

どちらかといえば人から「記憶力がよい」と言われてきた自分のことがまったく信用できない気持ちで際限なく落ち込みそうなので、夕食の買い出しにとヤマネは外へ出た。

だいぶ傾いてきた太陽が穏やかに屋根や電柱や木を照らしていた。週末の住宅街は、平日となにが違うのか説明はできないが誰もいない道にもなんとなく休みの気分が漂っている。音の反響や人の忙《せわ》しなさが違うのをなんとなく感じとっているのだろうとヤマネは思っているが、単に自分の気分によってそう見えているのかもしれない。駅前の商店街まで来ると子供を連れた家族の楽しげな姿が目立ち、部屋にいるとわからない曜日の感覚が急にはっきりした。

通りの賑やかさを見ていると、なにごともないように思えるし、このところは新規感染者数も少ないのでこのまま元に戻っていくんじゃないかと期待する感覚と、また変異株やなにかが増えるかもしれないから先の計画を立てるのに躊躇する感覚のどちらもが、ヤマネにも知人たちにも、他の多くの人たちにもずっとあった。

スーパーの店頭にはハロウィンフェアと銘打ってオレンジ色のパッケージのお菓子が何種類も並び、この季節にこのオレンジ色が現れ出したのはいつ頃だっただろうかとヤマネは思い出そうとした。

「実践講座・身近な場所を表現する／地図と映像を手がかりに」に森木ヤマネが参加する二回目の時間がやってきた。

前回と同じく19：55の時刻を確かめてから、ヤマネは「ミーティングに参加する」をクリックした。並ぶ四角い枠にそれぞれの場所が映し出され、部屋の中に小さな窓が開いたような感覚になる。

七坂マチは、染め直したのかこの間よりも黄緑色に近い鮮やかな髪になっていた。

「それでは、前回、森木さんに提案してもらった課題の作品を見ていくことにしましょう」

「いやー、なんていうかですね、このすぐ本題に入るの、何回やっても落ち着かないんですよね。やっぱり最初は、みなさん最近どうですかって雑談から入って……」

「丘ノ上監督、時間が限られてますから。皆さんの作品を見てから話しましょう」

「はい、そうですね、そうします」

今日の丘ノ上のTシャツは、「シャイニング」のジャック・ニコルソンの顔である。破壊したドアの隙間から顔を出す、映画で観るととても怖いシーンだが、その写真だけがあちこちで使われてきたために、かえってコミカルにすら見える。ジャック・ニコルソンの見開いた目と歯をむき出した口が、今にも動き出しそうだ。

七坂が、画面を切り替えた。

「今日は、課題作品の前にまず湯元《ゆもと》さんの定点観測が届きましたので、そちらをお見せします。湯元さんは残念ながら今回もお仕事が忙しくて出席できないそうなんですが、今月も三十日分毎日、窓からの風景を撮影、編集して送ってくれました」

「定点観測・九月十五日~十月十五日」と、黒い画面に白い文字が並んだ。湯元真二《しんじ》の定点観測の作品は、課題に沿った作品とは別に月に一度発表されている。

＊　＊

地上二十五メートルの位置から撮影した東京郊外の住宅街の風景が映し出された。見晴らしはとてもよく、低層のマンションや一戸建てが整然と立ち並んでいる。そのずっと先、地平線に沿って山なみが青い影で続く。画面の左側、山なみの向こうに富士山が見える。頂上は白くなっている。同じ位置からの同じ街の風景が、数秒ごとにぱっぱっと切り替わる。

曇りの白い空、灰色がかった空、青い空……。武蔵野と呼ばれる平野は、今は建物で埋め尽くされている。灰色に光る街の建物は、数秒ごとに切り替わる画像の中でときには精密な機械の部品のようにも見える。曇りで全体に似たトーンの日、空の明るさと建物の影が強いコントラストを作る日、雨粒が光の点々に見える日……。山なみも富士山も、白い霞《かすみ》や雲の向こうに消えたり、現れたりする。

形は同じなのに少しずつ違う画像が次々に現れ、動かないはずの街が動いているような錯覚がときどき起こる。

なんだか生き物のような躍動感があるのはなぜなんだろう、と、短い時間のナレーションやＢＧＭなどもないシンプルなその作品にヤマネは見入った。

人の顔が並ぶ画面に切り替わって、ヤマネは少し驚いてしまった。

＊　＊

「富士山が見える日が増えましたね」

丘ノ上が言うと、小滝沢がうなずいた。

「うちのベランダからも、ちょっと先のマンションの陰に富士山が半分だけ見えるんですけど、富士山がきれいに見えるようになると季節が変わったと実感しますよね」

ヤマネは、この二回目が始まる前にオンラインの共有ホワイトボードのような場所で、湯元真二の定点観測の五月から九月前半までの作品を観ていた。確かに、これまでの映像では富士山が見えることは少なかった。梅雨以降の季節のだけを観ていたら「富士山が見える風景」とは思わなかったかもしれない。

オンライン上の共有ホワイトボードは「３０２教室」と名づけられていて、それはこの講座が市民センターで対面で開催される場合に割り当てられた教室の番号とのことだった。

「山頂が白くなりましたしね。季節が移ってきてるなあ」

「空気の透明度も違います。普段は意識しないですが、遠くを見ると空気に含まれている水分や塵《ちり》の量がはっきりわかるのっておもしろいですね」

次にヤマネが感想を伝えた。

「先月までの映像も観たのですが、まず撮り続けてらっしゃることが素晴らしいですね。途中参加の私が今ごろこんなことを言うのもおこがましいかもですが、定点観測と言うのは簡単に見えても、実際に撮り続けるのはすごく難しいし根気のいることなので、まずそのことに感銘を受けます。一か月という時間が一分ほどに圧縮されていて、そのことによってもっと長い時間が見えてくるというか、この撮り方だからこそ見える風景だと思いました」

湯元真二は、講座の一回目には参加していたが、その直後に勤め先で異動があって遅い時間の勤務になり、水曜日の夜の参加ができなくなってしまった。講座は録画した映像を休日に視聴するが毎回の課題に即した作品を作るのは難しく、この定点観測の映像を作り続け、発表している。定点観測は楽しみにしている受講生が多いようで、「３０２教室」に毎回いくつもコメントが書き込まれていた。

映像は、湯元真二が通勤に出る午前十時ごろ、マンション六階に位置する部屋を出たところで廊下から撮影する。部屋は東向きだが、西に開けた共用廊下からはその方角に遮る高い建物があまりないこともあって、遠くの富士山までよく見えるのだ。

東京から西南西に位置する富士山は、晴れていれば見えるわけではなく、夏の間は南からの湿気をたっぷり含んだ空気によって見えないことが多い。秋になって風向きと湿度が変わると、驚くほどくっきりと見えるようになる。

　ヤマネは感想を続けた。

「富士山って、新幹線からよく見えますよね。できるだけ山側の席を取るようにしてるんですが、毎回見えるかどうかが気になって。今回の映像でも思いましたが、富士山って見える日と見えない日というよりは、今日はある、今日はない、って感じがするんですよね。天気が悪いとどこにあるのかもわからないくらいで、あんなに大きな山が全然見えないなんて、超常現象みたいな気持ちになったりします」

　今私が話しているこの映像を湯元さんは少し時間が経ってから観るのだなあ、と思いながら、ヤマネは話した。

「シャイニング」のジャック・ニコルソンの顔の前で腕組みをして、丘ノ上が言った。

「新幹線で、富士山が見えますって車掌さんのアナウンスあるときありますよね。たいていは素通りですが、なんかノリノリで今日は晴天で富士山が素晴らしく見渡せますって言うときもあって、車掌さん次第なんですかね？　休日だけとか？」

　丘ノ上が楽しげに言うと、小滝沢が首を傾げて応えた。

「実は私、そのアナウンス聞いたことないんですよ。東海道新幹線に乗る機会が丘ノ上さんほどないからでしょうか」

「えーっ、そんなレア体験ですかね。森木さんは？」

「あります、あります。富士山は標高三七七六メートルって解説が始まったことが」

チャット欄にも、受講生たちの体験談が書き込まれた。飛行機で機長のアナウンスを聞いたエピソードもある。

「富士山が見える見えないって、森木さんが言わはったみたいに、あるときとないときって感じに分かれてるから、車掌さんも見えたときはうれしいんですよ、きっと。

湯元さんの定点観測、次回はもっと富士山が見える日が増えるでしょうね。ぼくは根気がなくて、そもそも撮影がないときだと起きるのが昼過ぎやひどいときは夕方なんで、毎日同じ時間に撮影して、さらに出勤されてるってことが偉大で、尊敬します。お仕事の都合でこの時間にお話をうかがえないのはぼくとしても残念なんですが、その分、『３０２教室』では皆さんコメントたくさん書いてもらって、盛り上がってますね。

前回のときに、定点観測は時間が作り出す彫刻だって書いてた方がいましたね……」

丘ノ上の言葉がしばらく続き、進行時間を気にした七坂マチが次の作品へと促した。

「丘ノ上さん、そろそろ……」

「はいはい、課題作品に行きましょう」

一度画面が暗くなり、それから写真が映し出された。

＊　＊

ヨーロッパのどこかの街のようである。

青空の明るさから夏であるのがわかる。手前に石造りの四階建てがあり、その前から奥に向かって道が続く。背の高い街路樹が並び、緑の木漏れ日の下には草が伸びている。石畳の遊歩道は幅が広く、白いシャツを着た高齢の男女が寄り添って歩く後ろ姿が小さく写っている。

画面が切り替わり、文章が表示された。

《この道は、私が今ベルリンで住んでいる家の前から続いています。十分ほど歩くと、この場所に出ます。

私が住んでいるのは五階建ての四階の部屋なのですが、その窓からこの道がよく見えます。私は家からここを通ってその先の公園まで続く道を一日に一度は歩きます。ロックダウンがあった時期も散歩はいつでも可能だったので、この道を歩くことが息抜きでしたし、朝と夕方と二回、ときには三回散歩することもありました。

私が住んでいる建物は第二次大戦後まもなく建てられたものなので築七十年くらいですが、街にはもっと古い建物があります。道の奥に写っているご夫婦は、手前に写っているとても古い建物に結婚以来住んでいて、五十年間この道をほぼ毎日歩いているそうです。

この写真は六月に写したものですが、秋になると落ち葉が大量に積もります。この街では秋から冬への変化が速くて、葉の色が変わり始めたら、冬が来るんだなという気持ちになります。葉の色は黄色になる木が多いです。

大きな葉が石畳の歩道に落ちて、降り積もった乾いた葉を踏んでかさかさという音を聞きながら歩くのが、私の楽しみです。

このあたりまで歩いてくると、散歩しているこのご夫婦によく会いますし、ときには三階の窓からどちらかが道を見下ろしていて、手を振ってくれることもあります。開いた窓からときおりバイオリンの音が聞こえますが、レコードをよくかけているのだそうです。

この年になってこんなできごとを経験するなんて思わなかった、と彼らは言っていました。それを聞いて、私は彼らは戦争を経験した人なんだな、となぜか急に思いました。一年半ほどしか住んでいない私がすでにこの道を千回近く歩いたことになるので、彼らは何度歩いたのか、どれほど多くの人がこの道を歩いたのか。

今日は、その数えられなさを思いながら、私はこの道を歩きました》

＊　＊

画面が切り替わり、明るい部屋にいる女性が映った。

「平野《ひらの》リノです。前回は出席できなかったので、今日はよろしくお願いします。私は一昨年の暮れに研修生としてベルリンに来て、今は建築事務所で働いています。こちらに来て間もない時期にロックダウンになってどうなることかと思いましたが、この道を歩く時間でかなり落ち着くことができました」

「302教室」に書き込まれていたプロフィールには、ベルリンで部屋にこもって過ごしていた時期にせっかくこの街に来たのだからとインターネットで街の歴史や地図を調べ始めたことがきっかけで建築と街や場所との関係をもっと考えてみようとこの講座に応募した、とあった。

「ドイツ語はまだまだ勉強中で、語学の教科書っぽい文章、うまく使いこなせない外国語の作文のイメージで書いてみました。不慣れな外国語でなにかを伝えようとするときは、一つ一つの単語と物事を自分自身で確認しながら話したり書いたりしますが、その感覚を久々に思い出して……」

平野リノが話している部屋は、窓の外からの光で部屋全体が明るかった。

ベルリンは何時だろう、とヤマネは手元のスマホで検索してみた。時差は七時間。お昼の一時十五分。東京や日本のどこかの場所の夜の八時十五分にいる人たちと同じように並ぶ枠の中に、とても遠い場所のお昼の一時十五分がある。しかし音声や画像がずれることもなく同じ場所にいるのと同じように会話できることを、参加している誰もがすでに当然のこととしてことさらに意識もしていなかった。

音楽番組で海外のスターと中継する時にタイムラグがあってそれをものまねする人もいた時代を、ヤマネはふと思い出した。

ベルリンの午後一時十五分の室内は、白い壁に窓の木枠も白く塗られていて、おそらく彼女が入居する前に改装されていた。窓の横に置かれた本棚は年季が入ったものに見えるが、この部屋にずっとあるものなのだろうか、といい雰囲気の本棚を探しているヤマネはつい気になっていた。

小滝沢が尋ねた。

「ベルリンは、もう寒くなってきましたか？」

「そうですね、東京よりは寒いと思います。朝はかなり冷え込みますね。でも、部屋にいると快適です。こちらの建物は壁も厚いし、窓も断熱性があって」

ヤマネが感想を話す。

「写真だけで見ると、どこかのありふれた道かもしれないんですが、文章を読んでからじっくり見つめると、この道を今までに歩いたたくさんの人が見えてくるようですね。習い始めた外国語で書いた作文を想定してとのことでしたが、短い文章の中で『私』や『この道』など何度も繰り返すことによってリズムが生まれて、それが歩くという動作にもつながる。

前回、ヤマモトマヤさんの樹木の絵の話で、木はずっとそこにあって全部の日の時間を経験していることに圧倒されると言いましたが、どっしりと根を下ろして立っている木々と、毎年芽吹いては色が変わって落ちる木の葉や草とその両方があるから、巡る季節の中で時間を刻んで、人間の思い出や一年一年の感覚と深く結びついてるんだな、と考えたりしました。六月は日が長くて、梅雨がないところではすごくいい季節でしょうね」

そのあとを小滝沢が継いだ。

「ドイツ、特にベルリンの位置する北部は高い山がなくて、ベルリンの街も全体に平坦だというのは、前に平野さんが街路をバスから撮っていた映像でもよくわかりましたよね」

「この道も、そのずっと先にある大きな公園も、高低差がなくて見通しがいいんです。それに道幅がとても広いので、歩くのは楽しいですね。そうそう、もう一枚、写真を表示してもらえますか?」

画面に、煉瓦造りでアーチ構造の高架橋が映し出された。

「これ、いつかお話しした有楽町の高架下にそっくりのところです」

「わ、ほんまや。というか、有楽町じゃないんですか、これ」

「そうですよね。市内にこの煉瓦のアーチ構造の高架は何か所かあるんですけど、どこに行っても有楽町に瞬間移動してしまったみたいな、妙な気持ちになります」

「確か、ベルリンの鉄道に関わった技術者が日本に呼ばれて作ったんでしたよね。有楽町のあの高架下にドイツ料理のお店が入っているのは由来があるのかな」

「あの店のソーセージとビール、最高です」

とコメントしたのは、丘ノ上かと思いきや小滝沢だった。

「有楽町の煉瓦のアーチ型高架橋は、百年以上、あの場所の雰囲気を作ってますよね。万世橋にも似た高架橋があって、東京駅の建物や鉄橋、当時作られた建造物を見ると、諸外国からの技術を導入して作り上げられてきたのが視覚でわかる」

明るい部屋で、平野が頷く。

「ベルリンの高架橋は有楽町よりも古いわけなんですが、もっと古い駅もそのままの形で使われていたりします。住んでいる地区は空襲のあった地域で、このアパートも戦後に建てられたから築七十年くらいですね。古い建物のほうが価値があるので、七十年くらいだと『うちはまだまだ新しいから』なんて話してますね。

そのくらいの年数の建物に囲まれて生活していると、時間の感覚が変わってきたように思います。長さの感覚というか。だから、写真の道や道沿いの木々や草を見ても、何十年、何百年前から繰り返されてきた時を考えるようになったのかもしれません」

話し終わったところで、誰かが訪ねてきたらしく、平野はカメラの前から離れた。

次の作品に進む。

＊　＊

カラー写真の白い枠がついたプリントである。

町家や長屋と呼ばれる木造二階建てが両側に並ぶ路地。

小学生の男の子が二人立っている。

手前の家は、薄い黄土色の壁に、「うだつ」のある立派なつくりで、二階には円形の窓があり、一階の路地に面した窓の格子にも彫り模様がある。その奥はもう少し簡素な作りだが、漆《しっ》喰《くい》の壁に格子の引き戸や窓が並び、同年代に建てられたようだ。

路地の先には、商店街のアーケードが見える。アーケードの影になって薄暗く、自転車が数台停まっているが、人の姿はない。

もう一枚、モノクロの写真が添えてある。飛行機から写した街の写真のようだ。

白黒の空中写真では、碁盤の目状の道路があって街区がはっきりとわかるものの、建物はない。更地らしき土地に、ところどころ円形の窪《くぼ》みがある。隅の区画には、白っぽい点が規則正しく並んでいる。

《小学生のころ、と言われて思い出すのは、必ずあの道である。

毎日二度通った、他よりも道幅の狭いあの道。

途中に同級生の家があり、私は毎朝その家の戸の前に立って、彼の名前を呼んだ。からからと音を立てて引き戸が開き、眠たそうな顔の彼が出てくる。そして四、五人で昨晩のテレビの話をしながら登校するのだった。

帰りには、自宅に戻る前にその家に寄ってそのままテレビゲームで遊ぶことも多かった。つい時間を忘れて、母親から電話がかかってきて怒られたことが何度あっただろうか。

団地の私の自宅とは、随分と違う家だった。模様の入ったガラスの引き戸、土間の広い玄関、梯子《はしご》のように急な階段。木と畳のにおい。間口が狭く奥行きの深い一階はいつも薄暗く、一日中蛍光灯がついていた。

家の奥に、昔は庭だったらしい小さな空間があり、そこに面したガラス戸だけがぼんやりと明るかった。

その頃の私は、『古い』というのがどのぐらい昔なのか考えたことはなかった。昔は昔で、とにかくずっと前だとしか思っていなかった。ゲームで遊ぶ部屋の畳が少し傾いていたのを、妙にはっきりと覚えている》

＊　＊

そのあとに映ったのは、黒縁の眼鏡をかけた楕円形の輪郭の男性だった。

「ほりっちです。堀《ほり》なんですが、なぜほりっちかというと、実は丘ノ上さんの高校の後輩で、そう呼ばれてます。高校にいた時期はかぶってないんですけど、映画部の顧問の先生から先輩に自主映画の賞をもらったすごい人がおるってしつこく聞かされてて」

「しつこくって、感じ悪いな。映画部を訪問したときにほりっちをスカウトして、何度か映画に出演してもらったんですよ」

「映画部に入ったのは友達に連れて行かれただけで全然詳しくないんですけど。高校のときも見た目があんまり変わらなくて、つまりおっさんぽいってことで大人の役をやるのにちょうどええと」

「いやいや、悲哀とユーモアが絶妙にブレンドされた味のある顔してるから」

「うまいこと形容してますけど、水木しげるの漫画に出てくる人みたいって言うてたやないですか。役も怪しい近所の人とか不気味な同僚とか」

「あとで助けてくれたりするいい役なんですよ。その節はありがとう、ということで、作品の話を」

　ほりっちは笑って、写真と文章についての話を始めた。

「ぼくは今は映画とはなんの関係もない仕事で、地元で不動産関係です。このすぐあとに引っ越して転校して同級生にもそれきり会ってないんですけど、先月仕事でこの辺に行って。そしたらうしろに写ってる友達の家も手前のこの立派な家の場所もマンションと駐車場になって、全然雰囲気が残ってなくて。あの家、かっこよかったのになあ、と思って家でアルバムを探したらこの写真があったんです。何のときかな、そこのおっちゃんが新しいカメラ買《こ》うたから写したるわ、って道に並ばされて。そういやぼく、子供のころは焼き増しのこと焼き回しって思ってました、ってもうデジタル世代にはなんのことかわかんないですかね。

白黒写真のほうは、飛行機から撮った写真です。航空写真ってよう言いますけど、用語的には空中写真みたいですね。森木ヤマネさんがゲスト講師で参加されるってうかがって、二冊ほど読ませてもらったんですが、空襲に遭った街の話で、現代にそこに住んでる人が地図で空襲があった場所を照らし合わせたりするところがなんか印象に残って。今は、過去の空中写真もインターネットのサイトで簡単に見られるから、自分の住んでたとこを見てみたんです。そしたら見事に焼け跡で。その焼け跡に、昭和五十年ぐらいに団地が建って、ぼくの両親と姉が引っ越して五年後にぼくが生まれるわけです。写真の上のほうの黒い筒が並んでるみたいに見えるのは、長屋の屋根なんです。そこらへんがこの写真のあたりで。うわー、あの家、戦争の前からあってんや、そんなに古かったんや、ってびっくりして。そんなに古かって、空襲でもせっかく焼け残ってたのになあって。

向かいの家は、建物のこと詳しい人に見せたら、すごい立派やな、昔のお金持ちの家やって言われたんです。それもあっさり建て替えられてもうたんやなあって、引っ越したきりこの街へは行かなくて同級生がどうしてるかも知らないし、普段は壊して建てるほうの仕事してるくせに妙にさびしくなりました。

文章を書くのは苦手なんですけど、昔のちょっとかっこつけてる感じの作家の書いたやつに憧れがあって、その映画部の顧問の先生にやたら薦められて読んだ織田作之助を意識してみました。あっ、『夫婦善哉』は嫌いです、あんなん全然だめですよ、もっとええのがたくさんあって、『木の都』とか『アド・バルーン』とか『世相』とか。それで『木の都』が子供のころに住んでた街を再訪する話だから読み返して、なりきって書いてみました。全然違うと思いますけど」

ほりっちは、ちょっと照れたような笑みで眼鏡を直した。

小滝沢が、話し始めた。

「戦災を免れた建物や、戦争の傷跡、空襲の焼け焦げや銃弾の跡が残る建物は実は多くあって、意識していないけど普段通勤で通るすぐ近くにあったり東京の都心でもあちこちあるんですが、この二十年ほどの再開発の流れもあってだいぶ減りました。

ほりっちさんは、この路地の雰囲気がすっかりなくなってて最初わからなかったと言われていましたが、記憶にある建物や古い建物は、今の時間と過去の時間をつないでくれる貴重なきっかけですね。昔の人と今の人、歴史と人間をつなぎとめるかすがいのようなものと言えるかもしれません。ほりっちさんが小学生のころ、八十年代の終わり？　ですね。私などにはつい最近の、新しい時代に感じますが、思い出してみると実は遠くなっていて、空中写真に映し出された戦後すぐというとても遠くに思える時代と、中くらいの遠さの時代との距離感を考えたくなる作品でした。森木さんは、どうですか？」

「私の小説を読んでくださったとのことでありがとうございます。小滝沢先生の授業で内田百閒の戦時中の日記を元に四谷を歩いたと前回お話ししました。

空襲で一面焼けてしまったところは区画整理で道が広くなり、焼け残ったところは路地や複雑な道がそのまま残っていたりというのは、昔の地図を見比べていて私も気づいたことがあります。

小説の舞台になる場所の変遷を地図や資料を調べて、何か所か実際に歩いているうちに、ふと、当時の人が見ていた風景や響いていた音を感じる瞬間があって。

ほりっちさんの文章を読むと、小学生のほりっちさんが生活していた場所や時間が浮かび上がってくるようでした。長い間忘れていることも、なにかのきっかけで驚くほど鮮明に思い出すというか、急に湧き出てくるときってありますよね。ああ、確かにこんな光や音だった、って」

「そうなんです、写真に写ってる場所の手前側に、小さい工場があったんですよ。町工場っていうのか、なにを作ってたかわからないんですけど、奥のほうで溶接作業してるおっちゃんがゴーグルつけた姿と飛び散る火花がめっちゃかっこよくてじっと見てました。その時の音を何十年ぶりかで思い出しました」

頷きながら聞いていた丘ノ上が言った。

「ぼくはカメラを構える側なんで、小学生のほりっちから見えてた光景をつい想像してしまいますね。友達のお父さんが新しいカメラを構えてて、当時だったらいかにもレトロなカメラじゃなくて、ニコンＦ４あたりのごついやつかな。

ちょっと前の時代って時代考証が意外に難しいんですよ。昭和ってだけでやたらと古いもの持ってきてしまったり、ついこないだのはずが実物が手に入らなかったりね。自分自身が経験して記憶もある時代のことなのに、調べ出すと曖昧で忘れてしまってて。お父さんのカメラを構えて自慢げな様子のほうを思い浮かべてしまうのは、自分がそちらに近い年齢になったからかも」

「それは思いますね。今、ウチの子供はまだ保育園なんですけど、この写真を探してアルバムを見てたら、父親は今の自分の年齢の時には子供は高校生やったんやなって。だから、この写真撮ってくれたおっちゃんも、実は三十代前半とかやったかも」

ほりっちの背景は、珊瑚礁《さんごしょう》の海と空が合成されていて、実際にどんな場所で話しているのかはわからない。

ヤマネは話を聞きながら、ほりっちの父親をなんとなく思い浮かべた。それはほりっちと同じ黒縁眼鏡をかけて、しかし髪は七三に分けた男性で、あまり現実味のない昔観た映画の中の人みたいだった。

「写真と今の場所と記憶がつながることで、視点が増えていくのがおもしろいですね。子供のほりっちさんと友達のお父さん、ほりっちさんのお父さんと今のほりっちさんと、いろんな視点が現れてくる」

小滝沢が言ったあとに、ヤマネが続けた。

「誰かの視点からものごとを見られるのが、人間のおもしろいところだと私は思います。子供だった自分を見ていた父親の視点を想像するって、それこそ年を取ることの意味じゃないかな」

写真はいつも、カメラを持って写真を撮影した人の姿は写らない。

話しながら、ヤマネは考えていた。

たまに鏡やガラスに映り込んだり、映り込む角度を考えたセルフポートレートのような写真もあるが、カメラを持つ人、写真を撮る係になりがちな人は、その人自身が写っている写真が少なくなる。撮られるのが苦手だから、カメラを構えるほうになる人もいるに違いない。ほりっちと並んで写った同級生は、今は写真を撮る側になっただろうか。お父さんの写真を撮ることはあるだろうか。今、彼らはどんな家で暮らしているだろう。この街を離れ、別々の場所でどんな風景を見ているだろう。

「年ねえ。取りましたねえ。自分が四十年も生きたんやと思うと、子供の時にめっちゃ昔と思ってた時代って、そんなに遠くない昔なんやなって思うようになりました。

織田作之助の小説に書いてある時代とか、子供の時にじいちゃんに聞いた話とか、遠かったことが、近くなったというか。自分の時間が長くなると、周りの時間が前より短く思えてくるんですかね」

「ほりっち、ええこと言うなあ。大人になったなあ」

丘ノ上の言葉は、茶化すのではなくてしみじみとした響きだった。

画面に並ぶ受講者たちも、それぞれが誰かの顔や記憶の中の風景を思い浮かべていた。

小滝沢の背後の棚の上に、猫が現れた。小滝沢は気づいていないようで、手元の資料に目を落としていた。猫は棚の上で香箱を組み、そこで落ち着いた。ヤマネは、猫がもっと画面に近づいてくれないかなあ、と思った。

次の作品が映し出された。

＊　＊

二階建ての古びた家。

モルタルの壁に青色の瓦屋根。間口は狭く、それほど隙間なく建っている両隣の家もよく似た外観である。

玄関ドアは板チョコのような色と形。その前に自転車が二台停めてある。

玄関ドアの左側にある小さめの窓の中は台所のようで、吊り戸棚に置かれたカラフルな鍋や洗剤が模様ガラスに透けて見える。

二階のベランダには、薄緑色の芝生みたいなラグマットが干されている。

一度画面が暗くなり、それから文章が表示された。

《この家に最初はどんな人が住んでいたのか、私は知らない。

今は、私とFとRが住んでいる。

学生時代に知り合ったFとRとこの家に住むことになったのは、Fの知人がカップルで住んでいたのが別れて引っ越すことになり、それを聞いたFが『あの家いい感じだったよね』と、ひどい別れ方ではないとはいえそれなりにさびしそうなその知人（Sさん）にうっかり言ってしまって、大きい家具の処分を面倒に感じていたSさんから『家具置いていくから住む？　不動産屋さんに聞いてみようか？』と言われたのがきっかけだった。

私もRも、前に住んでいた人たちに直接会ったことはない。置いていってくれた緑色のソファと緑色のラグに座って、緑色が好きだったのかなと、たまに思う。

一階は台所と板張りのリビング、二階は洋室が一つと、襖《ふすま》で仕切ることができる和室の続きの間で、三人で住むには都合のよい間取り。

奥の和室を使っているFは、建設資材を扱う会社で働いていて、映画を観に行くのが趣味だがいつも一人で行く。

ベランダ側の洋室を使っているRは、イタリアンレストランで働いていて、温泉旅行が好きだが去年から行けていない。

真ん中の和室は、小さい窓を開けると隣の家の壁が見える。押し入れが大きいからそこを使っている私はマーケティングの会社で働いていて、地図が好きで、今はインターネット上の地図や風景を見て架空の旅行を考えている。

家は外から見るとどちらかというと地味で古びているけれど、中はSさんたちが改装して一階の壁は薄い緑、二階の部屋もそれぞれ薄い黄色、水色、サーモンピンクに塗られていて、最初は落ち着かないくらいだった。Fが、あの家いい感じ、と言ったのはこの壁の色と外から見た感じの両方だった。

建てられたのは昭和五十二年で、それから何人がこの家に住んだのか私は知らない。大家さんはここに住んだことがない人らしい。和室の押し入れの襖はいつから外されたのか、台所の棚はいつ作られたのか、わからないが、Ｆが『あの家いい感じ』と言ったのはなんとなくわかる。

　去年の春先に引っ越してすぐに出かけられない時期になった。急に在宅で仕事をやらなければならなくなったりＲは仕事がなくなるかもしれなかったり、ずっと三人で過ごすことの面倒さだったり、いろいろあったけれども、今は、あの時期にそれまでの一人暮らしよりもこの家で三人での生活でよかったかなと思っている。

　それから、斜め向かいの家に柴犬がいて、その家の二階のベランダの柵からときどき覗《のぞ》いているのがかわいいので、それもこの家のいいところだ》

＊　＊

　切り替わった画面に現れたのは、七坂マチだった。

「えー、辻《つじ》さんは今日は出席の予定だったのですが、お仕事が長引いて間に合わないと先ほどご連絡いただきました。文章は、特になにか想定したものはなくて自分が普段書いている感じだそうです。辻さんはぜひご感想をうかがいたいとのことなので、講師からのコメントをお願いします。受講生のみなさんも『３０２教室』のほうにメッセージ書き込んでくださいね。では、森木さんからいきましょうか」

　すぐに自分の番だとは思っていなかったヤマネは少々慌てた。「３０２教室」で前回までの作品やコメントは見ていて、辻さんは、前回は近所の路地の風景に友人との会話の音声を重ねた映像を作っていた。

「写真では家の正面だけで、ここの前を散歩してたとしても見過ごしそうな、よく見かける外観のお家《うち》なんですけど、文章では部屋の中やそこで暮らしている三人、それから前に住んでいた人から近所の風景まで、どんどん鮮やかに浮かんできました。

簡素な書き方なんですけど、ＦさんやＳさんの雰囲気や関係性まで想像できて、それから、去年の春先に引っ越してきてからの時間がこの中に折りたたまれている。一年と少ししか経っていないのに、去年の最初の緊急事態宣言のときのことって記憶が薄れているというか、もちろん細かいことまで覚えてはいるんですが、そのときの実感まではリアルに思い出すのが難しいなって最近思うんですよね。

急に今までの生活とは一変するような事態が起こったときって、一日一日が長く感じて、特に最初の二週間くらいって日々なにか状況が変わったり、心配事が発生したりしたせいか、普段の忙しさでどんどん過ぎていく日々とは全然違う時間を過ごしていたなって。そのあと、緊急事態宣言が繰り返し出たり、なんだかいつのまにかこの状況に慣れてしまっていて。そういう今の時期に、あのときも難しいこともあったけど同じ家に三人でいてよかったという気持ちと、その後の三人での暮らしが続いている生活感みたいなのが、この文章を読むと伝わってきました。

それはやっぱり辻さん自身のこの家で寝起きしてごはんを食べたり仕事をしたり、毎日見ている光景の積み重ねからきているんだろうなと思いました」

ヤマネのあとを、丘ノ上が引き継いだ。

「そうですね、三人がほどよい距離感を見つけて暮らせてるのかなと。写真に写ってる外観の、窓に見えてる台所用品や干してるラグマットの、そんなに目立つわけではないのに生活感と個性が垣間見える具合が絶妙ですよね。

ぼくが映画の撮影をするときだと、まずイメージに合った街の雰囲気や家の外観、部屋の中を美術さんと話し合って、実際の現場では美術さんが登場人物のプロフィールやシーンの設定から細かく作り込んでいくんですね。それは画面では背景になるし、棚に並べる本も考えられていたりしても、そこまでしっかり映るわけじゃない。中には画面を一時停止して並んでる本を確認してくれる熱心な映画ファンもいますけど、たいてい一つの場面の全体として見ますよね。時には編集でカットしてしまうこともあって、それでも、そのシーンや映画全体で伝わる土台になる。その部屋や場所で演技する俳優も、影響受けますしね。

辻さんのこの文章や、辻さんがこの暮らしを元に小説かエッセイを書いてそれを映画化するとしたら、どんな家の部屋にして、どう撮るか、つい考えてしまってました」

丘ノ上の話を聞いて、ヤマネは自分の小説が映画化されたときに撮影現場を見学しにいったことを話した。

「壁のスイッチを使い込んだふうに汚してあったり、襖は撮影所にある古いのを持ってきたり、美術の方に解説してもらって、こんな細かいところまで作るんだなあ、とひたすら感心していました。

二度目に映画化されたときは、美術さんが私の小説を読んでくださってる方で、部屋の棚の本を今までの小説からイメージして作ってくださってたんですね。原作は長編だったので、映画では語られない設定が、部屋の小物にはちゃんと反映されていて。

小説を書くときも、登場人物たちのプロフィールや住んでいる場所や職場の設定を考えて、それは結局小説の中では使うことがなかったりもするんですが、この写真のお家も、遊びに行ったら楽しそうで、だから最初にFさんが、別れて引っ越す人に対してあの家いい感じなのに、って言ってしまったのもわかる気がします」

話しながら、ヤマネは画面に並ぶ受講者たちはどんな部屋でどんな家にいるのだろうと思った。小さな枠の中でほんの少ししか見えない部屋、合成の背景で全然わからない場所でも、そこにいる彼らはその空気の中でこの画面を見て、日々の生活がある。

小滝沢がコメントした。

「映画で部屋や設定を細かいところまで作るのは、人がはっきり意識すること以外も受け取ってるからなんでしょうね。このお家も、家自体の中くらいに古びた感じとラグや台所の小物のカラフルさのギャップだけで、家が建てられた時代と今という二つの時間が見えますよね。先ほどのほりっちさんの写真の年季の入った伝統的な意匠の木造家屋とまた違って、ドアの形やモルタルの壁がある時期の風景を確実に表している。

家の外観って、時代の流行が驚くほどはっきり表れますよね。住宅街を歩いていると、建てられた年代がモザイク状になっていておもしろいです。この十年、二十年くらいでも、南欧風が流行ったり窓が小さめ少なめの家が増えたり。家周りの植栽も、時代感が出ますね」

「そうそう、ロケ地を探して歩いてると、昭和三十年代なのかなあ、それくらいの家によく棕櫚《しゅろ》の木がありますよね。この時代は新築の家に棕櫚ってセットやったんかなって思うくらい、玄関脇あたりに棕櫚がしゅろーっと伸びてる。何十年も経って高く育ったから余計目立つのかもしれないですけど」

受講生の何人かが画面の中で大きく頷いた。ヤマネも、「棕櫚がしゅろーっと伸びている」近所の家を思い浮かべた。

丘ノ上は続けた。

「家が作られた時代を知らない、もっと後に生まれた人たちが改装して生活しているのも、おもしろいですね。

建てた人の思い入れや最初に住んでいた人の生活から遠く離れていって、二〇二〇年や二〇二一年を生きている人の生活や仕事や人間関係がある」

「今日は辻さんは欠席されて、直接お話をうかがいたかったのと同時に、私はまだ辻さんに会ってない、と言っても画面上でですけど、どんな方なのかわからないからこそ、想像が広がるところもあったのかな。誰かが生活している空間って、本人がいないときにいっそうその人の存在を感じることがありますよね」

もう二、三コメントが続いたあと、次の作品の紹介に移った。

色が鮮やかなカラー写真である。

大きな川の河川敷で、少し先の鉄橋を電車が走っている。

日が暮れたあとの空はうっすらと紫がかっていて、電車の窓が明るく見える。

河川敷にはグラウンドがあるが、誰もいない。土手の上の道を歩く人影がいくつか小さくある。

＊　＊

対岸にはマンションがぽつぽつとシルエットになっている。

川面は穏やかで、さざ波に鉄橋と空が映っている。

《この鉄橋は、四十五年前に毎日のように見ていたものである。

四十五年前、東京に出てきて初めて住んだのが、この鉄橋の近くであった。

木造の風呂なしアパートで、近くには似たような安アパートも多かった。銭湯に行くついでに土手や河川敷を歩いてみることもあった。アルバイトなどで忙しい日々だったが、今から振り返ってみれば若いあのころは時間があったのだろう。何をするでもなく河川敷で空や鉄橋を眺めていた時間が、当時を思い出すと真っ先に浮かぶ。

昨年、定年後の嘱託での勤務があと数か月残っている時にコロナ禍となり、時間ができた。河川敷まで歩いていく日が増えた。家からは三十分以上かかるが、二十年以上住んでいるこの地でいまだ知らなかった道や場所と多く出会う。

河川敷で当時とほとんど変わらぬ鉄橋を眺める。ただ、現在自分がいるのは、当時の自分が立っていた岸の対岸である》

＊　＊

画面に現れたのは、白髪が七割くらいの髪を短く刈り、眼鏡をかけた痩せた男性だった。カメラの位置が顔よりも下にあるのか、背景には板張りの天井に和風の四角い笠のついた蛍光灯が映っている。

「堤健次《つつみけんじ》と申します。文章にちらっと書きましたように嘱託期間ももう終わりまして、妻は今も学校に勤務してることもあり、普段はもっぱら家事をしております。少し離れたところに住んでいる娘の子供の守に行ったりもしながら、ほとんど毎日河川敷まで歩いてます。会社勤めの間に腰を悪くしたことが何度かあって、医者から歩いたほうがいいと言われまして。

妻の勤め先の学校が市民センターの近くで、この講座の募集を見かけて、これいいんじゃない？　定年になって仕事に行かなくなると急に老け込む人が多いって言うし、地図好きでしょ？　って勧められたんです。去年の春は私の勤め先も急にリモートやらなんやらになって、あ、私は決してデジタル関係が苦手なんではないんですが、やはり若い人に比べますと……。そのときはてんやわんやしたんですが、おかげで今、この講座にもすんなり参加できて、作品を編集したりもできてるわけです。

えー。文章は、旅行ガイドの解説と思って書きました。書いているときは、仕事の報告書みたいだな、と思ってたんですが、こうして画面で流れてみると、なんだかおじさん感がありますね。おじさんなんで当たり前ですが、なんでしょうね、過去を振り返ると、どことなく感傷的に思えるからでしょうか」

小滝沢がコメントした。

「河川敷や川の風景は、堤さんがおっしゃられたような独特の感傷が漂いますね。それは特に年齢のせいだけではなくて、その場所の近くで、あるいはその風景に親しみを持って過ごした経験のある人なら、誰もが感じるものなんじゃないでしょうか。近くに住んでいなくても、通勤や通学の電車で毎日電車から河川敷を見ていた人も、きっとその風景とある時期の記憶が強く結びついていると思います。

大きな川は、都市の成立する重要な要素ですね。だから、どの街にもそこを象徴する川がある。川が県境など街の境目にもなっているので、川を越えることがある街に行くこと、あるいは離れることにも重なります。普段の散歩や、通勤通学で明確に意識していなくても、その感覚や経験は確実にその人の中に刻み込まれるんじゃないでしょうか」

小滝沢の背後で、猫は毛繕いを始めた。片足を斜め上に伸ばし、一心に自らの毛を整えている。

ヤマネが話した。

「河川敷の風景は、私にも思い入れのある場所があります。鉄橋の形なんかは違ったりするんですが、自分の知っている川と河川敷の風景がとても鮮やかによみがえってきました。私の場合は、歩いて行くよりも、鉄橋を走る電車から見た光景ですね。車窓でゆっくり角度が変わっていく川の景色。

文章は、堤さんがお話しされていたように、解説や報告書的な簡潔な文体なんですが、だからこそ、一言一言の背後に毎日歩かれている時間や四十五年前からの時間が想像される部分がありますね。文章って、伝えようと書きすぎてしまうと余地がなくなるというか、たとえばテレビドラマや映画で悲しい場面を切ない気持ちで観ているときに、いかにもな音楽が大きく流れたり人物がどれだけ悲しいか細かく説明したりして、こちらの気持ちの盛り上がりがちょっと離れてしまうなんてこともありますよね。そのあたりは好みもあって難しいところですが、今回の堤さんの作品は、夕暮れ時の、でもドラマティックな夕焼けではない、青いトーンの写真と、文章の簡潔さがうまく合ったんじゃないでしょうか。

四十五年前から暮らし続けている東京の、若いころの時間と今の時間が対比されたあとで、最後にぽっと、今いるのはあのころいた場所の対岸だと示されるのが、すごく印象的です。同じ川と鉄橋の風景を見続けてきたのかなと思って読んでいると、あのころと今の位置が対比されて、一人の人の人生の変化、同じ人なんだけれども生活や気持ちが違うということが、視点の違いで表されていると思いました」

堤健次は、照れくさそうな顔で頷いていた。

次に、丘ノ上が話した。

「そうですね、ぼくも最後の一行で、現在の堤さんが川と鉄橋を見ているのと同時に、対岸で青年がこちらを見ている姿が浮かびました。

　小滝沢先生が言われたように、大きな川って街の境目になってることも多くて、距離は近くても川を渡ると街の雰囲気や生活感はだいぶ違ったりするんですよね。ずっと同じ土地で暮らす人もいますが、大きく移動するのってやはり人生の転機に結びついてることが多い。進学、就職、結婚……。ぼくもだいたい五十年ほど生ききまして、何度か引っ越しをし、いくつかの場所で生活してきました。

　最初の大きな転機は、学生時代の終わりに自主映画の賞をもらって、東京に引っ越してきたときですね。そのときは勢いで、どんどん映画撮れるつもりやったんですけど、全然どうにもならなくてですね、ひと月以上誰にも会わないみたいな感じになって。そのとき住んでた街って、結局三、四年ぐらいいたんですけど、そのあとなんかずっと行きにくいんですよね。ちょっと避けてしまうっていうか、なんでしょうね、そのときのしんどかったことを思い出したくないのか、若いころの自分を思い出すのってどうしても羞恥心みたいなものが湧いてしまう。

　別れた恋人とそのあと友達として普通に接することができる人と、ぎくしゃくして全然しゃべれなくなるタイプの人といると思うんですけど、ぼくが昔住んでた街に対する微妙な感覚って、そのぎくしゃくして全然だめなほうに似てるかな。

　あー、ぼくも若いころを振り返っておじさんぽい語りをしてしまいましたね。いや、これはね、ある程度仕方がないですよ、もう」

　それぞれの枠の中で、何人かの受講生は笑い、まだ学生など若い何人かはぴんとこない表情で画面を見ていた。

堤が話した。

「実は私も、対岸の若いころに住んでた街には長らく行ってないんですよね。特段用事もないので、わざわざ行くのもなんだか……。電車で駅を通過することはよくあって、窓から見える建物もずいぶん変わったなとは思って。

住んでいたアパートはもうないと思いますが、行ってみてもしあったらそれこそ感傷的に動揺しそうですし、もうないのを確認したらどんな気持ちになるかとふと思ったりするんですが、行かない理由も行く理由もなくて、なんとなく……というところでしょうか。

近所の様子もだいたい覚えているつもりだったんですが、今回、書くにあたって隣には、向かいにはなにがあったっけ、と思い出したりして。二階の窓からはお隣の庭が見えて、雑草が放置された狭い庭だったんですけど春や夏には黄色い花が咲いてたなとか、隣も似たようなアパートでたまに夫婦げんかの声が聞こえてきて、そういえば、隣の廊下に置いてあった洗濯機が壊れてすごい音で目が覚めたことがあったたな、とか。

普段は覚えているような忘れているようなぼんやりした記憶も、書こうとすると思い出す作業になりますね。今回の短い文章には結局書きませんでしたけども、その若いときに住んでいた街のことも書きかけて、何十年ぶりかで思い出して。

どれもどうでもいいようなことで、私自身にとっても思い出深いことや人生を左右するようなことではまったくないんですけど。ということは、今回こうして書くために思い出さなければそのまま忘れてしまってたのかなあ、私以外に誰も覚えていないことかもしれず、そのまま消え去っていったのかなあ、なんて思いまして。

先ほどの辻さんの写真の家、昭和五十二年に建てられたと書いてありましたが、そうすると私が東京に住み始めたのと近い時期ですねえ。確かに、あんな雰囲気の住宅があちこちに建って、売り出されていた覚えがあります。そんな感じの家が並ぶ路地で、子供が遊んでたなあ。当時はどこに行っても人が多かったです。ああ、なんだかまた昔話になってしまってすみません」

堤はしきりに自分の手で白髪の頭を撫《な》でている。その姿が誰かに似ているような気がしつつ、ヤマネは話した。

「書こうとすると思い出す作業になる、というのはほんとうにその通りですね。

私は小説で実際に行ったことのある場所を書くことが多いのですが、書いている時間よりも思い出している時間のほうが長いかもしれません。資料として写真やインターネット上の画像を確認することもあるんですが、写真を見ながらだとうまく書けないんですね。情報が多くなりすぎて、読むときにごちゃごちゃする文章になるというか。思い出して、記憶の中の印象の強い部分を書くのが、読む人にとっても想像しやすい、うまく像を結ぶ文章になるんだと思います。

堤さんが、ご自分が忘れてしまったら消えてしまうようなこととおっしゃられていたのも、すごく重要なことですよね。そんな記憶が誰の中にもあって、その人の、大きく言うと歴史を形作っているんじゃないかなと考えています」

堤は、画面の中でじっとこちらを見ていた。何かを思い出しているようでもあったし、考えているようでもあった。眼鏡のレンズにパソコンの画面が反射していて、それを拡大してみれば、その中に画面を見て話すヤマネの顔もあるはずだった。

小滝沢が話した。

「この講座では、皆さんが生活されている身近な場所に目を向けて、表現したり伝えたりしてもらうことを目標にしています。

伝えようと形にしていく過程で、これまではなんとなく見ていたり全体としてとらえていた風景や場所をじっくりと見つめなおしていくこと自体が、すごく意味のあることだと思うんですね」

頷いた堤が、ゆっくりと話し出した。

「そう……、犬がいましたねえ、あのアパートの近くの家にも。辻さんのご近所のようなかわいらしい犬でなくて黒い大きなので、通るたびに吠えかかられて苦手でした。今は、そんな『猛犬注意』な犬も、家の外につながれてる犬も、とんと見ませんねえ」

「昔は番犬でしたからね。ぼくもよく行く公園の近くに怖い犬がいて、遠回りしてたなあ」

そのあとも、受講生の作品が映し出され、講評が続いた。

ヤマモトマヤは、前回の作品の場所近くの林の写真に、樹木の解説と武蔵野の歴史を書いた。

入江は、よく行く食堂の写真にそこのご主人のインタビューをまとめてあった。

通勤で使う駅の写真にある日そこで前の勤め先の人にばったり会った話を書いたもの、近所の家の庭にあるナンジャモンジャと呼ばれる木の写真とその木を見つけて以来の周辺の街並みの移り変わりについて書いたもの、いつも行列ができているラーメン店の写真に列の長さの記録表を付けて天気や曜日と並ぶ人数について書いたものなどが続いた。

講座の終了時間になってもまだ提出された作品がいくつか残り、さらに何人かから提出の意向が伝えられているということで、写真一枚に文章をつけるという課題は次回に持ち越しとなった。

大半の人が自身の仕事を持ちながら講座に参加していて、家事もあり、子供がいる人もおり、二週間に一度とはいえ夜の二時間をこの画面の前に座って、作品も提出する。それはとても根気や動機や労力を必要とすることだとヤマネは思った。そうして集まった作品で誰かの暮らす場所や思い出の場所を見て、話を聞くことができるのは、この澱《よど》んだ時間に閉じ込められたような日々の中でなんと貴重なことだろうか。

ヤマネは画面に並ぶここでだけ会う人たちの顔、それから名前を見つめた。

「皆さま、今回もお疲れさまでした。『３０２教室』にはどんどんコメントを書いてください。それでは、次回までお元気で」

七坂マチが手を振り、他の人たちが手を振り返し、画面は閉じられた。

部屋に唐突に静けさが戻った。

ヤマネは、そのまましばらく誰もいなくなった画面の前に座っていた。さっきまで話していた誰かの言葉が頭の中で反響していて、そのいくつもの声の海に漂っている心地がした。

ようやく立ち上がり、台所へ行って冷蔵庫を開けた。夕方スーパーへ行って、講座が終わってから食べる用に調達しておいた。遅い時間でも負担にならなそうな、蛸《たこ》の刺身、もずく、胡麻豆腐《ごまどうふ》。それにノンアルコールのビールを一缶。ヤマネは人と外食するときは飲めるほうだが、一人だと途端に弱くなるので、家にいるようになってからノンアルコールビールをよく飲む。

行儀がよくないとはわかりつつも、食べながら食卓に置いたタブレットでSNSの猫の巡回をする。変わらない様子を何日見ても飽きないが、調子が悪くて病院に連れて行ったりしていると心配になる。

どこかで子猫の里親を募集しているツイートを、誰かがリツイートしている。「里親」と呼ぶことも、こうして猫アカウントの巡回を始めるまで知らなかった。

三匹まとめて抱えられている鯖《さば》柄の子猫たちは、困惑した顔をしている。「困惑」と猫の顔を見て思うとは、我ながら不思議である。これもやはりSNSでときどき流れてくる定型の画像で、同じ猫の顔がいくつも並ぶ下に「悲しみ」「怒り」「驚く」「泣く」などと書かれているものを思い出す。

以前の自分なら「全部同じ」と笑ってすませそうな猫の顔だが、今は確かに「悲しみ」「驚く」などの表情に見える。興味を持つことは、こんなにも違いがわかるようになるものなのだ。人間の目はおもしろい。

そして「困惑」している子猫たちに、どうか安心して暮らせる家が見つかりますようにと、ヤマネは祈らずにはいられない。

蛸の刺身はレモンと塩で食べるとおいしかった。食器を片付けて、お茶を入れた。窓際に移動させた小さなソファに座り、音楽をかけた。今日も、まずはロバート・ジョンソンである。かなり耳に馴染んだその声を聞きながら、ヤマネは今晩見た遠くの場所の写真を思い浮かべた。ベルリンの遊歩道には、今は落ち葉が積もっていると平野リノは話していた。

ヤマネは二年前に一度だけベルリンに行ったことがあった。自分の小説のドイツ語訳が出版され、スイスとドイツの街を回り、最後に訪れるベルリンでは日独文化センターで朗読会が行われる予定だった。一月末の寒い時期で、ヤマネは運悪くチューリッヒに着いた途端に咽頭炎になってしまった。扁桃腺《へんとうせん》が腫れるのは持病のようなもので、持参した薬でなんとか悪化せずに乗り切ったが、学生たちが準備をしてくれている大学でのイベントや朗読会にはなんとしても出なければと、それ以外はひたすらホテルの部屋で寝ていた。

初めてのベルリンなのに、観光すらできなかった。ホテルに車で迎えに来た文化センターの人が気を遣って、ティーアガルテンの真ん中に建つ戦勝記念塔、映画『ベルリン　天使の詩』で知られる女神の像を通ってくれて、車窓から見ることができた。

どうにか無事に終えた朗読会の翌日は日曜日で、ベルリンではあらゆる店が閉まっていた。体調も全快とはいかず、ホテルにこもっていた。部屋からは、いつまでも青くなりきらない高緯度らしい冬の空を眺めていた。もう次の日の朝には空港へ行って帰国するだけかとさびしくなっていると、以前文学祭で知り合ったベルリン在住の詩人からようやく連絡が来た。ベネズエラ人である彼は故郷の町に帰っていて昨夜戻ったらしい。

出かけた午後五時には、もう暗くなっていた。切符の買い方がよくわからない地下鉄に恐る恐る乗って、指定された駅に向かった。改札のない駅から地上に出たところで、三年ぶりの再会をよろこびあった。

彼の恋人である女性といっしょに、トルコ料理のカフェで軽く食事をした。移民系の店は日曜日でも開けているところがあるらしい。店を出て、夜の道を歩いた。駅近くの二軒以外はほとんとうにあらゆる店が閉まっていて、出歩く人もなく、大都市とは思えない静けさだった。街灯がぽつぽつあるだけで、道は暗かった。しばらく歩いても、薄暗い中に建物の壁がぼんやりと浮かぶくらいで、そこがどんな街なのか、よくわからないままだった。

道はとても広く、歩道だけでも日本の道路でいえば二車線分の幅があった。

ここはとても好きな道なのだ、と彼は言った。休みの日はただここを歩いている、と。

一月だったから見上げる大木に葉はなく、暗がりでなんの木かわからなかった。あの道も、今は落ち葉でいっぱいだろうか。その葉を音を鳴らして踏みながら、彼は歩いているだろうか。

さっき、平野の作品を見た後にヤマネがベルリンに行った話をしなかったのは、ほんの数時間だけ歩いたあの底冷えのする夜の道が実在の場所なのか、自分でもはっきりとしないからだ。

初めて訪れた街で、三年ぶりに一時間だけ再会した遠い国の詩人と、初めて会うその街の図書館の職員だという女性と、読めない名前の通りを歩いた、静かすぎる夜の時間。

凍えるような寒さだったのも、今では実感がない。確かに寒かったはずだが、あの夜の道では寒さのことは忘れてしまっていた。あの夜の時間だけに存在する道を歩いた気さえしてくる。もう二度と会えなかったかもしれない友人と話しながら歩くわずかな時間はあまりに貴重で、立ち止まってスマートフォンを構える時間など惜しく、写真は一枚も撮らなかった。

だから、この道だと誰かに見せることはできないし、そこを歩いたことを証明するものはない。それでも、あの道はあのときも、今も、ちゃんとベルリンにある。平野さんも歩いたことがあるかもしれない。もしかしたら、すぐ近くに住んでいたりして。平野さんの写真の中の道をどこかへ歩いて行ったら、私が歩いたあの道につながっている……。

ヤマネは、夜空の下の並木道を思い出しながら、とりとめもなく思っていた。

思い浮かべる夜の光景に、スピーカーから流れるロバート・ジョンソンの歌が重なる。波のように余韻を響かせるギターの音色と、ときどき裏返るどこかいい加減さのある声。何度も聞いて、すっかり耳に馴染んだが、何度目でも心の奥底に届いて懐かしい気持ちになる。

ロバート・ジョンソンがこの歌を歌っていたときも、あの道はあった。ヤマネは、ふと思った。ロバート・ジョンソンがミシシッピのどこかの道で悪魔に出会ったとき、ベルリンのあの道を誰かが歩いていた。

スマートフォンで検索してみると、今、東京のヤマネの部屋で流れている歌が録音されたのは、一九三六年だった。一九三六年。その数字は、どうしてもヤマネの心を重くした。一九三六年のドイツは、ナチスがすでに権力を持ち、戦争へと突き進んでいく時代。これまでに読んだ本や映画やドキュメンタリー番組の場面が、思い出された。「一九三六年」を検索すると、ベルリンオリンピックが開催された年でもあった。

オリンピックか、とヤマネの思索はまた別のところへとつながっていった。

ベルリンでプロパガンダとして盛大に開催されたあのオリンピックの年に一九四〇年の東京オリンピックの開催が決まって、二年後に「返上」になったんだったか。二年前に観ていた大河ドラマのいくつかの場面が思い浮かんだ。

「東京オリンピック２０２０」が開催された二〇二一年の東京で、一九三六年のアメリカの音楽と、二〇一九年のドイツの夜の道の記憶を漂いながら、ヤマネは誰もいない部屋で混乱した時間の中に取り残されたような心持ちだった。

〈あの建物はなに？〉

二〇一九年のベルリンの夜の道で、ヤマネは詩人の隣を歩く恋人に尋ねた。彼女は、ドイツの南部の街で生まれて、ベルリンには十年くらい住んでいると言っていた。

〈あの、円形の……〉

通りの反対側には、かなり古そうな煉瓦造りの円形の建物があった。劇場か会館かと思ったが、暗がりで廃墟にも見えた。

〈元はガスタンクだったんだけど、空襲があって、たくさんの人たちがあの中に避難して生活してた〉

英語で説明してくれた中のその部分はわかった。

一九三六年には、あの建物はまだ防空壕ではなかっただろう。もっと近くで見られたらよかったんだけど。防空壕になっていた場所の見学もできるようだったし。次にベルリンに行くことができるのはいつごろになるのか、外国への旅行自体、かなり長い期間難しいかもしれない。そう考えると、咽頭炎でほとんど外出できなかったことが悔やまれ、一方で、それでもあのときに行くことができてよかったとも思う。

一九三六年。ヤマネは、その年のことをまた考えた。ほりっちさんの写真に写っていたあの家は、あっただろうか。空襲の前からあったらしいけれど、いつ頃建てられたかは言っていなかった。あの家に住んでいた人は、一九三六年のオリンピックのラジオの実況を聞いたりしたんだろうか。

小さなソファにもたれたまま、思いつくままに遠い場所と時間を漂っていると、少し眠ってしまったらしい。

部屋に流れる音楽は、いつのまにか知らない歌になっている。データやら計算式やらよくわからない仕組みでアプリが「提案」として勝手にかけたその曲は、やはり古い時代のアメリカのブルースで、女性の歌声はあまりうまくはないが味があって心にじわりとしみる響きだった。

時計を確かめると、それほど時間は経っていなかった。うとうとしたのは十五分くらいだろう。しかし、もう日付けが変わった時刻である。ヤマネは立ち上がって、体を伸ばした。

窓から外を見ると、少し離れたあのバルコニーの広い部屋は、明かりがついている。夜更かし仲間、と安堵した気持ちでしばらく眺めていた。

夜の街は、相変わらず静まりかえっている。宇宙船から写した日本の夜景の画像では、東京いや大都市のあるところだけが光の点で満ちていて、こんなにも明るい場所で自分は暮らしているのかと驚く。だけど、こうしてその光の真ん中にいるはずの自分から見る夜の街は、暗くて静かで、宇宙からはっきり見えるほどの光には思えない。それとも、夜でも光のある場所でしか暮らしたことがないからそれに慣れすぎてしまって、とても明るいのに暗く思えるだけなのだろうか。

まだ一日が終わってほしくない気がして、ヤマネは机に戻ってノートパソコンを開いた。「302教室」を表示すると、今日の講座の場所にはコメントがいくつも貼り付けられている。

ほりっちの作品のところには、

〈私の友達もこんな感じの家に住んでいて懐かしくなりました。ほりっちさんが子供の時と顔が変わってなくて、ゲームやってて帰らなくて怒られちゃうの、目に浮かびます。建物って、毎日通っている道でも取り壊されると、ここなんだったたっけ？　ってなりますね。この写真が残っていたから、ほりっちさんも家の細かいところまで思い出せたのかなと思います。私も、近所の写真を撮っておいたらよかったなあ〉

〈古い日本家屋を見ると、つい、住んでる人もおじいさんおばあさんを想像してしまうのですが、小学生の男子がゲームで遊ぶ姿とのギャップが新鮮でした。それから、ほりっちさん文章上手ですね〉

平野のベルリンの風景には、

〈街の様子が変わっても、道はあまり変わらない。大規模な区画整理や開発事業がない限り道はそのままで、東京や大阪などの大都市をはじめ、日本の街の風景は激しく変化したところが多いのに、道だけは過去の地図と同じなのは、かえって不思議な気さえしてきます。ヨーロッパの街のような古い建物が残る土地の道の風景を見ていると、通勤で歩いている道の周りもじっくり見ておこうと、なんだか思いました〉

とのコメントがあり、その下に別の人が、

〈確かに道だけがそのままですね！　私が卒業した大学、駅から大学までの道が〝西高野街道〟で、平安時代か鎌倉時代からある高野山へつながる道だったんです。その道だけゆるくカーブして、格子状の区画を斜めにつっきってるからショートカット的な道になっていて。周りの風景は、街道ができたころとは全然違うだろうに、道は変わらずにあるんですねー！　それとももしかしたらちょっとずらしたりすることはあるのかしら〉

と書いていた。

いろんなコメントを感心しながら読んでいると、どんどん時間が経ってしまいそうで、ヤマネは画面を閉じた。それから、パソコンの電源も落とした。

音楽ももう流れておらず、深夜の部屋はほんとうに静かだった。ほとんどの時間、ヤマネは同じ部屋にいる。窓の外の空が青空から夕闇になり夜空の紺色一色に変わっていくぐらいで、他は変わらない。変わらない部屋の中に、限られたある時間だけ遠い場所にいるよく知らない人の声が響き、その人の生活や記憶が語られて、それにまた誰かがなにかを思った言葉が文字で伝えられる。電源を落とすと、四角い誰もいない部屋に戻る。

二十年ほど前にはなかった経験を今はごく当たり前に、さらには次々に新しいことを体験して、いつのまにか慣れていく。慣れる前の自分の感覚を忘れてしまう。もし、二十年前に今回のような外出や行動に制限がある事態が起きていたら、自分はどうやって生活していたのか。想像がつかないなあ、と思いながら、ヤマネは眠りについた。

過ごしやすい天候の日々が続いたが、連載や書評の締め切りが重なって、ヤマネはほとんど外出しないまま過ごした。友人宅での夕食の誘いがあったのだが、その日に限って自分が話すオンラインイベントがあり行けなかった。快晴の一日で、澄み渡った空が暮れていくのを眺めながら部屋で仕事をしていた。

未収録短編集の改稿は、そろそろ終わりに近づいていた。

改稿用のデータを送ってきたとき、担当編集者の本多のメールには、

〈謎の短編は発見できないままですが、「五分だけの散歩」というタイトルで、新たに短編を書き下ろしていただくというのはどうでしょうか？〉

と書いてあった。

思い出せないままの短編と同じタイトルで今の自分がなにか書くのはおもしろいかもしれないし、書いた時期がばらばらの短編が八本入る本に、書き下ろしを加えて全体の統一感を出すのもありかな、と一度はヤマネも考えた。しかし、タイトルを見ていると、うまく題材が浮かんでこない。あまりおもしろいものが書けそうにないと判断して、その案は実現しないことに

した。

〈そうですか。最新の森木さんの短編を過去の謎のタイトルでというのは、おもしろいかと思ったんですが〉

本多のメールの返信に、ヤマネは書いた。

〈本多さんも「五分だけの散歩」ってタイトルはぱっとしないっておっしゃってましたし。書けるときはすんなり書けるので、書けないものは深追いしないほうがいいと思います〉

あとがきに各短編についてのコメントを書くので、そのときにどうしても見つからない一編があると書こうかとは思っている。もしかしたら、読者や、その短編を担当した人が、掲載誌を持っていたりなにか教えてくれたりするかもしれない。ずいぶんといい加減な話だ、と自分でも呆《あき》れるが、それほどに手がかりはないままだった。

今回の本に入る十三年前に書いた短編の中に、見知らぬ人に「あなたのことを覚えている」と言われる話があった。

三十歳になったばかりの「私」が、数年ぶりに郷里の街へ帰って友人の結婚パーティーに参加する。友人はバンド活動をしており、ライブハウスでの気軽で賑やかな集まりだった。

そこで、えんじ色のワンピースを着た背が高い女性に話しかけられる。子供の時にあなたと遊んだことがある、と彼女は言う。高層団地の中にある公園でままごとをしたと。確かに、その光景はふとしたときに思い出す記憶と一致していた。長らく、あれはどこの記憶だろうとわからないままだった。戸惑っていると「私のことは覚えてないでしょう？」と彼女が言う。

「私」が頷くと、「それでいいの」と彼女は笑って、その場を離れていった。あとから友人に聞くと、彼女の従姉妹《いとこ》ではないかと言う。子供のころに団地に住んでいたが、ポルトガルで暮らしていて結婚式には来られなかった。写真を見せてもらうと、話しかけてきた女性と確かに似ていた。翌年、ポルトガルに旅行する機会があり、路面電車であの女性と似た人を見かける。しかし、声をかけようか迷っているうちに、見失ってしまう。

その後、実家でアルバムの中に、公園で知らない女の子たちと写っている写真を見つける。その写真に写る幼い自分は、えんじ色のワンピースを着た人形を抱えていた。母親に尋ねると、母の職場の同僚の家に遊びに行ってそこの娘さんにこの人形をもらい、それからしばらく毎日離さないぐらい気に入っていたのに忘れたの？　と言う。人形は、中学で引っ越したときに捨ててしまったそうだ。結婚式で話しかけてきたのは、この人形だったと「私」は気づく。あんなにだいじにしていたのになぜ忘れていたのか。「私」は写真をアルバムから剝がして持って帰る……。

小説誌の「夏の怪談特集」の依頼で書いたものだった。とにかく経験を積んで幅を広げたいと思い、自分とは縁遠いと思われたテーマや依頼を積極的に受けるようにしていた時期だった。

人形に結びつくのは少々唐突だしありがちな展開に思え、子供のころの女の子たちの会話を書き加えて人形に話しかけていた子供の心情に焦点を当てるようにした。

改稿作業をしていると、この短編の結婚式の場面の元になったできごとが思い出されてきた。

地元に帰って高校の同級生の結婚パーティーに参加した。バンドをやっている人でライブハウスで、というところまでは同じである。

新婦である同級生自身もベーシストとしてステージで演奏しているとき、会場の隅の席でえんじ色のワンピースの女性とたまたま隣になった。彼女は新郎の友人らしく、話しているうちにヤマネと同じ保育園に通っていたことがわかった。そして、お互いに名前に覚えがあり（「森木ヤマネ」はペンネームであり、そのときに名乗ったのは「ヤマネ」よりはその世代に多い名前だった）、果たして担任の先生の名前も同じであり、えー、もしかして○○ちゃん！　と盛り上がったのだった。しかし彼女のほうは、名前となんとなくの記憶しかなかった。ヤマネは、保育園での思い出はいろいろと覚えており、芋掘り遠足のときに土から出てきた虫が怖くて泣いていたことや別の友達といっしょに魚が出てくる絵本を読んだことなどを話した。彼女は、言われてみればそんなこともあった気がするけどよく覚えていない、と言った。

「昔のこと、ほんと覚えてないよねってよく言われる」

彼女はそう言って笑った。

「私が覚えてなくても、誰かが覚えててくれたらそれでいいというか。自分の知らない自分のことを誰かが覚えてるってすごいなって思うんだよねー」

おおらかな雰囲気の彼女の笑顔を見ていると、その場のお祝いムードもあってヤマネも楽しい気持ちになった。

東京に戻ってから同級生に送ったメールにその話を書いたら、その女性はヤマネより二つ年上だと返信があった。新郎の元バイト仲間で、それほど親しいわけではなく十年ぶりに会った、ちょっと天然ぼけっぽいところがあるから勘違いしてたか適当に話を合わせていたのではないか、とのことだった。

連絡をして確かめてもらうほどのことでもないと思ったし、五歳の記憶などヤマネのほうも当てにならない。釈然としない感じは残りつつ、たまたま名前が同じだったのだろう、とそのままになった。

単なる勘違いだったのか、結局わからないままである。

「事実は小説より奇なり」という言葉があるが、日々身の回りで起こるできごとは確かに「奇」がけっこうある。しかしその「奇」は、そのままおもしろい小説になる「奇」かというとそうではない。「実は隠された過去が」「意外な人物が犯人」という結末は訪れない。よくわからないままだったり、「奇遇」ではあるものの「偶然」に過ぎず、勘違いや思い込みのことも多い。

短編を書いたときにどこから人形のエピソードを思いついたかもう忘れてしまったが、今なら彼女が言った「私が覚えていなくても誰かが覚えててくれたらそれでいい」のほうに興味があり、そこからストーリーを考えるなあ、とヤマネは思った。今でも、あっけらかんと笑っていた彼女の印象は妙に心に残っている。

それこそ「五分だけの散歩」のタイトルで書くこともできるかも、と思ったが、数分考えて却下した。

短編集が出版されて、あとがきを読んで「五分だけの散歩」についてなにか知っている人が連絡をくれたとしても、やはりそこにも「意外な結末」はなく、忙しさのなかで忘れてしまっていただけに違いない。原稿が見つかっても、自分で書いた短編に「おもいもよらぬ真実が！」ということもないだろうし。なにも思い出せない、と書いてしまうと担当編集者などの関係者には失礼だから、表現は考えないといけないな……。

ヤマネは、改稿に一区切りをつけ、ベランダの洗濯物を取り入れた。

秋らしい心地よい風が吹いていた。日が落ちる位置が、またずいぶんと移動した。遠くに見える富士山に、だんだんと近づいている。

朱に染まるような夕焼けではないが、山吹色の夕日が街を照らしている。眩しさに目を細めながら、ヤマネはしばらくベランダの柵にもたれて光の色が変わっていくのを見ていた。

〈廊下から見たあのすごい夕焼けを覚えてる？〉

高校の同級生に言われたその夕焼けのことを、ヤマネは覚えていない。

自分では忘れてしまったそのできごとを、同級生が覚えていてくれてよかった、と確かに思う。自分自身も覚えていたらもっとよかったけれど、彼女にそう言われたときから、私がいつか美しい夕焼けを高校の校舎から見たことを今は知っている。それが彼女にとっていい記憶であることが、ふとしたときにヤマネを穏やかな気持ちにする。

〈校庭で振り返ったときに見たあの美しい夕日を覚えているかしら〉

あの手紙は、誰から誰に宛てられたものだったのか、いつ書かれたものなのか、もう知る術《すべ》はない。それでも、私があの手紙を読んだことと、あの言葉が誰かに伝えられたことを私が知ったことは確かなのだ。

暮れていく空を見上げて、ヤマネはそう思った。


翌週、ヤマネは一人で有楽町の映画館へ映画を観に行った。この一年ほど、出かけるのは都内の映画と展覧会くらいだった。鬱々《うつうつ》としがちな気持ちを外へと開いてくれる映画と美術展は、ヤマネにとって貴重で大きな存在になっている。

最初の緊急事態宣言の時期は映画館も休業になり、映画館で映画を観るのが好きなヤマネはしばらくどうなってしまうのかと不安で仕方がなかった。あれからまだ一年半ほどしか経っていないが、もっと前のことのような気もするし、その話をする人もほとんどいない。先の見通しが立たず、不安定に状況が変化し続ける中でそれぞれの一日一日のことに対処するので精一杯で、振り返ったり考えたりする余裕はないのかもしれない。

有楽町の駅周辺は、一時期よりは人が増えてお店も通常通りに開いているようだったが、どことなく静かな空気が覆っていると感じられた。以前、というのは二年前になってしまうが、以前と比べればかなり人通りは少ないのだろう。それでも、最近は電車に乗ると「人が多い」「混んでいる」と思う。

心地よい秋の午後の空気を感じながら、ヤマネは有楽町のガード下へと歩いた。先日の講座で煉瓦アーチの高架橋の写真を見て以来、行ってみたいと思っていた。

有楽町マリオンの先で晴海通りを渡り、路地にはいる。ガラス張りのまだ新しいビルの脇を歩く。つい最近建て替えられたこのガラス張りのビルの場所にその前はなにがあったかは思い出せない。高層ビルの陰の狭い道は、向かい側は居酒屋が並び、右と左でまったく違う街のようだ。しばらく歩くと、高架下のトンネル状になった通路があり、そこにも居酒屋が並んでいる。今の時間は開店前で、どの店も戸を閉じてひっそりとしている。

初めてこの路地に来たのは、大学を卒業した次の年、五月の連休に東京に住む友人のところへ遊びに来たときだった。日比谷公園から銀座のほうへ向かっていたから、今とは反対側から歩いてきた。

東京の中で、ヤマネが特に好きな場所の一つである。再開発で高層ビルが増え、丸の内や渋谷もすっかり様子が変わったが、この通路はそのときと同じ印象のままだ。最初に来たとき、東京の真ん中にこんな場所があるのか、と驚いた。昔にタイムスリップしたような場所だと思ったのだった。今もここだけが時間が止まったような雰囲気である。

ここと、三原橋の地下街や銀座線浅草駅からつながる地下街も、何十年も前の場所に行ったような心地になる場所だった。高架下や地下は、周りから少し隔たった空気を保てるのかもしれない。

三原橋の地下街がなくなってもう何年になるだろう。銀座の真ん中の交通量が多い道路の下にごく小さな町があるみたいな雰囲気で、さらにそこに映画館があったのが時代の感覚を混線させている感じがした。近所なのに見覚えのない路地や店にある日入ってみたら懐かしい死者たちに会った、というような話がヤマネはとても好きなのだが、あの地下街ならそんなことも起こりそうな気がしていた。そんなことを思い出しながら、高架をくぐり抜けると、先日のベルリンの高架橋の写真にそっくりの煉瓦のアーチが続いている。

アーチ型というか、蒲鉾《かまぼこ》の断面のような高架下のスペースには、飲食店が入っている。やはりどの店も開店前か、ランチとディナータイムの間の休憩で、静かだ。

友人たちと近いうちにごはんでもという話になっているから、このあたりのお店を提案してみようか、とヤマネは思った。小滝沢が言っていたドイツのビールとソーセージの店はおいしそうである。

先日の講座のあと、高架橋がベルリンの高架橋とそっくりな経緯を少し調べてみた。

新橋から横浜まで日本で最初の鉄道が作られたのは一八七二年だが、東京駅やこのあたりの高架線が計画されて建設されるのはもう少し後のことだ。日本での初の高架鉄道の建設で、ベルリンの市街鉄道が参考にされることになった。ドイツ鉄道のトップレベルの技師でベルリン市街鉄道を計画し既に来日して九州の鉄道建設に関わっていたヘルマン・ルムシュッテルと、ベルリン市街鉄道の建設に携わったフランツ・バルツァーが技術者として呼ばれた。幕末から明治にかけて西洋の学問や技術を取り入れるために招かれたり雇われたりした、いわゆる「お雇い外国人」にあたる。

百五十年も前の日本で、遠い国から来て生活をするのは、食べものも住居も、今とは比較にならないほど違う文化に苦労があっただろう。ドイツから来たのなら、暑さと湿気に難儀したのは容易に想像できる。ドイツと行き来するのも簡単ではないので、家族や知人と長く離れて暮らすのはつらかったかもしれない。

オンライン講座でベルリンにいる平野と顔を見て気軽に話せる現代との途方もない差を思いながら、ヤマネはその長い長い年月の風雪の跡が刻まれた煉瓦を見た。

何年も前に放送されていたＮＨＫの『ブラタモリ』の丸の内の回で、東京駅や高架橋の建設が解説されていた。

以前はヤマネが大学で人文地理学専攻だったと言ってもどのような分野かすぐにわかる人は少なく首を傾げられることが多かったのだが、あの番組が放送されるようになってからは『ブラタモリ』みたいな感じです、と言えば通じるようになった。

ヤマネが実際に勉強していたのは風景の文化についてだったから番組でやっていることそのままではないのだが、『ブラタモリ』みたいな、から会話を広げていくことができる。

それはさておき、その丸の内についての特集回で、この高架橋がいかに頑丈に作られたか、そして基礎の杭《くい》として松の木が使われていたことを解説していた。高架橋の下にも、同時代に丸の内に建てられた煉瓦造りのビルの下にも、まっすぐで堅い松が重宝され、何万本もの松が使われた。その様子を想像して、ヤマネは目が回るほど圧倒されたのを覚えている。

ヤマネが地元の街で見かけていた松は、寺や神社の境内にある盆栽的な趣のある小ぶりのものがほとんどだった。高さはそれほどなく、枝は水平方向に曲がりながら伸ばされ、添え木で支えられたりしていた。

東京に住み始めて、住宅街の中でも立派な黒松や赤松があちこちにあることに驚いた。遠くからでもよく見えるほど背の高い松が、静かな風景の中にしっかりと立っている姿に魅了された。特に国分寺崖線沿いの傾斜地には大きな松が多く、樹木を見るために田園調布や三鷹の住宅街を歩いたことが何度もある。すこーんと高く伸びるまっすぐな幹の大木のあまりの威容に放心して見上げることもあったので、そんな大木の幹が何万本も運ばれて今もこの地中で線路や建物を支えているのだと思うと、感に堪えない。

この高架橋がベルリンの高架橋にそっくりなのはドイツからはるばるやってきた技師によるところだが、数万本の松の杭を打ち、煉瓦を積んだのは、この街で暮らす大勢の人たちだった。他の地方から出稼ぎ的にやってきた人たちも多かったかもしれない。

ヤマネも遠くの街から移ってきて、ここで生活して、この高架橋の上を走る電車に何百回と乗っている。取り囲むように並び立つ高層ビルの中にも、高架橋の飲食店にも、この大都市で生活している人たちが日々働いているのだった。

東京駅から日比谷のあたりしか思い浮かべていなかったが、実際に歩いてみるともっと先まで煉瓦の高架橋は続いていた。

ヤマネが初めて東京を訪れた二十四年前から、さらには住むようになった十六年前から比べても、東京の風景は大きく変わった。超高層ビルとタワーマンションが何本も伸びて、空と街の境界が描く線は最初の記憶とだいぶ違う。

一日に何百回と列車が走るこの線路の下の頑丈に作った高架橋は、その後の関東大震災も空襲にも耐えて、ここだけが変わらないままありつづけている。空襲の痕跡はどこかに残っていないだろうかと、ヤマネは煉瓦の壁に近づいてみた。

小滝沢道子の大学院での授業にヤマネがゲスト講師として参加したのは、七年か八年前のことだった。

書かれている場所が校舎から近かったこともあり、ヤマネがそのときに何度も読んでいた内田百閒の太平洋戦争末期の日記『東京焼盡』を手がかりに歩いた。

内田百閒の当時の家は、東京都麴町区土手三番町、のちの千代田区五番町にあった。市ケ谷駅と四ツ谷駅のちょうど中間、外濠の土手のすぐそば。近くには雙葉《ふたば》学園があった。百閒の家があった面影は歩いてみてもどこにも残っていなかったが、線路や土手の風景はそれほど変わっていないし、道も日記に書かれている通りにたどることができた。

内田百閒はもともと日記をつける習慣があったが、戦後十年経ってから出版された『東京焼盡』は、昭和十九年十一月の東京に最初の空襲警報が発令された日から始まっている。百閒は、そのころ日本郵船に嘱託で勤務していた。戦争の末期、空襲でかなりの被害が出たあとも自宅から丸の内まで省線、今の中央・総武線に乗って出社していた。

空襲を受けたあとの省線周辺や東京駅の様子も書かれている。昭和二十年二月二十七日には「午過省線電車にて出社す。神田駅の両側に新らしき焼け跡ひろがり、下谷に続く側はどこ迄焼けてゐるのか先がわからぬ。大体神田と云ふ所は無くなつたと思はれる。余りの惨状にて気分が悪くなる様であつた。」

三月十日の大空襲があった日にも出勤している。

「往復の途上にて見た焼け跡は、この前の空襲の後の神田の景色とは比較にもならぬひどいものにて、大地震の時の大火以上ではないかと思ふ。」

そして五月二十五日夜の空襲で、百閒は自宅を焼失する。日本郵船の建物に避難しようとするが省線電車も市電も不通で雨の中を妻と二人で歩いて行く。当時五十五歳の百閒と四歳下の妻が既に栄養状態もよくない体で坂道を歩いて行くのはかなり厳しい。途中から晴れて暑い中、休み休み歩き、ようやく大手町に近づいたとき、煙が流れてきたのに気づく。「和田倉門の凱旋道路に出て見ると東京駅が広い間口の全面に亙つて燃えてゐる。煉瓦の外郭はその儘あるけれど、窓からはみな煙を吐き、中には未だ赤い焰《ほのお》の見えるのもある。」

焼けた自宅近くの邸宅の塀際に作った小屋で生活し、五月三十一日に約一週間ぶりに出社する。省線電車は動いていて、四ツ谷駅から乗る。夕方近くに会社から東京駅へ出る。「焼けた後の東京駅の惨状は筆舌の尽くす所にあらず。廃墟は静まり落ちついてゐる筈だが、東京駅は未だ廃墟でもない。亡びつつある途中である。乗車口に巻き上がつてゐる埃は生ま生ましい。高い天井の跡から何か落ちて来さうで改札口を通るのもあぶない様である。」……。

ヤマネは『東京焼盡』は何度も読んだし、他の人の日記の空襲の記述や、直後の写真なども多く見てきたが、こうしてその場所を歩いてみるとき、想像はできても、目の前の風景と七十六年前の光景はうまく結びつかない。

戦時中のことに興味を持って様々な日記や資料を読み始めた時期、ヤマネは空襲がひどくなっても出勤したり電車が動いたりしていることに驚いた。戦争をしていても生活はあり、状況が厳しくなって街が焼けて家がなくなってもその日の食糧を得なければならず、社会生活を維持するためになにかしらの仕事があり働かなければならない、というのは考えてみればそうである。しかし、百閒が東京への空襲が激しくなってからも、自宅が焼け落ちたあとも生活に必要なものを手に入れるためもあるとはいえ出社するような状況は、戦争から離れた時代と場所で読むとうまくとらえられない。

そして、通勤するための電車が動いているのは、それを動かしている人がいるからである。彼らもどこかから「出社」している。家族や知人の安否に気が気ではなくても、もしかしたら家族に怪我人や病人がいても、誰かが死んだばかりでも、焼けた街の光景を、崩れた建物を見ながら、職場までやってきて、駅や電車で任務についていた。

戦争と離れた場所で生きてきたヤマネにとっては、戦争は究極的に「非日常」に思われる。『東京焼盡』に書かれている、毎日空襲警報が鳴り響き、家が燃え、街がまるごと燃え、何万という人が死んで、食糧は手に入らず、体は弱り、「日常」はどんどん壊れていっているのに、それでも「日常」が維持されることを、すごいととらえればいいのか怖いととらえればいいのか、ヤマネはわからないままだ。

以前から繰り返し考えていることではあるが、ここしばらくまた関連の本を読み直したり、別の資料を見ていて戦時中や戦争の前や後の時代に考えがつながっていったりすることが増えている。

やはり今、一見なにも起きていないように、むしろ普段よりも穏やかに静かに感じられるこの光景のもとで、非常事態が続き、それでもごく当たり前のように出勤してあるいは家で仕事をして家事をして生活をする、それが一年以上続いて、いつ終わるかわからない時間のなかにいるから、考えてしまうのだろう。

戦争のときと今のコロナ禍での世の中を単純に重ねすぎるのは何かを見誤るかもしれないが、それでも、あのときと、今と、なぜこういう状況になっているのか、つながっていることはきっとある。

煉瓦のアーチは、新橋駅の少し先まで遺《のこ》っていた。第一京浜道路と交差するところで向こう側には渡れず立ち止まって首を伸ばすと、線路の先にはコンクリートの橋脚が見えた。

ヤマネは引き返して、駅前広場に置かれている蒸気機関車をしばらく眺めた。真っ黒でつやつや光る機関車の下の台部分が、煉瓦アーチを模していることに初めて気づいた。そして、新橋駅から山手線に乗って帰途についた。

裏手のアパートから子供の楽しげな声が聞こえてきて、ヤマネは目が覚めた。

日曜日か、とぼんやりした頭で気づく。

起きてみるといつもより遅い時間だった。朝ごはんを食べながら前の夜に放送されたラジオ番組を聴くのが、ヤマネの朝の習慣である。若いミュージシャンが好きな本について話している。最近よく読んでいるのは、古今東西の本を読み漁《あさ》る美術研究者の女性が未解決事件の資料を読みこんで関係者に話を聞くことで真相を推理する海外のシリーズだという。これは今の自分にぴったりではないかと思い、ヤマネはタイトルをメモした。

三、四日仕事が忙しく散らかり放題だった部屋を片付け、午後には新橋からの帰り道に新宿の紀伊國屋書店に寄って買った梅溪《うめたに》昇著『お雇い外国人』を読んだ。

煉瓦アーチの高架橋沿いを歩いて「お雇い外国人」が気になりだしたからである。

ヤマネがすぐに思い浮かべるのは大森貝塚を発見したモース、旧岩崎邸やニコライ堂を設計したコンドル、岡倉天心と日本美術を収集したフェノロサなど興味のある分野の人だが、政治制度や法律、経済に外交、工業、軍事、医学とあらゆる分野にわたる。そして有名な人だけでなく、日本の近代化のために雇われていた外国人が何千人にものぼるのを、ヤマネは知った。

煉瓦アーチの高架橋も「誰が作ったか」と聞かれればルムシュッテルやバルツァーと答えてしまうかもしれないが、他にも携わった「お雇い外国人」がいただろうし、そして工事を進めるために日本の各地から集められた人々、現場で数万本の松を杭打ちし、煉瓦を積んだ人たちが大勢いることを思った。

本の冒頭には、お雇い外国人として初期に来日したグリフィスがアメリカに帰国してから「お雇い外国人」について調査研究した資料が保管されているラトガーズ大学のグリフィス文庫を、著者が訪ねた様子が書かれている。グリフィスが調査をして資料を遺したから、現代の人たちは彼らのことを知ることができる。グリフィスが他のお雇い外国人たちに送った調査依頼の手紙の最後の言葉を、ヤマネは繰り返し読んだ。

〈夜が来る。だから生き残っている者は、早く記録を作っておくべきです。〉

4　道をたどる／十一月

今日の丘ノ上太陽のＴシャツは「ゴーストバスターズ」である。赤い円形の禁止マークからのぞいている白いゴーストは、逃げようとして困っている顔にも見えるし、こちらへ来るなと手を広げて止めているようにも見える。

「久々に渋谷に行ったんですけどね、若者が賑やかでしたね。若いっていうのは人恋しいってことですから、出かけたいし誰かに会いたいですよね。見てて微笑ましいというか。ぼくより年上の人たちはもう出かけるのが面倒になってるかもしれないです。飲みに行くっていうのも習慣ですから、一度出なくなると……」

画面に並ぶ受講者の枠は、前回よりいくらか少ないようである。新規感染者数が落ち着いて、仕事などやらなければならないことが増えた人が多いのかもしれない。

「前口上はこのへんにしまして、では今日の最初の作品を見ましょうか」

「はい、では、『謎の階段』です」

七坂マチの声とともに画面が切り替わり、写真が表示された。

＊＊

狭い坂道がじぐざぐに延びている。

両側には古いアパートや住宅が迫り、路地が入り組んだ場所のようである。

次にもう一枚、写真が表示される。

二階建てで廊下が外にあるアパート。その隣の空き家の間に、階段になった狭い道がある。

階段の向こうには、コンクリートの擁壁《ようへき》と雑草の生えた斜面が見える。

アパートの一階には自転車が停めてあり、二階の廊下の柵には青い傘が開いて干されている。

空き家の壁には植物が伝い、暗い窓を半分ほど覆っている。

階段のコンクリートは端が欠けて黒ずみ、長い間放置されているようだ。

次に文章が表示された。

《私は散歩をするのが好きだ。

知らない道を歩くのが好きだ。

この街に住み始めて一年以上経ったから、近所は知っている道ばかりになってきた。

知らない道を見つけて、迷子になってみたい。

知らない道を歩いていても、すぐに知っている道に出てしまう。

まだ誰にも教えていないけれど、謎の道を知っている。

道ではないかもしれない。道がどこかからどこかへ行くためのものだとしたら、その道はどこにもつながっていないから。

謎の道は、階段になっている。

コンクリートだから、自然にできたのではなくて、いつか人間が作ったものだ。手間をかけて作ったということは、階段はどこかへ届くために、目的があったはずなのだけれど、その階段はどこにも行けない。

目的の場所がなくなって、階段だけが遺ったのかもしれないけれど、そこになにかがあった形跡はない。階段の先は低い崖になっていて、家かなにかを建てるスペースはない。

上ってみたいけれど、ヒビが入ったり欠けたりしていて、崩れそうで不安だからいつも見ているだけだ。

誰かが上っているのも、物が置かれているのも、見たことがない。私が歩くときには、路地にはいつも誰もいなくて、階段のことを知っていそうな人は見当たらない。

いつからここにあるの、と聞いて階段が答えてくれたらいいと思うこともあるし、わからないから謎階段として楽しいのかもしれない》

＊　＊

再び画面が切り替わり、講師たちと受講生たちの顔が並んだ。

「おおー、これはトマソンですね」

さっそく丘ノ上がうれしそうに言った。

「あ、そうです、インターネットで検索していたらその言葉に行き当たって」

答えたのは、作品を作った川端あしほである。

丘ノ上が続けた。

「トマソン好きは多いですね。森木さんも絶対そうでしょう」

「お祭しの通りです」

ヤマネは深く頷いた。「超芸術トマソン」というのは、赤瀬川原平が名づけた概念で、ドアが塞がれて階段だけが残っていたり、逆に階段が取り外されて二階にドアだけが残っていたり、連棟の家を取り壊して隣家の壁に残る屋根型の跡など、本来の目的から離れて「無用の長物」となった建築物のなにかのことである。

「トマソン探し歩きの会をやったことあります。でも、いざ探して歩くとなかなか見つからなかったりするんですよね。用事で急いでいる時に限って、あっ、って感じで遭遇するんですけど」

トマソンの名前は、読売ジャイアンツに二年だけ在籍して期待ほど活躍できなかったゲーリー・トマソンに由来する。

意図して作られたのではないが結果的に芸術作品のように鑑賞される街なかのトマソンによって、トマソンの名前は当時を知らない人にも記憶されている。「期待」や「意味」や、あるいは「役に立つ」なんて周りの人の勝手な解釈にすぎないのでは、とヤマネは思う。

「この講座を始めてから、いつかトマソンが登場するんちゃうかとは予想してましたが、いちばん若い川端さんの作品なのは意外でした。でもこの階段は、確かに謎ですね。隣の空き家とも関係なさそうやし」

「近づいて見てみても、わからなくて。アパートよりは階段のほうが古そうですし。もしかしたら後ろの崖のほうがあとから固められたのかもしれないです」

川端あしほは、ヤマネが初めて参加したときに高校時代の写真で作品を発表していた。確かまだ大学二年生である。

小滝沢がコメントした。

「どこにも行けないなら道ではないかもしれない、というのはおもしろいですね。行き止まりの道でも、そのどんつきの家には行けますから。この階段が作られたときにはここになにがあって、誰が何のために作ったのか、答えがわかったら、なーんだ、そんなことだったのか、と拍子抜けするようなことかもしれませんね」

「川端さんがまだ誰にも教えていない、というところに、私はとても惹《ひ》かれました。自分だけの秘密にしておきたい場所ってありますよね。謎階段を謎のままにしておきたい気持ちともつながっていると思うのですが、ここで見せてしまってもよかったですか？」

「そうですね、ないしょにしておきたい気持ちと、でも知ってほしい気持ちと両方あって。ここなら、皆さんにはどこにあるかはわからないので、いいかなーと」

「階段も素晴らしいですが、一枚目の路地もいいですね。坂道と狭い路地が複雑に位置していて、実際に歩くと見える風景の変化がおもしろいんじゃないかなあ。映画で使いたくなるなあ」

　丘ノ上が言うと、川端は慌てた。

「あっ、場所は教えられないです。ロケ場所めぐりの方がたくさん来たりしたら困るので……」

　今度は丘ノ上が焦って答えた。

「だいじょうぶですだいじょうぶです、そんな、川端さんのトマソンを横取りするようなことはしません」

「はい……」

　恐縮している表情の川端に、ヤマネはコメントを続けた。

「トマソン的なものを見つけると、ほとんど自動的に想像が働きますよね。元はどうなってたんだろう、なんで階段だけ残ったんだろ、なんでドアは塞がなかったんだろ、あのドアを間違って開けて危なくないのかな、とか。トマソン状況に至るまでに誰がどういう事情でどう行動したのか、考えてしまう。トマソン的になった階段やドアなどの無機質なものを通じて、関わった人間の姿や表情が見えてきて、だからトマソンはおもしろいのかもしれません。

　街なかを歩いていると、トマソンでなくても建物や店の看板や電柱やアスファルトや、あらゆるものに関してこれを作った人がいるんだと思って、くらくらするような時があります」

　話しながらヤマネは、先日見た煉瓦アーチの高架橋を思い出していた。百二十年前にあの煉瓦を積んだ人と、何年か前にそこに入る店の工事をした人と。出会うことはないけれど、別の時間の同じ場所で街の小片を作る人たちの姿が、思い浮かんだ。

小滝沢が大きく頷いて話した。

「都市はもちろんそうですが、実は自然と思われる場所もかなり人の手が入っています。都会の人間はすぐに、緑の多い風景を見ると自然で勝手に成り立ってると思いがちですが、山も植林して手入れしている人がいますし、山に入っていっても道があり、誰かが何かを作った痕跡に出会います」

「ああ、都市のいかにも人工的な建築物のトマソン以外に、植物や自然環境と関係しあったなにかを見つけるのもおもしろいかもしれませんね」

丘ノ上が身を乗り出すと、Tシャツの白いゴーストも左右に揺れて身を乗り出すように見える。

川端がゆっくりとした口調で話した。

「新緑の季節に特急列車から山を眺めていたら、濃い緑のところと新緑らしい明るい緑色のところがくっきり分かれてパッチワークみたいになっていて。そうか、あの部分はある種類の木を植林したんだなって、そうしたら周りの山や畑の風景が急にくっきり見えてきた経験があります。普段はなんとなく、山、緑、ってとらえちゃうんですけど。あの階段もその周りの家や道も、山だったり河川敷だったりも、人の生活が関わってだんだんできてきたんだっていうことを、この講座に参加してて思うようになりました」

「トマソンも樹木の特徴も、気になり出すと街が探検するおもしろい場所に変わる。川端さんがこの講座でその感覚を体験してくれているのは、講師としてはとてもうれしいですね」

にこやかに話す小滝沢の部屋に、今日は猫の姿は見えない。猫は夜は遅くまで起きている生き物なのかどうか私はわかっていない、と猫を飼ったことのないヤマネはふと思う。

川端は明るい声で言った。

「はい、大学の授業よりもおもしろいかもしれません」

「あー、授業の方も楽しんでもらえるようにがんばります」

川端は小滝沢の大学の学生であり、授業はまだほとんどがオンラインで行われている。川端ははっとして、

「あっ、はい」

と答え、小滝沢は笑って頷いた。

「では次の作品です」

＊＊

広い青空の下に、赤煉瓦の古い倉庫が並んでいる。三角屋根の倉庫の壁には、昔は書かれていた社名の漢字がほとんど消えかかってうっすらと残る。

煉瓦造りの倉庫の前には空き地があり、草が伸びている。ところどころに小さい白い花が咲いている。

その周りには、家がぽつぽつと建っている。各家の敷地には俵型の灯油タンクが設置されていて、寒い地方のようである。

倉庫の横に、石碑が立っている。

二メートルほどの角柱型で、大きな文字が彫られ、立派な印象である。「駅跡」という漢字が読める。

画面が切り替わり、文章が表示された。

《ぼくは、知らない町に住んでいる。

四年前まで知らなかった町に住んでいる。

親戚も誰もいない。

四年前のぼくは、二年後のぼくが北のとても寒い町に住んでいるとは想像もしていなかった。人生は何が起こるかわからないものだ。

冬はとても寒い町だが、最近は夏も暑い。今年は夏に最高気温が観測史上最高を記録した。強い日差しを浴びて、まっすぐな道を自転車で走って、この場所に出た。

煉瓦の建物は、農業倉庫だったようだ。町のほとんどは平らな土地で、田んぼが広がっている。二階建て以上の建物は見当たらず、ずっと遠くまで見渡せる。ぼくが今までに生活していた風景は垂直方向の線が多かったが、ここではひたすらに水平方向の線がどこまでも延びている。

この場所には、駅があったという。

駅があったということは、線路があったということで、列車が走っていたということだ。

隣の大きな町から、線路は続いていたそうだ。日露戦争の少し前にこの近くに軍隊の大きな駐屯地が作られて大勢の人が暮らしていたと年表にあるのを見ても、どこか遠い世界のことに思える。

今は列車の代わりにバスが走っているが、列車があったほうが便利だったのにな、と思ったりするくらいだ。ここに来てから、ぼくは車で移動するようになった。自転車は風が気持ちいい日に乗る。遠い、近い、の距離の感覚が二年前とは違ってきた。

駅があった場所は、今はひっそりとしている。この駅で列車に乗ったことのある人に、会ってみたい》

＊　＊

画面に現れたのは、短い髪を明るい色に染め、それと似た茶色のタートルネックを着た男性だった。

「北野大地《きたのだいち》です。えー、いやー、全然うまく書けなくてですね、なんていうか、ここの場所を見つけたときの不思議な気持ちを書きたかったんですけども、いやあ、難しいですね、文章書くのって」

「いきなりそう言わなくても」

丘ノ上がちょっと笑いながら言い、胸元のゴーストもわずかに揺れた。

「北野さんは、北海道に移住されたんでしたね。そこらへんからお話ししてもらえますか」

「はい。一昨年の夏に引っ越してきて。ぼくは神奈川の生まれで、横浜や川崎のマンションやビルが建て込んだ街しか住んだことがなくて、その猥雑《わいざつ》な感じ、人がごちゃごちゃと好き勝手に暮らしてるのが好きというか、自分もその中に紛れて用事もなく繁華街をうろうろしたり友達から急に連絡が来て飲みに行ったりみたいな、そういう生活をずっとしていくと思ってたんです。

四年前の三十歳のときに、北海道の真ん中あたりに位置するこの町のイベントに仕事で来て、空き時間に車で近くを案内してもらったんですね。とにかく空が広くて、遠くまで見渡せる田んぼの緑色の風景に、まっすぐな道が続いてて。真夏だったんで横浜や東京よりは涼しくて、夏にこんなところで過ごせたらいいだろうなーと。でもまあ、旅行先でいいなあと思う程度のことで、住むことになるなんてまったく思ってなかった。

しばらくして長くつきあってた彼女と結婚することになって、どこに住もうかあちこち探してるあいだに、なぜかこの町の広々した風景と空気を思い出すようになって。地元でそれなりに便利なとこって探しても、ここいいなってのがちっともなくて。住むとこ決めるときに、そういう勘みたいなのありません？　条件がよさげでもなんか雰囲気がよくない気がするとか」

画面に並ぶ枠の中で受講生の何人かが頷いた。ヤマネも。

「新居探しにだんだん疲れてきて、思い切ってちょっと遠めのとこでもって、なにげなく言ってみたんです。

彼女のほうは実家が奈良公園の近くののんびりした雰囲気のところで、もっと緑色とか青色とかが多い街に住みたいとは言ってたんですが、いきなり北海道の聞いたこともない場所をぼくが言い出して、意味わからんみたいな顔で、え、仕事は？　知り合いもおらんし？　って。

　ぼく自身、自分がなぜそんなことを思いついたか今でも不思議なんですけど。この町は移住の支援制度なんかもいろいろあるって聞いてたし、イベントのスタッフの人も千葉から何年か前に引っ越してきたって言ってたからかもしれないです。

　言い出してしまったら急に現実味が湧いて、そこからあれこれ調べて。彼女のほうもだんだん、子供育てるにはいいかもねえ、と。子供育てるには自然の多い環境がいい、なんて、以前のぼくはなに言ってんだろって感じだったんですけどね、学校も遊びに行く先も文化施設も選択肢が多い大都市一択じゃん、て。ここで実際に育った子供が大きくなってからどう思うかはわかんないですけど。あ、年明けぐらいに子供が産まれる予定です。

　奥さんは、ウェブサイトやアプリ関係の仕事で元々打ち合わせ以外は在宅だったのがコロナ禍でリモート環境も整ったし、ぼくは写真撮影の仕事しながら家具の工房で見習い中です。長くなっちゃいましたけど、そんな感じでほとんど思いつきで突然縁もゆかりもかすったくらいしかない土地にきて、そこで生活してるのがいまだに妙な感じで。知り合う人は増えて、びっくりするほど馴染んでるんですが、その馴染んでるのがまた不思議というか。人って、自分がいる場所にすぐ慣れてしまうものかもしれないですね。

　そういう中で、昔、駅があったここを見つけて。駅ってことはいろんな人が行き交ってたってことでしょう。その人たちもどこかから来てどこかへ行ったのかなとか、数年前のことも知らないのに、なぜか懐かしいような気持ちになったというか。家に帰って検索してたら、明治時代や日露戦争なんて言葉が並んでて、それって自分には教科書の中のことで、今の自分とつながってると思ってなかったなと。

……うーん、やっぱりうまく言えないですね」

腕組みして首をひねる北野に、丘ノ上が言った。

「それをいろいろやってみながら少しずつ形にしていきましょうってのがこの講座なので、それでいいんですよ。毎回、課題の中で思いついたことやできそうなことをやってみてもらって、一度自分の中から外に出して形にして、ぼくたちや他のみなさんのコメントを聞くことで、もっと明確にできたり次はこんなことやってみようというのが出てくる。どんどんやってみることができる場所になれたらいいと思ってるんですね。

講座を始めるときに小滝沢先生と話したのは、安心して失敗できる場所にしたいねっていうことで」

小滝沢が続きを引き取った。

「そうなんです。今の学生たちや若い人に接していて、失敗することがすごく難しくなっていると感じていて。失敗、というほど大きなことでなく、日々の中の小さなことでも、間違えてはいけない、最初から正解しか出してはいけない、ってプレッシャーがとても強い。それは、教育とか社会の中でだんだん強まってきた空気でもあるし、だとしたら教える立場になった自分たちの世代にも責任はあると思って。

今は、大人の人も何をするにも間違えたりはみ出したりすることに対して怖くなっているし、自分が怖いと思う分、他者に対してもちょっとしたことが気になる。もちろん、世の中で様々な人と接する中で気をつけなければならないことはあるし、事故のようなことも起こりますが、考えたり対処したりするためにも、試行錯誤や小さな失敗の経験を積むことが必要なんだけど、それができる場所がなかなかないんじゃないかな。

丘ノ上さんと、この講座の中ではうまくできることや優れた作品を作ることよりもまず、受講者の皆さんが発見したり考えたりお互いに話したりすることをだいじにしましょうと。だから、北野さんが今、今回思うように書けなかったと率直に話してくださっているのは、すごく重要なことです」

真摯《しんし》に話す小滝沢の顔を、ヤマネは見つめた。

オンラインで画面越しの対話は、相手と目が合うことがない。小滝沢がこちらを見ているということはパソコンの上部についているカメラを見ているのであり、小滝沢を見るヤマネの視線は画面に向いているのであって、小滝沢にヤマネが見ているように感じてもらうにはカメラを見ることになり、そうするとヤマネは小滝沢の顔を真ん中に見ることはできない。

実際に会って話すのと同じにはできないが、それでもこの道具やら通信やら技術やらを組み合わせてどうにか人と人とが話したり伝えたりする場を持とうとしていることに、ヤマネは感動のような気持ちを覚える。視線は合いそうで合わず、隣り合って並ぶ枠にいる人は遠いところにいて、隙間や行き違いもある中で少しだけ重なっているのがこの画面で、講座なのかもしれない。

「北野さんの写真と、文章と、そこに移住された経緯のお話と、それぞれから北野さんが今暮らしていらっしゃる場所のことを想像していました。北野さん自身も驚くほど急に変化が訪れて、まだ言葉で説明できる段階ではないのかな、と。

でも、そのまだ説明できない状態こそが重要というか、必要なんですよね、たぶん。変化だったり、その場所で初めて体験する気候の体感や季節や生活のリズムや、人との関係や、膨大なことを今受け取っていて、思い切り受け取る時間なんじゃないでしょうか。すぐに収まりのいい言葉にしてしまうと、その膨大で詳細な体感が、前から知っている他のものに置き換えられるだけになるかもしれません。

今回の北野さんの文章は、少し前までは想像もしていなかった生活を実際に毎日していることへの、素直な驚きとよろこびが表れてるなと思いました」

丘ノ上が言葉を継いだ。

「先ほど、安心して〝失敗〟できる場所と言いましたけど、それは全体的な設定のことで、北野さんの今回の文章自体は手探りの過程が伝わってくるところがむしろ読む人の感覚を動かすものになっていると思います。

ぼくはロケでこんな風景の土地に行って一定期間滞在することはあるけど、地元を離れて実際に住むとなるとまた全然違う経験なんやろうなあ、と。この駅の跡に偶然行き着いたのは、なにか運命的なものかもしれませんね。作られたのはかなり昔だそうですが、いつごろまであったのかな？—

北野は、画面に向かってなにか検索している顔だった。

「えーと、一九七二年の……年末までみたいですね」

「おお、ぼくが生まれるほんのちょっと前じゃないですか。明治や日露戦争という言葉を聞いてすごく遠いと思ったのが、それを聞くと一気に近く感じますね。と言っても、実はもう五十年も前のことで、だいぶ若い北野さんにとってはそれも遠い時間かな」

「あー、そうですね、七十年代はだいぶ昔って言うか、昭和って感じですかね。ＮＨＫの朝ドラの世界みたいな……」

それを聞いて、丘ノ上は笑った。

次に小滝沢が話した。

「まったく違う環境に移住して、風景や距離感の差や気候の変化だけでなく、ある場所を通じて過去にそこにいた人に心がひかれたというのが、とても興味深いです。

北海道は別の場所から開拓団として来た人たちがいて、それから仕事だったり、北野さんのように新しい環境を求めてやってきた人の歴史が積み重なっているので、縁のない土地に来た北野さんだからこそそこに縁を感じたのかもしれません。来た人の歴史、そしてもちろんそのずっと昔から、元々そこで生きて、生活を営んできたアイヌの人々のことを知っていくことも北野さんのこれからにとって必要な、意味のあることではないかと思います。たとえば地名からも歴史や土地や自然へとつながっていくことができますね」

北野は頷きつつ真剣に聞いていた。

「では次の作品です」

＊　＊

横幅の広い写真が映し出された。

幹線道路沿いの風景である。

夜だが、大きな看板やチェーン店舗の白い壁が光っていて明るい。

道路の交差する角に、大きな看板の立った飲食店がある。

看板の高いところには「ラーメン」の文字が並び、ライトアップされている。

平屋の建物の窓には客の姿が見える。

右側にはドラッグストアがあり、左側奥に見える店舗にはスポーツ用品のロゴがいくつか並んでいる。その向こうにも、郊外のロードサイド型の店舗がある。

それぞれの店には広い駐車スペースがあり、車が数台ずつ停まっている。

道路には車の列が続いている。

≪あのラーメン屋でバイトしてたことがあるんですよ。

あの交差点の？

そうそう。バイトっていっても、高校生の時だからもう二十年も前で、しかも三か月も続かなかったんですけど。

あのラーメン屋、そんなに前からあるんだ？

ですねえ。ずっとありますね。

いつから？

そう聞いた人は、半年前に遠いところから越してきたので、それより前のこの街のことを知らない。

いつからだろう。とにかく、覚えている限りはずっとです。

そんなにうまいラーメンなんだ？

いえ、そうでもないというか、ごく普通のラーメンなんですけどね。あと餃子《ギョーザ》。

それがいいんじゃない？

あの店だけ、ずっと変わらないですね、そういえば。両隣は何年かで入れ替わっちゃうというか、あんまり長続きしないんですけど、あのラーメン屋だけなぜか続いてて。

そういう場所ってあるね。続かないところと続くところ。立地がすごく違うわけでも特別な理由もなさそうなのに。

ありますね。なぜでしょうね。

なんでだろうね。》

＊　＊

画面に現れたのは、七坂マチだった。

「この作品を作られた畑田耕太《はたけだこうた》さんはお仕事の都合で直前に欠席のご連絡がありました。皆さん、お忙しい中で受講いただいててほんとにありがとうございます。

畑田さんからのコメントです。森木ヤマネさんの短編集に、周りのお店が次々に入れ替わってもそこだけがずっと続いているラーメン屋さんの話があって、地元のこの店を思い出しました。森木さんの短編のラーメン屋さんは下町の古い商店街の小さな店でしたが、ぼくの地元の店は幹線道路沿いの広い店で、店のタイプや場所の雰囲気が全然違うのに似たようなところがあるのはおもしろいと思います。

文章は、最近職場に転勤してきた一回り年上の人に説明する場面を想像して書きました。寡黙な人で、少し前に仕事の現場へ車に同乗して往復したんですが、沈黙が多めで微妙な空気になりました。話さなくてもいいのですが、あのラーメン屋の前を通ったのでバイトの話をしてみたらよかったかなと。バイトは短い間でしたが友達が食べに来たりして、楽しかったです。実は初の失恋も就職が決まった連絡を受けたのもここの駐車場なので、考えてみれば自分の人生になにかと関わっている場所かもしれません。地元の街もこういう道路沿いのチェーン店の風景も、たいてい、なんにもないとこって言われて、実際自分も言ってしまうのですが、なにかはあるんですよね。

有名店でもなく特別な逸話もなく、ラーメンも普通って感じなのに、なぜかずっとあって、そこが自分の人生の節目的な場所になっているのは不思議というか、なんとなく自分ぽいとも思って、作品にしました。

と、いうことです。では、森木さんからご感想をお願いしましょうか。……森木さん?」

七坂の声に、ヤマネははっとして音声をオンにした。

「……あ、作品もコメントもいろんな要素があって想像があちこちに飛んでいたのでちょっとぼんやりしてました。まず、私の短編から連想されたとのことですね。その短編に書いたラーメン店は、特定の店をモデルにしたわけではないんです。これまでに住んだ街やよくいく街でなぜかずっとあるお店ってあるなあと気になって、そこから話を広げていきました。

だから、他の土地にも似たようなお店がありそうとは思っていましたが、実は畑田さんの写真のラーメン屋さん、私の地元のお店と同じ名前でびっくりしました。チェーン店じゃないし、お店のタイプも全然違うので関係ないと思うんですが、でも共通する感じがあるのかもしれません。

畑田さんのコメントにあるように、幹線道路沿いに郊外型のお店が並ぶ風景は、なにもないとか個性がないなどと評されがちですが、やはりそこにも訪れたり去って行ったりした人たちの思い入れや記憶もあり、その場所にしかないなにかが詰まっていると思うんですね。失恋みたいなちょっとつらい思い出だったとしても、人が生きる場所には出来事が日々あって、それが磁力のように反発したり引き合ったり。もしかしたらそんな目には見えない力で、なぜかずっと続いているお店があり、その隣はどんなお店でも続かない場所になっていたりするのかなー、と考えていました。

架空の会話形式なのはおもしろい発想ですね。まだあまり親しくない人ということで、素っ気ない、通じてるのか通じてないのか微妙な感じの会話になっていて、もどかしさが表れてました。思い入れのある場所や物事って、外から見たら平凡そうなときほど、伝えるのが難しい。今日、ここまで観た三つの作品はどれも、説明が難しいけれどなにか気になる場所について表現しようとチャレンジしている作品ですね。

際立った特徴があるわけではないのになぜか人生に関わっている場所を、自分ぽい、と表現されたのがすごくよくて。今日は直接お話しできない畑田さんご自身とこの場所のつながりが、浮かび上がってくる感じがします」

画面に並ぶ受講生たちの顔に向かって話しながら、ヤマネは地元のラーメン店を思い出していた。

もう長らく訪れていないあの店はまだあるのだろうか。商店街の片隅の黄色いテントがちょっと破れている店。特になにかあるときでなく今日は面倒だからあのラーメンでいいかという感じで、でも月に三回は行っていて、東京に引っ越してから思い出すのはなぜかあの赤いテーブルとチャーシューが二枚のったラーメンだった。

ヤマネの脳裏のラーメンが見えたかのように、丘ノ上が身を乗り出して話した。

「あのね、突然力を込めて言いますけど、こういうお店にはまめに食べに行ってください。ぼくにとっても似た感じの店があって、ラーメンではなくてうどんもカレーも天丼もある昭和な食堂の焼きめしなんですが。チャーハンでなく焼きめしね、薄いハムが入ってる家のごはんみたいなのがなんかすごい好きでねえ。

閉店の報《しら》せを知ったときは九州でロケ中で、行けずじまい。あと数日はあの焼きめしが存在して食べられるはずなのに行けないのが悲しくて悲しくて。撮影中に食堂の焼きめしぐらいで悲愴な顔しないでくださいって笑われたんやけど、その数日に、〝あの店のあれ〟ってお店があるあいだは当たり前に注文すれば出てくるけども、お店がやめてしまったらもう二度と食べられへんのやなあと。記念の物として保存することができない。いや、笑ってる人いますけどね、これは重大なことですよ。時間とか存在とか喪失とか記憶とかと人間の、深いテーマやと思います。

自分の人生で今までにそういう店と料理がいくつあったやろう、あれも、あれも、こんなにはっきり思い出せるのにもう二度と食べることはできない、永遠に思い続けるだけのなにか……。

若干話が逸《そ》れ気味ですけども、行きつけの店の料理ってそういう一期一会的な性質があるから、畑田さんの人生の節目に関わってるのも、なんか偶然やないような気がするんですよ。映画でも、誰とどこでなにを食べているか、それがすごく重要で、記憶に残るシーンっていくつもありますしね。ぼくは食べるシーンを撮るのは好きですね。誰と何を、どんな場所で食べるか。楽しい会話もあれば、気まずい雰囲気、あるいは一人でほっとしてたりさびしかったり。

今回の畑田さんの作品は、写真で風景を見るとどこにでもありそうな場所っぽくて、しかしその中には複雑な時間が織り込まれた記憶や人生が関わっていて、そのギャップが伝えることの難しさを生んでいる。だからこの場所のことを書きたい気持ちになったんじゃないでしょうか」

丘ノ上がそこまで話したところで、七坂マチが手を上げた。

「ここで、帰宅途中の畑田さんから画像が届きました。検索していて見つけた、写真の場所付近の六十年ほど前の風景だそうです」

表示されたのは、モノクロの画像。

刈り取られたあとの田んぼ、その向こうに野原と雑木林、低い山が連なる風景だった。

「この辺りは昭和三十年代からベッドタウンとして住宅地の開発が始まり、ラーメン屋がある幹線道路が通ったのはもう少し後。畑田さんのご両親が引っ越してこられたときには、すでに今の風景に近かったそうです」

「ある時期に急激に開発が進んで、風景が変化したんですね」

と話しだしたのは小滝沢だった。

「ぴったり同じ場所ではなさそうですが、各年代の地図や空中写真を比較していけば、元の地形と今の道路や宅地の配置につながりも見つけられるでしょうね。地名にも昔の名残があるかもしれませんし、なになに台のような開発して売り出された土地によくある町名かもしれません。

私も畑田さんの作品から、思い出す風景や場所がいくつかありました。私自身は東京の東側の人も建物も密度の高いところで育ちまして、畑田さんの写真のような風景を〝なにもない〟ととらえがちだったんですね、恥ずかしながら。大学で初めて離れた場所に住みまして、車のほうが自由に動ける小さな都市でした。通学はバスと自転車で最初は不便に感じたんですが、友人の車に乗せてもらってロードサイド型のお店とか隣町のショッピングモールに出かけたりするうちに、それまでとは違う自由さがわかってきて。車の中の小さな自分だけの空間の楽しみもあるし。

十年くらい前に、アメリカの中西部に位置する大学で調査研究のために一年間過ごしました。アメリカの地方にはけっこうあるのですが、大学だけで成り立ってる感じの小さな町です。近隣の施設や調査対象の町へ行き来するために車がなければどうにもならないので、ペーパードライバーのための講習を受けてはみたのですが、運転は苦手で心配してました。

ところがアメリカは道は広いしまっすぐだし、映画でカーチェイスの場面ばっかり見るから運転は荒いイメージを持ってたのが、合流では譲ってくれるし親切で、実は私は運転が向いてたんじゃないかなんて思って、あちこち行きましたね。

途方もなく広いスーパーマーケットに行ったり畑田さんの写真の風景によく似たロードサイドでいくつか店が集まってる小さいモールのアジア食料品店に通ったり。北野さんが話されていたように、車を運転することによって距離の感覚がすっかり変わって、自分の身体が軽くなるような気さえしました。夜は真っ暗で怖いですし、期間限定なので楽しめた面もありますが、貴重な経験ができた一年でしたね。これで日本でも車ででかけられると思ったんですが、東京の道はやっぱり難易度が高すぎてペーパードライバーに逆戻りで。

私が思い出すのは、その大学のカフェテリアでバイトしてたメキシコからの留学生が教えてくれたタコスのお店。アメリカではおいしいものを食べたかったら移民の人たちが経営してるお店がまず間違いないのですが、そこもメニューはスペイン語しかなくて直送の食材もたくさん売られてて。最初は注文の仕方も食べ方もおぼつかなかったんですが、ほぼ毎週食べにいって、カルニタスという煮豚を裂いた具にライムを搾ると最高で……。ときどきインターネット上の地図で確かめてたんですが、一昨年かなり離れた町に移転してしまって。いつかまたあの店に食べに行こうと思っていたのに。道路沿いにぽつんとあった雰囲気も好きだったんですよね。

メキシコ料理の本を買い込んで自分で作ったりしてみたんですがうまくできなくて、脳内のタコスがますます理想化されてしまってます。

丘ノ上さんに続いて私も話が食べものになっちゃってますが、ある場所を思い出すとそのときの他のことも思い出すし、ある食べものを思い出すといっしょにいた人やその季節を思い出す。時間と五感と記憶は有機的に結びついている。

一見平凡そうな場所だからというだけでなく、畑田さんご自身の深いところに関わることだから、わかりやすく伝えるのが難しいのかもしれません」

小滝沢が話す風景やタコスの店を想像しながら聞いていたヤマネは、自分がよく行っていた店や近所の飲食店のことを思った。突然休業を余儀なくされ、その後も自粛要請という矛盾した言葉で営業時間など制限を受け、しかもそれがころころ変わって先が見えない。

近所でも〝テイクアウト〟をやったり、深夜まで営業していたバーがランチをやっていたりする。次々に閉店ということはないが、先行きは心配なままだ。受講生の人たちも、思い浮かべただろうそれぞれのあのお店やこのお店について、きっと似たような気持ちを抱えている。

ヤマネはそう感じながら、この数か月に考えていたことを話してみようと思った。

「何年前だった、何か月前だったという時間の距離感みたいなものって、その結びつきで記憶されてますよね。私は、昨年の春からの時間感覚がつかみどころがないというか、うまく思い出せないんです。どのできごとがいつのことだったか、今年の春だったのか去年の春だったのか。

去年の夏と今年の夏は、オリンピックが開催されていたかどうかでかろうじて区別がつく感じなんですが。つい数か月前のオリンピックですら、ほんとうに開催されてたっけ、みたいなあやふやな感覚があって。

もしかしたら受講生の皆さんや丘ノ上さん、小滝沢先生は、出勤されてたり職場での行事があってもう少し区切りがあるのかもしれませんが。個人的に印象的なできごとがときどきあるからこそ、それが目印になって時間の距離を測れるのかな、と、このところ考えています」

画面の端のコメント欄に、〈今年になってから時間が経つのがすごく早い感じがします〉〈子供が学校に通い始めてからは季節の行事で何年生のときって覚えてます〉〈時間や日付けは過ぎるんですけど、ただ過ぎるだけでちゃんと何年の何月を経験したって感覚が薄いなあ〉など、何人かが書き込んだ。

「そうですねえ、ぼくは完全に、あの年のあの冬はあの映画を撮ってたなー、暑い中スポンサーとの交渉で走り回ってたなーと、それで記憶が成り立ってたんで、去年と今年はやっぱり奇妙な感じではありますね。来年にはもう少し状況が落ち着いて前みたいに戻っていくのかもしれませんが、そうしたら何年か経って思い出すときは間違いなくこのオンライン講座をやってた年、ってなるでしょうね」

丘ノ上が言った〝何年か経って思い出すとき〟が、ヤマネの頭に残った。

来年や再来年は世の中はどうなっていて、自分はどうしているのか、うまく思い描くことができなかったから。

そのあとも、作品の発表と講評が続いた。

以前住んでいた家の写真とそこに今は知らない人が住んでいることの居心地の悪いような感覚を書いた文章、飼い犬が散歩中に絶対しばらく動かなくなる植え込みの写真に犬を飼い始めてからのエピソードを書いた文章、サービスエリアの展望台と焼き鳥の写真にコロナ禍になってから毎週ドライブに行くようになった話などがあった。

時間が来て、小滝沢が言った。

「では、森木さんから次回の課題を出してもらいましょうか」

「はい。一枚の写真と文章からでも皆さんそれぞれの記憶や経験がすごく想像できましたよね。作品に触れた人のほうも、記憶や忘れていたことが引き出されてくるのがとてもおもしろいです。次は、さらに文章でいろいろやってみてもらえたらと思って、まず写真を三枚にします。掛け軸などで三幅対という形式がありますが、三つあると関係性や可能性が発生して、ストーリー的なものが生まれてくると思うんですね。その三枚の写真に文章を書いてください」

ヤマネは画面に並ぶ人たちの表情を見つつ、言葉を確かめながら話した。

「ストーリーと言っても、いわゆる起承転結やオチが必要なわけではなくて、そうですね、たとえばある方向に歩いていていて途中で誰かに会ったり雨が降ってきたりして違う道へ進む、そんな感じのことでもじゅうぶん物語の始まりになると思います。ちょっとした笑い話や怪談みたいなものもいいかもしれません。

今回も、架空の会話形式や日記ふうの文章などフィクションの要素が入った作品がありました。三枚の写真から書く文章も、実際のできごとでもいいですし想像した物語でもいいですし、ある場所にまつわる話を書いてみる。と、いうのでどうでしょうか？」

「二つだと対比とか陰と陽のような両端の要素としてイメージを作りやすいですが、そこに一つ加えると可能性が増える。反応し合って起きる気配があって、ストーリーの始まりになりそうなのは確かにそうですね。

参加できなかった方もいらっしゃるし、課題の詳細はメールで全員に送って、それから『302教室』にも掲示しておきます。七坂さん、よろしくです」

「はい。では皆さん、『302教室』にコメントのほうもどんどん書いてくださいね。回を追うごとに受講生の皆さん同士でのお話が盛り上がっていたりして、リアルタイムでの参加がなかなか難しい人にもすごくいい場になっていると思います」

「次回、さらに力の入った作品をお待ちしています」

画面に並ぶ枠の中でそれぞれが手を振った。ヤマネは、丘ノ上のTシャツの白いゴーストに向かって手を振った。

週末になって、ヤマネがオンライン上のホワイトボード、「３０２教室」を開いてみると、それぞれの作品にいくつもコメントがついていた。

川端あしほの「謎の階段」には、他の受講生が見つけた「トマソン」の画像が三つ貼られていた。三階に位置する外に何もないドアや撤去工事途中の歩道橋などを見ていくと、その下に〈トマソン的なものを見つけるのは好きですが、「トマソン」とすぐに枠にはめてしまうことでかき消されてしまう部分もあるんじゃないかなー〉と書かれていた。

確かに、分類がゴールみたいになってしまうと自分なりの発見や表現が難しくなる面がある。これは講師側が考えないといけないことだから丘ノ上と小滝沢にメールで話してみよう、とヤマネはメモした。

畑田耕太の作品には、自分が思い出のあるラーメン店の話を書いている人が三人いた。それから、郊外のロードサイド型の店やチェーン店がある場所が「なにもない」と言われがちなことについて、畑田を含む三、四人が話し合っていた。「なに」の中身が限定されすぎではないかという人がいて、今は都市部から離れたそれこそ「なにもない」山の中みたいな場所にもSNSで人気を得た店が増えていて大都市だけが最先端というイメージは変わっていくかもと書いている人もいた。

ヤマネはその会話を読みながら、自分の行動範囲の狭さをつくづく感じた。

一つ前の回にも、コメントが増えていた。

〈ほりっちさんの写真の場所、なんとなく気になって地図を見ていたら、去年、美術館で展覧会を見た写真家の育った家の近くじゃないかなと思いました。写真の立派なおうちが建てられたのと近い時代に、山沢栄子もこんな家が並ぶ路地で育ったのかなあ、と〉

ヤマネは、その写真家の名前に覚えがあった。

本棚から図録を引っぱり出し、開いてみた。

最初のカラーページには、緑や黄色、青や赤など鮮やかな色が図形的に配置された写真が並ぶ。丸めた紙に塗料を流したり、一色に塗った瓶やワイヤーが置かれていたり、明るく躍動感のある楽しさと、ぴしっと硬質に決まった構図のかっこよさが同時にあるその写真作品に、ヤマネは一目で心をとらえられた。

最初に見たのは展覧会のポスターで、どこかの駅だったろうか。これは展覧会に行かなければと、山沢栄子という写真家のことはなにも知らないまま恵比寿の写真美術館を訪れて、とても驚いた。

色鮮やかな抽象画のような写真のシリーズは、一九七〇年代から八〇年代の作品で、一九八六年に開かれた山沢栄子の最後の新作個展に出品されたものだと解説があった。一八九九年生まれの山沢栄子は、一九八六年には八十七歳。泰然としつつも果敢な強さ、とヤマネが写真から感じてなんとなく想像していた写真家像と、かなり違っていた。

図形的なカラー写真の次は五〇年代に撮影されたモノクロ写真が並び、また違ったイメージになる。ニューヨークのどこか荒涼とした街角とそこで生きる人の姿、疎開してから訪れるようになった信州で撮影した木々や畑や馬や子供たち、食器や木目など日常生活の中にあるものなどが、ざらついた陰影でとらえられていた。

とりわけ子供たちの写真の佇まいは印象的だった。そして木箱か木の枠に前足をかけてさびしそうな顔をしている仔犬の写真が、あまりにもその犬の存在そのものが目の前にあるように感じられ、動揺が収まらなかった。長い時間その写真を眺めたし、最後に戻ってもう一度見た。

その写真展で初めて出会い、初めてその生涯について知った山沢栄子は、一八九九年に大阪で生まれ、十七歳から東京で美術と写真を学び、一九二六年に渡米してサンフランシスコで女性写真家コンソエロ・カネガに師事し、帰国したのちの一九三一年、三十二歳のときに大阪の堂島で写真スタジオを開いたということだった。

ヤマネは、美術にも写真にも興味があってこの美術館もよく訪れ、写真集や写真史に関する本も多く持っていた。

しかし、山沢栄子のことはそれまでまったく知らなかった。戦前にアメリカへ渡って写真を学び、大阪の真ん中で写真館をやっていた女性の写真家がいたとは。もちろん自分が見過ごしていただけなのもあるが、同時代のすぐに名前の上がる他の写真家のように知られていなかったのはなぜだろうと思った。

一九二〇年代はいわゆるモダンガールが現れ、文化や芸術の分野でも自分の道を歩む女性が増えた時代だが、アメリカへ単身で渡り写真を学び、帰国して自分のスタジオを開いたというのは希《まれ》な存在に違いない。

そして山沢栄子が、戦災でスタジオを失ったことや、年齢を重ねても新しい表現に挑み続けていたことにも、強く心を揺り動かされた。

図録の写真と巻末の年表や解説を行き来しながら、ヤマネは山沢栄子が生きた時代を、この写真を撮ったときには世界はどんなふうだったろうかということを考えた。

生まれた一八九九年は、明治三十二年。

ほりっちの写真に写っていた家は、もう少しあとに建てられたもののようだったが、山沢栄子が若いころに過ごした街の風景にはあんな雰囲気の家や路地があったかもしれない。

帰国して写真スタジオを開いた大阪は、商業と工業で発展し「大大阪」と呼ばれた賑《にぎ》やかな時代で、今も残る立派な近代建築が次々建てられていた。最初のスタジオは堂島で、ほどなくして村野藤吾が設計したモダンなそごう大阪店に移転した。そこに撮影に来た人たちは、きっとめいっぱいのおしゃれをしていただろう……。

ヤマネは、ここしばらく自分がよく想像している場所や時間と、山沢栄子の見た世界を重ね合わせてみたくなった。

ロバート・ジョンソンの歌が録音されたのは一九三六年だから、山沢栄子が日本に戻ったあとである。西海岸のカリフォルニアと、ロバート・ジョンソンがいた南部のミシシッピやテキサスは同じアメリカでも相当に遠くで、風景や文化もかなり違っている。

内田百閒は明治二十二年生まれだからちょうど十歳上。山沢栄子が女子美大で学んでいた時期に、どこかですれ違ったことがあったかもしれない。

そのころの女子美大は本郷菊坂にあったようだから、東京駅から新橋の煉瓦造りのアーチ型高架橋はきっと何度かは見たことがあっただろう。当時もあのアーチ部分はお店が入っていたのか、それも調べてみなければ。

お茶の水橋に埋まっていた線路は、そのときは市電が走っていた。

あの手紙の人は。夕日を見たことを伝えたかった彼女と、その宛名の彼女は。一九四〇年に十八歳だとしたら、一九二二年生まれだろうか……。


「だからなに、って言われたらどうにも答えようがないんだけど、なぜかこの何年かそういう感じで考えてしまうんだよね」

ヤマネが言うと、みどりんは、

「うちのおばあちゃんは何年生まれだったかなあ。確か関東大震災の年って言ってた」

とスマホで年号を検索した。

「亡くなってもう十年以上になるけど、……そうか、生きてたらもうすぐ百歳だったんだ」

みどりんはスマホから目を上げて、そうつぶやいた。

テーブルには、ほうじ茶を入れた急須と湯飲み、オレンジピールチョコレートが並んでいる。

友人たちと新宿で久しぶりにランチを食べたあと、みどりんがヤマネの部屋に立ち寄った。

金曜日の今晩から日曜まで、みどりんの息子と夫は小田原の夫の実家に行くそうで、ヤマネと晩ごはんも食べようと話がまとまった。ヤマネの近所の店に予約を入れ、それまでの時間、お茶を飲みながら話している。

「父のほうの祖母なんだけどね。その祖母や母から聞いてた話からすると、東京の女子大で美術の勉強する時点でかなりのレアケースに思えるし、アメリカに渡って写真家になるなんて同じ宇宙のことなのかーって驚くね」

同じ宇宙、という表現がみどりんらしいし、妙に実感がこもっていた。

「そうだよねえ、私も自分の祖父母や親戚のことを考えると、そんな感じはする。母の世代でさえ大学に行く人自体が少なかったし。親戚に外国に行ったことある人もいなかった」

窓の外は、穏やかな曇り空でときどき薄日が差してくる。

人が来ると換気のために少し窓を開けておくのが習慣になったが、今の季節では少々寒い。窓を閉めようか迷いつつ、みどりんとずっとしゃべっていて立ち上がるタイミングを逃している。

「その関東大震災の年の生まれの祖母は、地元からもほとんど出ることがなくて。四国の山あいのところで、東京から行くのに丸一日かかったなー。すごい絶景なの、縁側からどこまでも続く山なみが見えて。ゆっくり一日が過ぎていって、ほんとは時間ってこういうものなんだって感じがする。何時何分ってスケジュールで区切られているようなのじゃなくて。祖母が亡くなってからは行く機会もないんだけど」

その祖母の息子であるみどりんの父は、高校は大きな街に住む親戚の家から通い、卒業すると就職のために東京に移ったということだった。

「関東大震災の年の生まれ、ってよく言ってたけど、当時、祖父母の暮らしてたあたりにはそのニュースってどういう伝わり方したんだろ。ラジオ、ってもうあったんだっけ？」

ヤマネはテーブルに置いていたタブレットで検索してみた。

「日本で正式にラジオの放送が始まったのは、一九二五年だって。関東大震災は一九二三年だから、そのときはまだないね」

そう答えながら、約十年後の一九三六年にはベルリンオリンピックの中継をたくさんの人が聞いていたのだから世の中の変化は早いものだ、とヤマネはまた別の時間へ想像がうろうろしていた。

「そういう時代にアメリカに行ったっていうのは、生まれた家の環境とか運とかいろいろ恵まれたには違いないけど、それでもその時代に一人で、東京で暮らすのでも大変だと思うのに、アメリカに渡って勉強するって途方もないよね」

「その頃の小説読んでると、統治下にあった中国や南洋の島に赴任する話が出てくるし、ハワイやアメリカ大陸に移民した人もいたわけだし、当時のリアルな状況ってうまくつかめなくて」

少しだけ開いている窓の隙間から救急車のサイレンが遠くから聞こえ、それほど近づかずに過ぎていった。

「ヤマネちゃんは、小説書くから、その時代にはこんな文化があって、同じ時代にこんな人がいてって考えるんだろうね。ある人のことを書こうとして、その人がどんなふうに生きてどんなことを感じてたか、世界の全体を想像するわけでしょう」

みどりんは、オレンジピールチョコレートを包んでいた花模様の包装紙の裏になにかを描き始めた。

みどりんはときどきこういうふうに落書きを始める。お店だとコースターや割り箸の袋になにか描いていることもある。ペンはいつも鞄《かばん》に入っている。紙の上に現れるのは、図形か模様みたいなときもあるし今描いている山や家のような話している内容に近いこともある。

「小説書くからと言われたらそうなんだけど、書く前から考えるのが好きだったから小説を書くようになった気もする。中学とか高校とかの世界史の時間に先生の話は上の空で教科書や資料集ばっかり読んでて、年表や国の移り変わりの地図を見てると、こう、頭の中で人とかが動いてる感じがして」

「人が動いてる？」

「地図の上で人がわーっと走っていったりとか」

「なにそれ」

と、みどりんが笑ったので、

「みどりんが今なんか描いてるのとたぶんいっしょだよ」

とヤマネは言った。

「ああ、これ？」

握った緑色の水性ペンの先から伸びる線を見ながら、みどりんは言った。

「これはなんていうか、手が落ち着かないから動かしてるって感じなんだけど」

「うん。私の場合は落ち着かないのが頭の中なんじゃないかな」

「なるほどー」

緑色の線で木を描きながらみどりんは言ったが、ヤマネが言った感じが通じているのかどうかはわからなかった。

「世界中のラジオが聴けるアプリがあって」

ヤマネはスマホの画面を見せた。

画面には地球の画像が表示され、指を触れて動かすと回転させたり拡大させたりすることができた。画面上の地球儀の陸地には蛍光グリーンの点が無数にある。

「この緑の点に合わせると、そこのラジオが聴ける」

ヤマネは、地球儀を適当に回転させ、指が止まった点のラジオ放送を再生した。ブラジルの南のほうに位置する点で、流れてきたのは曲調は聞き覚えのあるロックのバラードのような感じで、ボーカルはポルトガル語だった。

「へえー」

みどりんは画面を覗き込み、自分の指で操作してみた。

「どういう仕組みなのかはわからないんだけどね。音楽が流れてるのがほとんどで、ニュースっぽいのが聞こえるときもある。その土地らしい音楽も流れるし、遠い場所でも私が知ってるヒット曲が流れてて妙に親近感を覚えたり」

「ラジオ局ってこんなにいっぱいあるんだ。すごいね」

人が住んでいるあたりに集中している緑の点を拡大してみながら、みどりんは感心した。陸地の一部に集中する蛍光色の点は、大都市の夜景のようでもあったし、宇宙から見た地球の夜の姿のようでもあった。ただ、ほんものの夜景なら光の点で埋め尽くされている日本や東アジアの陸地には点は少ない。アプリを作ったのはオランダの人のようなので、ヨーロッパやアメリカ大陸に偏っているのかもしれない。

地球をぐるぐる回しているみどりんに、ヤマネは言った。

「そういう感じで、歴史上の当時のできごとが表示されるのを誰か作ってくれないかなーと。時代も行き来できて、たとえば一九二六年とかに合わせて地球を回すと当時その土地でどんなことがあったかが見られるの。事件とかじゃなくても、風景だけでもいいなあ。今の東京の真ん中もこのころはほとんど建物はなくて畑だった、ってわかるような」

「そういう地図のアプリ、すでに使ってなかった？」

「『東京時層地図』ね。ああいう感じで世界中が見られて、それからそこに立つ人の視線で風景が見られたら最高なんだけど」

そのアプリは、東京の二十三区を中心とした地域のいくつかの時代の地図と空中写真を見ることができる。地図は明治初期から七つの時代、空中写真は昭和十一年から八つの時代があり、地形の高低差を陰影で表した図もある。

ヤマネは、出かけた先でその場所のいつかの時代の状況を見てみるのも楽しいし、小説に描かれた場所の当時と今を比べてみることもよくある。学校や大きな公園が昔は武家屋敷や大名の庭園があった場所だったり蛇行した道が川の跡だったりは、人文地理学で学んだことから現在の地図だけでも想像できるが、それを過去の地図や空中写真で確かめるとさらに変遷を辿《たど》ることができておもしろい。

目立つ特徴がない場所でも、時代での変化を眺めたり今でもある建物を見つけたりすると、遠い時間のその場所へ行けるような気がするのだった。

「つまりタイムマシンがほしい感じ？」

みどりんは、画面上の地球儀をまだぐるぐる回しながら言った。

ときどき再生されるどこかのラジオは、誰かのリクエストした音楽を響かせる。その場所でその音楽を聴きながら歩いてみたい、とヤマネは思った。

「タイムマシンかー。簡単に行き来できるなら行ってみたいとは思うけど、自分自身が行くとなるとちょっと怖いかな」

「わがままだなあ」

と、みどりんは笑った。

ヤマネはようやく窓を閉めに立った。夕方で風が出てきて、ほうきで掃いたような雲が空に広がっていた。こういう雲はなんていう名前だったかな、あとで調べよう、あとでと思うとたいてい忘れるんだよね。

緑茶を淹《い》れて、新しい湯飲みに注ぎ分けていると、みどりんが言った。

「私だったらどこを見てみたいかな……。さっき話した父の生まれた家は、確か八十年くらい前に建てたって言ってたけど、そのときも周りの風景は変わらないかも。縁側から見えた山の風景は」

ヤマネは、いつかなにかの映画で見た山あいの古い家から見える風景を思い浮かべたが、それはきっとみどりんが思い出している風景とは違うのだろうと思った。あの映画の舞台は四国ではなかったし。似ているところもあるかもしれないが、同じではない。

人の記憶の中の風景を見ることができたらいいのに、とヤマネはよく思う。自分ではない人が見た夢を見ることができないように、どれだけ親しい人でもすごく詳細に説明してもらってもそれを見ることはできない。

「みどりんは、もし昔のそこに行けたら、絵を描きたい？」

「うーん、どうかな」

ヤマネは見ることのできない山の風景を思い出しながらみどりんはしばらく考えた。

「絵を描くよりも、ずっと見ている気がするな。そこにいられる時間だけ、ぎりぎりまでずっと」

みどりんの父は三人兄弟の三男で、長男は県内で暮らしているが、十五年前に祖父、十三年前に祖母が他界したあと、その家は手放して、もう誰もあの場所に行くことはないとみどりんは話した。

「すごく時間が経ってるのに、自分の記憶の中では子供のころに行ったときのままで止まってるの、なんか不思議だよね」

みどりんは最後の一本になったオレンジピールチョコレートに手を伸ばした。ヤマネは他のお菓子を開けようか、もう夕食の時間が近づいているからやめておこうか、迷った。

「この曲、誰？」

しばらくしてみどりんが尋ねたのは、小さい音量で音楽を流しっぱなしにしていたスピーカーから聞こえる曲のことだった。

「これは、カレン・ダルトンっていうアメリカの人。最近よく聴いてる」

ヤマネはタブレットを操作して、少し音量を上げた。

「昔のブルースにはまってなかった？」

「うん。そこからつながってる感じ」

とヤマネは答えた。

「私はアメリカとかイギリスとかのロックをおもに聴いてきて、そこから音楽の好みが始まってるけど、そのルーツにある音楽に興味が移った。そういう音楽をテーマにしたドキュメンタリー映画が増えてて」

スピーカーから流れてくるのは、ゆったりしたリズムのバンジョーと哀愁を帯びた低めで深く響く女性の歌声だった。

「カレン・ダルトンはネイティブ・アメリカンの血を引いてて、六〇年代には評判になったらしいんだけど、その後はあまり目立って取り上げられることはないまま亡くなって、忘れられた存在になってたみたいで。

ルーツっていい感じの言い方だけど、黒人のブルースやソウル、ネイティブ・アメリカンの音楽の影響を受けた白人のミュージシャンは高く評価されたり経済的にも成功したりする一方で、元の音楽は忘れられようとしてたり、ネイティブ・アメリカンの人の音楽はラジオでかけるのが禁止されたりしてたこともあったって、このあいだ観た『ランブル　音楽界を揺るがしたインディアンたち』という映画から知ったことで、解説できるほど私が詳しいわけではないんだけど。

その映画や他のドキュメンタリーや本で知った音楽を聴いていくと、自分が若いときにすごいかっこいいって感動した曲はここからだったのかってそのまんまな部分があちこちにあって。影響を受けてるのは知ってたし多少ブルースや古い曲も聴いてはいたけど、深くは知らずにその光の当たってるわずかなところだけを楽しんできたのか、私は、っていろいろ考えてしまう。

白人のミュージシャンたちも〝ルーツ〟な音楽がほんとに好きでリスペクトもあったんだろうとはわかるし、私も今でも聴いてるんだけど。でもこれまでの世の中での評価とか扱いを考えたら……。私自身が彼らの歴史や人生をよく知らずにいたってことを含めて。

そういういろいろもあるんだけど、単純にすごくいい歌で、好きな音楽だから聴いてる。心が安らぐというか、そうか、私が好きな音楽はここにあったのか、とやっと見つけられた感じ」

先月、ちょっといいスピーカーを買ったので、データの信号に変換されたその録音もだいぶ豊かな音で聞こえた。遠い時間の遠い場所でいつか歌われた歌が、今ここで歌われているように聞こえるのは奇跡のようなことだ。

「いい歌だね」

みどりんが言った。

流れるカレン・ダルトンの曲は、バンジョーからギターに変わった。ギターの弦の音とカレン・ダルトンの声だけから生み出される歌。それは一人だけの音楽だとヤマネは思った。たった一人がギターを弾きながら歌う歌が、海の波みたいに深く遠くへ広がっていく。

「今までなんで知らなかったんだろうと思うけど、若いときに知ったとしても、ふーん、ていうくらいだったかもしれない。今、自分がこの年になって、というのは年齢もあるし仕事をして二十年以上経ってることもあるし、アメリカの音楽を長いこと聴き続けてきて、それからようやく知ったからこんなにも考えてしまうのかもしれない」

「ヤマネちゃんの言うことは、すごくよくわかるなーとも思うし、でも正直に言うと、あんまりよくわからない」

話すみどりんの顔は少し眩《まぶ》しそうな表情で、弱い西日が部屋の奥に届き始めているのがわかった。

「ヤマネちゃんの仕事や興味あることとつながってるんだなって思うけど、そのつながり方にはヤマネちゃんの中でけっこう自由というか、いつのまにか遠くに飛んでいってて。糸の切れた凧《たこ》って言い方あるけど、頭の中のことはもっとかなりあっちこっちに漂っていってんだろうなーって」

「そうだよね、うん、もう少し整理してうまく話せるようにします」

「いや、そんなきっちりまとめてほしいとかではなくて。漂ってる時間がいいなっていうことかも。私は、今の生活だとどうしても現実的で具体的なことにすぐ戻るから。あと二時間で子供が帰ってくるからとか、どの用事を何曜日にやってとか、だいたい自分じゃない誰かに合わせることになる」

「うん、そこは私はほんと自分の都合だけでどうにでもなるから」

「人の話を聞くのは、自分では思いつかないことがあるからだし」

「それはいい意味で？」

「いいかそうでないか、決めたほうがいいかな？」

みどりんとの会話は、予測しない言葉が返ってくるなあ、とヤマネは思った。それはみどりんらしさでもあるし、付き合いが長いからでもある。

「糸の切れた凧、ってあまりいい意味では使わないからさ」

「あっ、そう？　ごめんごめん、嫌味とかではなかった、全然」

みどりんは声を上げて笑った。

数年会っていなかった時期も含めて、長い時間を共有しているから今こういう会話ができるのだろう。もしかしたら、会っていない時期があり、今もたまに会うだけなのが、この感じを作っているのかもしれない。お互いに、それぞれの時間があることを、仕事をしていたり別の誰かと過ごしたり出会ったり別れたりしていることを知っていて、そして今、同じ場所で会って話すのが貴重に思える。

ヤマネは、夕食の時間が迫っているとわかりつつ結局もう一つお菓子の箱を開けた。ココナッツメレンゲにした。みどりんはよろこんだ。

「すごい作品を作ってた人や、それまでに他の人がやってなかったことやできなかったことに挑んだとかやり遂げた人なのに、女性だったり強い立場じゃなかったりでそれほど評価されなかった、忘れられてたっていうのは、どのジャンルでもあるねえ。

美術系もそれに関する本やドキュメンタリーが作られて、話に出ることも増えてきたかな。女性の作家自身が評価されなかったっていうのもあるし、美術系だと、アシスタント的な立場とされてた奥さんとかモデルの女性がかなり創作に重要な役割を果たしてたっていうケースも多いね。共同制作といえる関わり方だったのに、あくまでそのついでみたいな扱いだった。誰々の妻、誰々のモデルで恋人としては名前が残ってて、十分有名だからいいじゃないと言う人もいるんだけど、巨匠と呼ばれて美術史に残る誰でも知ってるような作家に比べたら、名前言える人どれくらいいるのって思う。それに、妻やモデルの立場だったからで実力じゃないなんて言われるし。あ、なんかつい力が入っちゃったけど」

「うん、みどりんがそうやってわーっと言うのめずらしいかも」

「あー、そうねー。

　ヤマネちゃんが実情を知らないまま有名なミュージシャンを聴いてたことにもやっとしてるのと、似たとこがあるのかも。絵やイラストの勉強始めた若いときに、自分自身がそう思ってたんだよね。誰々の奥さんの立場で有名な人って得してるなーとか。若くて評判になった人に対してあの子はあの先生に気に入られてるからみたいな噂を鵜呑《うの》みにしたこともあったし。自分がそんなこと言われたら最悪って思うのに、自分自身が全然わかってなかったじゃん、って今になってよくわかってきて。

　わかってなかった自分に腹が立つから、いろいろ言いたくなるのかも」

　箱にきれいに並んだココナッツメレンゲも、順調に減っていった。太陽は再び雲の陰になったようで、差し込んでいた西日は消えた。

「今こうして何十年も前の音楽を聴いてると、その時代にどこでどんな小説が書かれてたのかな、もっと読んでみたいって思う。

　それにそもそも、なんの分野でも名前が残る人ってごくごく一部だけなんだとは、よく考える。その基準ってなんだろう、誰がそれを決めるんだろう、って。昔の小説を読んでると、こうして文章を書ける人自体が限られてるし、その限られた人の視点から見た世界にどうしてもなるから〝庶民の生活〟みたいなのもどのくらい当時の状況を伝えてるのかなって。

　だから、さっき言ったみたいな、地図上の点を指したらその場所の当時の様子が見られる道具があったらいいのになーと思って」

ヤマネは三つめのココナッツメレンゲを口に入れた。軽い塊はすぐに崩れて、甘さが広がった。

「なるほどー。そういう感じなら私もわかるかな。私なら、話せる機能もつけてほしいな。聞いてみたい、あの画家、すごいずるい人じゃなかった？　とかさ」

そこで二人は笑った。

「いや、ずるくても性格悪くてもいいんだけど」

みどりんはふと真顔になった。

「それよりも、偉人とされる人や有名な人の陰になったり忘れられたりしてきた人と話してみたい。どんな絵を描いてたの、なにが好きだったの、ほんとはどういうことがやりたかったの、って」

その声と言葉は、ヤマネの中にはっきりと響いた。

「そうね」

今、スピーカーから流れてくるカレン・ダルトンの歌を、この先何回でも聴くことができるが、会うことも話すこともできない。ずっと一方的に聴くだけで、この歌が好きなこともこの歌を作ってくれたことへの感謝の気持ちも伝えることはできないのだ、とヤマネは思った。

みどりんは、テーブルの端に置いていた山沢栄子展の図録を再び手に取り、ページをめくった。

「この野菜や果物の静物画みたいなシリーズ、いいなあ。色と質感が不思議。え、これ元の写真集でもページの紙がこのサイズだったってこと？」

真っ赤な背景に栗の実がついた枝の写真「栗」、その次の籐籠《とうかご》に緑色のぶどうとメロンが置かれた写真「夏の静物」のページは、三センチほど横幅が短くなっている。「栗」のキャプションに「この作品は『遠近』でも同様に見開きで印刷され、右頁の用紙の幅が意図的に短くされている。」とある。

「一九六〇年かー。かっこいいなあ」

みどりんはしばらく写真に見入っていた。絵を描くみどりんと、文章を書く自分ではどういうふうに見方が違うだろう、と横から同じ写真を見つめてヤマネは思った。

ページを進んでいくと、モノクロ写真になった。煙草《たばこ》を持った女性の横顔。洋服や背景の濃い色が影として一体化して、黒の中に顔と手だけが浮かび上がる。耳には蝶の形をしたピアスがぶら下がっている。

山沢栄子がカリフォルニアに渡ったとき、そのスタジオで助手をしながら写真を教わった写真家、コンスエロ・カネガのポートレート。戦後に渡米し再会したときに撮影したものだった。

「この人……」

みどりんはなにか言いかけて、そのあとはただじっとそのポートレートを見つめた。

横からヤマネもその写真家の姿を見た。皺《しわ》の刻まれた手にも顔にも彼女の生きてきた時間が表れていた。少し目を伏せたその表情は、わずかにほほえんでいるとも見えたし、哀愁を含んでいるとも見えた。

写真という自分にとっての切実でかけがえのないものに向かい続けてきた人のゆるぎない存在感がある、とヤマネは思ってそれから、存在感を山沢栄子が写し撮ったのだと思った。みどりんもそれを感じているのだ、と。

今目の前にこの人がいたら。そしてカメラを向けてこの顔を見つめていた山沢栄子がいたら。私はなにを聞きたいと思うだろう。ヤマネが考えていると、みどりんが聞いた。

「私もこの展覧会行けばよかったなあ。いつやってたんだっけ？」

「えーと、去年の……」

うしろのページに記された展覧会の日程を確かめて、ヤマネは、えっ、と声を上げた。

「二〇二〇年一月二十六日までって、コロナ禍になる前だったってこと？　寒い時期だったのは覚えてるけど、一年くらい前の感じがしてた。そんな前だったかー」

会場に人が少なかった記憶もコロナ禍以後だと勘違いした要因だったが、そもそもヤマネは人ごみが苦手で展覧会や映画には平日の空いている時間にしか行かないのだった。平日に自由に動ける自分がそうしたほうがいいとも思っていて、このときもそうだったに違いないのだが、それにしても……。

ヤマネが妙に驚いているので、みどりんは笑いながら言った。

「年取るとそうなるよね。二、三年前と思ったらだいたい五、六年は経ってる」

「いやー、そうなんだけどさー」

ヤマネは図録をひっくり返して、表紙や帯をまじまじと見た。去年の今ごろ何をしてたか、スケジュール帳やスマホの写真を見ないと思い出せない。スケジュール帳にも数えるほどしか書き込みはなく、外出が少ないと写真もない。

二〇二〇年は三月の末からは展覧会も中止や延期が増え、そのあとはいつ何を観に行ったのだったか……。

曖昧な記憶をたぐりながら、宙に浮いたような感覚のまま過ぎた時間を、外の出来事や人との関わりが希薄なままその時間の中に漂っている自分のことを、ヤマネは心許《こころもと》なく思った。

予約の時間が近づいて、二人は駅の近くの居酒屋へ行った。

それほど広くない店内は、半分ほど席が埋まっていた。夏ごろには店内の営業を休んでお弁当の販売をしていたのをよく覚えているヤマネは、人が楽しげに食べている姿にほっとした。

アクリル板で仕切られたテーブルで、鯛《たい》の昆布締めやカレイの煮付けなどを食べていると、みどりんが、

「人の作ったごはんはおいしいなあ」

と言い、ヤマネも頷いた。みどりんは家族の分を毎日作る大変さがあり、ヤマネは自分で自分の食べるものを作るだけの単調さがあり、どちらも続けば誰かの作ったものを食べたくなるのだった。

追加で頼んだごぼうの唐揚げとあさりの酒蒸しを食べているとき、みどりんが言った。

「小田原に引っ越すかもしれない」

「あ、そうなの？」

反射的にヤマネは返答してから、みどりんの言った内容がじわじわと理解された。

「まだちゃんと決めたわけではないけど、たぶん。子供の新学期に合わせて来年の春かなあ」

決めたわけではないと言うみどりんの声からは、もう決まった印象をヤマネは受けた。

小田原はみどりんの夫の実家があり、その近くになりそう、とみどりんは話した。東京のこの辺りに住んでいると中学受験が当たり前で周りの話を聞いていると自分も夫もその空気についていけなそうで、というのもあるんだけど、小田原の家にはよく行ってて街の感じも好きだし、もうちょっと青とか緑とか多いところで暮らしたいって思ってたし。

青や緑が多いところって誰かも言ってたな、とヤマネは思いながら聞いていた。

「ここからだと沿線だし、一時間半もかからないから移住ってほど遠くもないんだよね、実はこっちのほうにも月に二、三回は来るだろうから、そのときはまたごはんとか食べようよ」

みどりんの言葉に相槌《あいづち》を打ちながら、最後に頼んだ出汁《だし》茶漬けを食べた。

駅の改札でみどりんを見送って、ヤマネは商店街を歩いて帰った。まだ午後十時前だが、人の姿はまばらで静かだった。ファミレスやコンビニの周辺に学生たちの姿がない風景にもすっかり慣れてしまったな、と思う。

講座に何人か参加している学生も、たまに大学へ行っても用事だけ済ませて帰るとか、入学以来この状況が続いているから同級生と知り合う機会も少ないとか話していた。オンライン授業に慣れてしまったので来年から通常授業になったら通えるか心配、と「３０２教室」のコメントにあった。

コンビニに入ると、コーヒーの香りが漂った。以前はこの香りは喫茶店のイメージだったけど今はコンビニにいるって感じがする、とヤマネは思って、アイスクリームの並ぶ冷凍ケースを眺めた。自分が今大学生だったら、と想像しようとしたが、学生時代は三十年近く前のことだし、今の学生は出席の管理が厳しいなどずいぶん環境も違うだろうし、自分の記憶に当てはめてもきっとずれた感覚になるだろう。

満腹のせいもありアイスクリームも他のなにかも選べずに、炭酸水だけを手に取った。レジに立つ若い男性の斜め後ろから同じくらいの年の男性店員が指示をしている。新しく入った人なのかな、とヤマネは二人のやりとりを見守り、代金を払った。

部屋でもう一度カレン・ダルトンを聴いた。昼間聴いたよりも夜の一人の部屋ではクリアな声に感じた。

スマホで小田原の地図や電車の乗り換えを検索してみた。三十歳を過ぎてから東京に移ってきたので、関東の地理感覚が今ひとつつかめない。距離感や方角も大まかだし、人から出かけた海岸や温泉の名前を聞いても、地元の地名のようにはっきりした印象や記憶がくっついてこない。

みどりんが言うように、小田原はそれほど遠くなさそうだった。出版社の人でそれより遠くの三島だったか熱海だったかに住んで週の半分だけ東京に通勤する話を聞いたこともある。来年の春になってみどりんがほんとうに小田原に引っ越したら、遊びに行ってみたいし、それで自分の行動範囲が広がるなら楽しそうだ。

ヤマネはノートパソコンを開き、小田原の観光情報を調べ始めた。地図や小田原城の解説を見ながら、それでも今みたいについでにうちに寄って晩ごはんもという距離感ではなくなるだろうなあ、と思う。

この一年ほどの間に、東京から別の場所へ移り住んだ知人が何人かいる。話を聞くごとに、移住は家族がいる人のほうがしやすいのかも、と考えるようになった。

みどりんみたいに夫の実家など縁戚があるか、仕事先があるケースが多い。まったく縁のない土地に、というのはオンライン講座の北海道に移住した北野さんくらいだが、彼も夫婦での生活である。

ヤマネの知人には、小説家や漫画家など自宅で仕事をするので住む場所が比較的自由になる人が多い。リモートワークが急に増えた時期には移住を計画する人もいたし、どこに住んでもいい仕事で羨ましいなどと言われることがよくあったが、今のところ単身で遠方に引っ越した知人はいない。帰ってくることが前提の留学ならありそうだが、一人で未知の場所へ、近くに知り合いもいないところに住むのはかなりハードルが高いのだと思う。

以前は、家族の仕事や都合によって自分の仕事を辞めることになったり、転勤の夫に合わせて引っ越しや子供の転校を繰り返したりする大変さをよく聞いた。

一人だと自由だねと言われるし気ままに動けるイメージを持たれがちだが、そうとも限らないなあ、家族で暮らしている人でも一人暮らしでもその人の状況や性格によっていろいろだとは思うけど、去年の春からのイレギュラーな事態で仕事や住む場所のことをあれこれ考えてしまうんだよね、などと思いつつ、小田原の観光情報サイトにあった〈総構《そうがまえ》〉という堀や土塁の遺構の解説に見入ってしまった。

小田原城周辺の〈総構〉は北条氏が豊臣軍との合戦に備えて十六世紀末に作った全長九キロもあるもので、今も小田原城周辺に深い堀の跡が多く残っていて、歩いてまわれるようだ。竹林の中に続くえぐりとったような急勾配の道の画像を何枚も見て、これはみどりんを誘って歩いてみたいなあ、とあれこれ調べてしまって時間が過ぎた。

窓際に立つと、日付けが変わった夜の住宅街が見渡せた。バルコニーの広い部屋も今日は暗い。

静かで暗い夜の街は、うまく言葉にできないが、夏と冬ではその静かさも暗さもなにか違って見える。湿度や温度で音の伝わり方や光の見え方が変わるのもあるし、こうして窓を閉めた部屋の中から見ていても夏とは違うと感じる。そう思えるだけかもしれないが。

ＳＮＳで猫の巡回をした。ある家の黒猫はぼろぼろにした段ボール箱に入って満足そうにしていて、別の家の三毛猫は畳んだ洗濯物の上で丸くなっていた。居心地のいい場所というのはそれぞれにあるものだなあ、とヤマネは思った。今住んでいる部屋は、今までに住んだ七軒の中でいちばん好きだった。

明け方に見た夢で、ヤマネはどこかを歩いていた。

最初は歩きにくいと思った。坂道でもないし険しい場所でもないので、なぜこんなに歩きにくいのだろうといぶかりながらただ前方へ進んでいた。周りは薄暗く、街のような気もしたし森のような気もした。そのうちに、広い場所にいることに気がついた。遠くまで見える。明るくなってきたのだな、と思った。遠くまで見えるが、右にも左にも家や木々は消えてしまった。荒野で、ところどころに岩が転がっている。相変わらず足は重かった。地面は乾いているのに、泥に足を取られる感じだった。乾いた地面の道はよく見えた。ずっと先まで続いていた。かなり先のほうに、人の後ろ姿があった。髪の長い女のようだ。その人も、ただ歩いている。何も持たずに。風が強くなって砂埃《すなぼこり》が視界を悪くした。

カレン・ダルトンだ、とヤマネはわかった。

5　声を聞く、声を話す／秋から冬へ

「まずは、みなさんお楽しみの湯元真二さんの定点観測です」

七坂マチが明るい声で伝えて、「実践講座・身近な場所を表現する／地図と映像を手がかりに」の森木ヤマネがゲストとして参加する四回目がスタートした。

「定点観測・十月十六日〜十一月十五日」と、黒い画面に白い文字が並んだ。

＊　＊

見覚えのある住宅地の風景が現れる。

マンション六階の廊下から、西に向かって開けた風景。高い建物が近くになく、全体に灰色っぽいビルや家がびっしりと並んで遠くまで続いている。その先には、小さく富士山が見える。

画像は刻々と切り替わる。同じ場所を写しているが、天候の違いが積み重なって変化していくように見える。晴れて明るい日が多い。明るいと建物の影がくっきりしてコントラストが出る。

途中から右下に小さくクレーンが見えるようになった。クレーンは日によって位置や向きが変わり、動かない建物たちの中でそれだけが生きているみたいに目立つ。

クレーンのそばで黒い影も動く。

画面奥の富士山ははっきりと存在感が増し、上半分の白さが映えている。

＊　＊

ぱっ、と画面が黒くなった。

それから、講師や受講生たちの顔が並ぶ画面に切り替わった。

「いやあ、毎回新鮮なこのときめきはなんでしょうね！」

丘ノ上太陽の感情を込めた声が響いた。

今日は、Ｔシャツの胸元には「ゴッドファーザー」のマーロン・ブランドがいる。愁いを帯びた表情でこちらを見ているが、蝶ネクタイと胸ポケットに挿した赤い薔薇《ばら》のせいでどことなくおかしみがある。

「自分が生きている時間がここまで圧縮されてる快感と言えるかもしれませんねえ。一か月がたった一分少々になって、そこで起きた緩やかな変化が刻々とたたみ掛けてくる。その一瞬をなんとか見ようと凝視してしまいますね」

丘ノ上はなんともうれしそうだった。マーロン・ブランドはどっしり構えたまま表情を変えない。

「晴れて空気の澄んだ日が前回以上に増えましたね。そして日差しの角度が変わってきているのもわかります。夕方など別の時間帯に定点観測をしていたらかなり違う映像ができるでしょうね」

小滝沢道子の声は落ち着いていた。今日は背後の本棚に白い猫の姿がある。

猫が気になりつつ、ヤマネは話した。

「前回も目を奪われましたが、定点観測という固定された視点と地道な作業で作られた映像が、なぜこれほどダイナミックに感じるのか、不思議ですよね。

時間が過ぎるという誰もが体験している動かしようのない事実がこの短い映像に表れていて、圧倒されるからでしょうか。もっとシンプルに、普段の自分の目では見ることのできない感覚に驚くからかなーと思ったりもします。

今回のは、新たに出現したクレーンがいいですよねえ。小さく見えてるだけなのに、動きがなんか恐竜みたいというか」

画面の端に〈大きなスクリーンで観てみたい〉〈迫力ありそう〉〈クレーン、かわいいですね〉などのコメントが並んだ。

七坂が湯元からのメッセージを読み上げた。

「天気のいい日が多く、撮影するときも風がさわやかでした。クレーンのところになにができるのか気になるので、今度確認しに行ってみようと思います。今回は出席できるかと思ったのですが、残業となってしまいました。皆さん、いつもコメントありがとうございます。

……ということなので、受講生の皆さん『302教室』に書き込んでくださいね」

いつものように明るい声の七坂の背景は、今日はどこかのカフェのようだった。外にいるのだろうか、とヤマネは気になった。七坂の後ろに並ぶテーブルと椅子には誰もいなくて、窓の外は暗い。

「それでは、課題作品に移ります。前回の最後に森木さんから写真三枚と文章でとお願いしましたが、その後に皆さんからのご意見をうかがって写真と絵や図などの組み合わせもOKということになりました。

では、課題の最初の作品です。入江さんの『昔の話』です」

＊＊

一枚目の写真が映し出された。

青空に深い緑の山。

ところどころに灰色の岩肌が露出している。ほとんど垂直の崖が連なっている。

右の手前に、窓の枠が写っている。

部屋の中から撮影されたようだ。

二枚目の写真。

まっすぐではない、幅の狭い道。舗装はされていなくて、地面は白っぽく乾いている。

右側には人の背丈ほどの高さの石垣が続く。不揃《ふぞろ》いな石が組まれた古い石垣には、草が生えている。

石垣の向こうには瓦屋根と板壁の家が見える。屋根も壁も年月を経ているが窓はアルミサッシで、石垣よりは新しい時代に建てられたようだ。

左側には木が並び、その下には真っ赤な彼岸花がいくつも咲いている。

三枚目の写真。

緩やかにカーブした坂道。

左側には細い川が流れているようだが、コンクリートの護岸が見えるだけで水面は見えない。
二、三メートルの短い橋が架かっている。渡った先には楠《くすのき》と神社の鳥居がある。
坂道を上った先、遠くには山が見える。

一枚目の写真と同じ山のようである。

坂道の前方には、男性の後ろ姿がある。

背中を少し丸め、手を腰の後ろで組んでいる。

太陽が強く差して、空は抜けるように青い。

文章が表示され、ゆっくりと流れていく。

《覚えているのは、きらきらと光る水だという。

川が海に流れ込むところなのか、海辺なのかはわからない。

石がごろごろしている上を透明な水が浅く流れて、ゆらゆらして模様みたいだった。光ってまぶしかった。何歳ぐらいやったかなあ。

話しながら、父は歩いていく。川の流れとは逆に、緩い坂道を歩く。

きらきら光る水の記憶は、今日みたいに暑い日のことだったんだろう。

台所の窓からは、山が見えた。

家の中でいちばん眺めがいいのがその窓だったからよく台所にいた。台所は北側やから夏は涼しかったしな、と父は振り返らないままぽつぽつと話す。

川沿いの道をさかのぼり、神社の脇道を入り、みかん畑を抜けた先に、従兄弟《いとこ》の住む家があった。

下の従兄弟は同い年だったから、外で遊ぶこともよくあったし、互いの家を行き来した。よう似とる、と言われたもんや、そのときは。

石垣は、すごく古い時代からある。誰に尋ねても、昔から、と言う。昔々からずっとある。

ある夏の夕方、夕方になってもとても暑い日、従兄弟の家から一人で帰ろうとして石垣の道を歩いた。周囲は蟬《せみ》の声で満ちていた。アブラゼミの声もミンミンゼミの声もツクツクボウシの声も混ざり合って世界全体を震わせていた。ふと見上げると、石垣の上に猿がいた。

山には猿たちが住んでいるが、このあたりまで降りてくることはめったにない。

父は驚いて立ち止まった。子供だったから、猿は大きく見えたし怖かった。こんなところで猿に出会ったのは初めてだった。

猿は、石垣の上に座り込んで、じっとこちらを見ていた。まだ若い猿だった。視線を合わせたまま動けなかった。こういうときは逃げたほうがよかったのか、逃げないほうがよかったのか、誰かに聞いた気がするが思い出せなかった。

猿が少し動いた。子供だった父が思わず身を縮めると、猿が何かを投げた。足もとに落ちたのは、蟬の抜け殻だった。大きなクマゼミの抜け殻で、背中の割れ目の上にある透明な目の部分がつやつやしていた。子供だった父は、しゃがんで拾いあげ、小さい指でそれに触ってみた。とても滑らかで固く、生き物の一部には思えなかった。

顔を上げると、猿はいなかった。

家に帰っても、そのあと会った誰にも、あんなところに猿は出ん、と言われた。他に見た人もいなかった。

その後、子供だった父がその道を一人で歩くと、ときどき同じ場所に蟬の抜け殻や木の実が落ちていた。

これはきっとあの猿が持ってきてくれたんだと、子供だった父は思った。それは次の夏まで続いた。猿を見てからちょうど一年くらい経った暑い日に、八歳になった父は従兄弟とその道を歩いていた。向こうから同じくらいの年の男の子が歩いてきたが、見かけない顔だった。自分たちによく似た男の子は、じっとこちらを見ていたが何も言うことなくすれ違っていった。

それだけの話でオチもなんもないんやけどな、と父は言った。その話を聞いたのは初めてだった。父が子供のころの話は以前はあまり聞いたことがなかった。ぼくが一昨年こちらへ戻ってきてから、ぽつぽつと話すようになった。

この日は、その従兄弟、ぼくはおじさんと呼んでいる人が住んでいた家を片づけに行く道すがらだった。上のおじさんは若いときに島を出て、下のおじさんは十年ほど前に港に近い町の中心部へ移り、長らく空き家でときどき草むしりに来ていたのだが、近所の人から買いたいと話があった。不便な場所で今後どうするか思案していたところにめったにない機会で、父もおじさんもなんとかまとめようとしている。家は取り壊すことになるだろうがいちおう中も見たいと要望があり、印象を良くするために片づけに行った。おじさんはもう来ていて雨戸を開けるのに難儀しながら、壊すとなるとちょっとさびしいかもな、などと言っていた。

夕方、同じ道を帰りながら、父は石垣の上をちらっと見た。最近はこのあたりの畑まで猿が下りてくるらしい。

猿はどうやって島に来たんかな、と父が言った。泳いでやろか?

ぼくは猿はずっと昔から島にいたとしか思っていなかったから、それを考えたことはなかった。猿と人と、どっちが先に島に来たのだろう。人は船で来たのか、泳いできたのか。今まで考えたことがなかったことを考えたり、話を聞いたりすることが増えたのは、ぼくが一度離れてからここに戻ってきたからなんだろうと思う。

このあたりや家族のことを知りたい、と思うようになったのかもしれない。

父が台所の窓から山を見ていた家を何度か改築した家に、ぼくは住んでいる。》

＊　＊

「では、まず、課題を出された森木さんからうかがってみましょうか」

七坂にうながされ、ヤマネは手元のメモを見ながら話し始めた。

「写真が三枚になると展開の可能性が増えるということで課題を決めて、どんな作品が見られるかなと楽しみに二週間を過ごしたのですが、一作目からかなり予想外の話が書かれていてわくわくします。

三枚の写真は、どれも静かさとそこに流れた長い時間を感じさせるものですね。最初の山の写真が、部屋の中から見た視点ではしっこに窓枠が少しだけ写っているのが気になったんですが、窓枠がちらっとあることで、そこにいる人の視線や存在を想像させます。

二枚目は、草が生えたり年季の入った石垣に、彼岸花の鮮やかさが対照的です。年月を経て表面がゆっくり変化してきた石垣と、毎年同じ赤い花に見えるけど新しく伸びて咲いて散る彼岸花の短い時間だからこその輝き。

三枚目は、私もどこかで見たような光景というか、よくありそうな川沿いの道ですが、ぽつんとお父さんの後ろ姿があることで、この道がどこからどこへ続いているのか、ぐっとリアルな感じに思えてきます。

そこからお父さんの子供のころの記憶の話になって、いちばん古い記憶はというのは定番の質問でもありますが、状況は定かではないけどきらきらした水面というのが、この島で生まれ育ったことをすごく伝えてる。以前観た入江さんの映像作品でも、海が明るく光ってるのが印象が強かったし、水や海はやっぱり入江さんにとってだいじなモチーフなのかなと。

従兄弟の話になるかと思ったら突然の猿の登場で驚きました。なんとなくその猿とお父さんとの間に子供同士の交流みたいな感じがあったのかなと、オチはなくてもなにかいい話を聞いた感がありました。

猿が泳いで来たのかと急に言い出すお父さんと、歩きながら聞いている入江さんの関係が文章に表れてますね」

画面越しにヤマネの言葉をじっと聞いていた入江は、ゆっくりと話し始めた。

「高校卒業して島を離れる前は、父親とはそんなに話すほうじゃなかったんですよね。仲悪いのではないし、厳しかったのでもないんですけど、ぼくがやりたいことや興味のあることを言っても、そうか、わしにはようわからん、みたいな感じで。反対もしないけど、興味なさそうで。ぼくも、よくわからない人だなーって思ってて。

民宿やってたわけだからお客さんには愛想良くしゃべってたんですよ。仕事でいろんな人としゃべってたから家ではそんなにしゃべりたくなかったのかな、って父にも聞いてみたことあるんですけど、どうやったかなあ、って」

入江が笑うと、画面に並ぶ受講生たちも表情が緩んだ。

「ぼくがこっち帰ってきてから父がしゃべるようになったのは、民宿をやめて余裕ができたからなのか、ちょうどいい話し相手みたいになってるのか……。まあ、理由なんてなくてもいいし、本人も特になにかあるってことでもないかもしれないし。

石垣のある道は、ぼくもよく知ってる道ですけど、車で出かけるときは家から反対方向に出るので、歩いて海辺まで行くときぐらいですね。この前の映像で歩いてたのもすぐ近くです。

昔の話を聞いてたら、父が子供だったときとあんまり変わらないんだろうなって思ったんですよね。このあたりでも車で行き来しやすい土地は新しい家が建ったりけっこう変化があるんですけど、この道みたいな車が入れないところは昔のままで。

この間、ゲストハウスのサイトを作るのに、スペインの巡礼のことを調べたんですよ。巡礼とお遍路さんと共通点も多いから、紹介の仕方が参考になるかなと思って。

巡礼の道自体は、このへんとは全然風景が違って、広々した大地にどこまでも道が続いてるんですけど、途中にある村なんかだとちょっと似たとこもあって。

画像を検索してたら、この石垣の道にそっくりなとこがあったんです。あれ、家の近所？って一瞬思うくらい。よく見たらもちろん木の種類とか家の壁とか違うんですが、石垣とちょっと曲がった道の感じがすごく親近感があって。やっぱり巡礼する道だから似てるのかな、と思ってその写真に見入ってたんですけど、あ、そうか、人の歩く道の感じだからか、と気づいて。

狭い道の幅も、舗装されずに踏み固められた土の感じも、石垣の不揃いなところも、人間のサイズと行動の結果でできてるんだな、だからこんなに似てるんだな、と。

そしたら実際に道を歩いても、今までにここを歩いた人のことや石垣を作った人のことを思い浮かべるようになって、だから、父の話もすごくリアルだったんです。猿に蝉の抜け殻もらう子供、かわいいな、って。それが目の前にいる父の姿とは、いまだに一致しないんですけどね。

こっちに戻ってから車で移動することが増えましたけど、ここの道や畑の間を歩いたり、家の周りに植えてる草花の手入れをしたり、人間の手が直接触れて作っていくものに接することは東京にいたときよりも多いです。

父に急にあれこれ聞かれて逆に戸惑ってもいますね。映像の仕事ってどんなのやってたのか見せろって言われたり。見せたら見せたで、ようわからん、ってやっぱり言われましたけど、若いときに自分が観た映画の話をしだして。休みの日にフェリーで街に行くとたいてい映画館に行って、『未知との遭遇』とか『スター・ウォーズ』がおもしろかったなあ、って、なんで今ごろ言うのかびっくりしましたよ。おまえとは趣味が合わんと思ってた、なんかようわからん映画ばっかり観てたから、って言うんですけど、父の勝手な思い込みで。『ゴッドファーザー』の話もしてたから、実は今日、丘ノ上監督のTシャツを見て、なんで伝わったんだろ？って思ってました」

丘ノ上がにやりと笑い、Tシャツを引っぱってマーロン・ブランドをカメラに向けて強調した。入江は画面越しにマーロン・ブランドに挨拶するように手を振って、言葉を続けた。

「映画の話、といってもすぐ、忘れた、ようわからん、になるんですけどね。でも、タイトル聞いてるだけでも、あの映画の時代に父親が二十代だったのかとリアルに感じるし、直接お互いのことを聞いたり話すよりは、映画を間に挟んでるほうがしゃべりやすいのかもしれないです。

父が家を改築して民宿を始めたのも三十歳ぐらいのときなので、親子でなんか似たようなことやってるのかなと、そこはちょっと複雑です」

小滝沢が話そうとすると、猫が画面を横切った。

「あっ、ごめんなさい。こっちの机にはあんまり上がらないんですけど、人が話していると気になるみたいですね」

〈アップで見られてうれしいです〉〈名前はなんですか〉などのコメントが書き込まれた。

「名前はシロです。そのまんまですね」

シロは画面の左側をうろうろしていたが、しばらくして床に下りた。

「石垣の道と巡礼のお話が興味深かったです。瀬戸内海と地中海は気候が似てますし、共通点も多いのかもしれません。人が歩くサイズの道という表現は、すごくわかりますね。車が入れない道は現代では不便とみなされがちですけど、人の身体にしっくりくる場所を歩ける安心感があると思うんですね。だから、お父さんも昔のことを思い出したり、入江さんに話したりされるようになったんじゃないでしょうか」

いったん姿が見えなくなったシロは、うしろの棚に現れた。しなやかな身のこなしで棚に居心地のいい場所を探すシロを見ていると、猫には猫のサイズの通り道があるのだとヤマネは思う。小滝沢が石垣や道の周辺の木々についてもう少し話し、丘ノ上が引き継いだ。

「一度、時間を置いたり、ある場所から離れたりしてから再び戻ることで、気づくものや動き出すものってありますね。

入江くんが一度家を離れて、十年ちょっとぐらいだっけ、時間が経って帰ってきて。ときどき帰省はしてたやろうけどずっと近くにいるのとまた違うし。高校生やったんが三十過ぎの大人になってるわけやから、戸惑いもあるかもしれない。

親と子の縦の関係から、それぞれの人生がある一人として少し距離ができたほうが話せることもあると思うんですよね。映画にもそういう、父と子の関係性を描いた名作はいろいろありますね。ま、『ゴッドファーザー』はちょっと大変すぎる感じですけどね。

三枚目の写真の、川沿いの坂道とお父さんの後ろ姿、ええよねえ。このまま映画のシーンとしてカメラを回したい」

「あー、すいません、実はあの後ろ姿、父じゃなくておじさんなんです、父の従兄弟の」

「えー！　そうなんや。だまされたなあ、せっかく感動のシーンやと思ったのに」

丘ノ上は大げさに声を上げて、笑った。

「だますつもりは……。父が写真はいややって撮らせてくれなかったんで、その家の片づけの帰りにおじさんに頼んで。帰り道はほんとは下りなんですけど、上ってもらって何度か撮って……」

「演出やったんかー」

「おじさんと父は同い年だし、よく似てて。特に後ろ姿は、ぼくもときどき間違えそうになるくらい」

「おじさんにお父さんを演じてもらったわけやね。いや、入江くんの技ですね、それは。課題は写真三枚に文章で、フィクションでもなんでもOKということだから、この作品では演出が効果を上げてる。

最初の一枚が、誰かの視点を感じさせる窓越しの風景なのも、始まりのシーンとしていいですね。お父さんには、この作品は見せました？」

「あー、見せろっていうから見せたんですけども、予想通り、ようわからん、て言われました。オチがない、って。父の話にオチがなかったからなのに」

画面に並ぶ受講生たちが笑ったり頷いたりした。

「入江くんとお父さんの物語、続編もぜひ作ってほしいですね。では、次の作品に行きましょか」

丘ノ上がうながし、七坂マチが画面を切り替えた。

「それでは、本日の課題の二作品目。ヤマモトマヤさんの『遊歩道から続く』です」

＊
＊

一枚目の写真。

ゆるやかに蛇行する遊歩道がずっと先まで続いている。

右側にも左側にも樹木が並び、その下には低木や草花が植えられている。

秋の日差しなのか、オレンジ色っぽい光が斜めから差して、遊歩道には人や木の影が伸びている。

少し先に、二人で並んで歩く人、犬を連れた人の姿がある。

二枚目の写真。

子供の手が木の幹を触っている。

幹の樹皮は薄い茶色と緑がかった部分のまだら模様で、地図のようなおもしろい形である。

三枚目の写真。

様々な種類の葉で作られた、押し花の額。

丸い葉、縁がぎざぎざの葉。

茎の両側に細長い葉が並んでいるもの。

モミジやカエデのいくつかに切れ込みが入った形の葉。

うちわのように丸く広がった葉。

薄い緑色、茶色っぽい緑色、深い緑色。

形も色も違う葉が何枚も重ねられて、森を描いた絵のようになっている。

画面が暗くなった。

文章が表示される。

《ここに引っ越してきたとき、子供は三歳だった。三歳になってひと月かふた月くらいだったかな。

新しい家はマンションの一階で、駅からだいぶ歩くけれど、小さな庭があるのがよくて、ここに決めた。その前に住んでいたのは五階だったので、一階になったら気持ち的に出かけやすくなって、よく子供を連れて散歩に行った。

市民センター近くの遊歩道をぐるっと歩くのが定番の散歩コースで、子供はとてもゆっくりと歩く。

ゆっくりと歩くというよりも、立ち止まったりしゃがみ込んだり、ちょっと戻ったりする。私が一人でゆっくり歩いても十分くらいの道が、子供といっしょだと一時間かかったり、途中までしか行けないこともあった。

いっしょにいると、私は何度も待つ。遊歩道にいる時間のほとんどが、待つ時間だったかもしれない。自分だけだったら、こんなにも時間をかけてこの道を歩くことはなかったな、と思う。

子供がしゃがみ込んで、植え込みのドウダンツツジの白い小さな花がたくさんぶら下がっているのやその下で伸びるしゅっと長い緑の葉をじっと見ていて、そのそばにしゃがんで、これはなにかな？　と言ったりしたけれど、私も名前を知らないことがよくあった。

しゃがんだ位置からは、草花はとても近い。歩きながらなんとなく見ているのとは違って、小さな葉や花の細かいところまでくっきり見えた。こんな形だったんだ、と子供よりも私のほうが見入ってしまうこともよくあった。

夫がいっしょにいるときは彼にも、なんだろうね、と聞いたけれど、夫は私よりもっと知らなくて、覚える気もないらしく、シロポンポンとかサラサラハッパとか、適当な名前をつけていた。

しばらくしてもう一人子供が生まれて、何か月かは夫が散歩担当になり、その間にいろんな適当な名前を子供に教えて、子供がそのまま覚えた。今でも上の子供は、フサフサミドリノハ、メイロノエダノキなど、いくつかそのときに覚えた名前を言うことがある。メイロノエダノキは、遊歩道の分かれ道のところにある冬に葉が落ちた枝がとても複雑な形の木のことだ。

子供二人と散歩に行くようになって、大変さは増したけれど、上の子供はしゃべる言葉が増えたし、そのうちに、下の子供はまだ言葉にならない言葉を言うようになって、二人でなにか私にはわからない会話をしているのを聞くのも楽しかった。

遊歩道や途中の道で会う顔なじみの人も少しずつ増えた。

よく声をかけてくれるいつも鮮やかな色の服のおばあさんや、同じくらいの年の子供を連れた母親たちや、草木の手入れをする業務の人や、名前はわからないままだけれど、暑いですね、寒いですね、と言い合う。私は、この街に住んでいる人にだんだんなっていく感じで、なんとなくほっとした。

犬にもよく会った。小さい犬も、大きい犬も、毛の長い犬も、足の短い犬も、年を取っていつも乳母車に乗っている犬もいた。連れている人の名前は知らないままでも、犬の名前は教えてもらった。犬の名前は、お菓子の名前がけっこう多いなと思った。チョコ、マロン、ココア。大福っていう子もいたっけ。

私の子供と同じくらいの年の子が、久しぶりに会ったらずいぶん大きくなっていてびっくりする。私の子供たちもそれくらい大きくなっているのだけれど、毎日見ているとその変化に気づきにくかったりする。

最初にこの遊歩道を歩いたときには、あんまりしゃべらなかった上の子も、まだ生まれていなかった下の子も、今はしっかり自分で歩く。走ったり跳んだり、自転車に乗ったりもする。木や草花の名前を自分で図鑑を開いて調べて、私に教えてくれることもある。

木の少ないところで育った私より、子供たちのほうが木々のことをよく知っている。どこにある木に花や実がついていたとか、紅葉し始めたとか、報告してくれる。幹の模様や凹凸だけでも木の種類がわかって、感心してしまう。

夏休みに、子供たちが遊歩道と市民センターのある公園で葉っぱを拾ってきて、押し花を作った。作りながら、ちっちゃいときにたくさん拾ってきたどんぐりから虫が出てきて大騒ぎしたね、と言っていて、私は何年も忘れていたそのできごとを思い出した。

遊歩道を並んで歩くと、上の子は私よりも少しだけ背が高くなっている。見上げる視線の先に、木々の葉がある。小さかった子のそばにしゃがんでいっしょに見た小さな葉が思い浮かぶ。木々もあのときより背が高くなっている。》

＊　＊

ヤマモトマヤのうしろの壁には、葉っぱの押し花で作られた額が三つ並んでいた。

「こんばんは。ヤマモトです。今日も遊歩道を歩いてきて、紅葉がだんだん進んできた感じですね。温暖化で少しずつ遅くなってる気がしますが、天気のいい日は青い空に映えてとてもきれいです。

紅葉は、桜みたいに一気に盛り上がって急《せ》かされるようなのじゃなくて、ゆっくりさりげないところがいいなと。落ち葉のかさかさした音も好きですね。

市民センターの向こう側にイチョウ並木があって、黄色い葉が積もるとぱーっと明るく見えて楽しいです。今度は紅葉の葉を集めて押し花を作ろうって言ってます。

どの写真にしようかと昔の写真を探していたら、木が今よりも枝がそれほど茂ってなかったりして、十年くらいで木はこんなに成長するんだなあって。ときどき剪定《せんてい》はされてるんですけど、それでもこんなにまた伸びてくるし、幹や太い枝がしっかりしてきて頼もしいです。

皆さん、いろんな場所を題材にされてて、私はずっとこの遊歩道周りの木々のことばっかりでいいのかなあ、と思うんですが、ここで暮らし始めて、子供が大きくなっていって、私の生活も変わっていって、そこに遊歩道と木がずっとあるんですよね。木々や植物で、もっと作品を作っていけたらと思ってます」

最初に小滝沢がコメントした。

「ヤマモトさんは、遊歩道の木々を丹念に表現し続けてますよね。一つのことをじっくり追い続けて毎回違った形で表すのは、きっと遊歩道や木々のいろんな面を発見していくことだと思います。

今回は、お子さんやご家族でいっしょに過ごして変化してきた時間と、同じ街で暮らすすごく親しいわけではないけれど顔見知りで挨拶するくらいの関係の人たちがいることでの安心感というか安定感が表れていて、これまでより長い文章を書くことで生み出されるストーリーの流れがよかったです」

ヤマネは、二人の言葉を聞きながら、自分が東京に移ってからの年月を思った。

「名前がわからないままでも顔見知りで言葉を交わす関係の人がいるって、そこで暮らしていることの実感の一つかもしれません。現代は、一言も話さないでも生活できてしまいますよね、お店でも品物を持ってレジに行くだけだし、ネットショッピングや宅配もますます増えて、それに去年からは話さないことのほうが推奨される場面も多いですし。

私は一昨年の暮れに引っ越しをして、これから近所のお店とか開拓していこうっていうときにコロナ禍になったので、周りの人をほとんど知らないままなんです。こうして皆さんと画面越しにお話しして、直接会ってない遠くの人のほうが顔を知ってるのがいまだに妙な感じがします。

遊歩道で会う人との交流と木々の成長が、ヤマモトさんのその街での生活の歴史に結びついているのは、実感としてとてもわかります。散歩中の犬も、だんだん覚えていきますよね。お菓子の名前が多いのは、やっぱり茶色系の毛並みから連想するからですかね。

なんとなく大都市って一律に緑が減っていってるイメージがありますが、そうでもなくて。緑地や畑の面積は減ってますが、街路樹や公園の木々は増えたり成長したりしてる。戦後すぐは空襲で焼けてしまったところも多いし、そのあとの大規模な宅地開発では一気に丘陵を造成してて、当時の写真を見ると住宅地に木が全然なかったりするんですよね。

一時、小説を書く参考に昔の映画をたくさん観たんですが、団地なんかもほんとうに木がなくて、あってもまだ植えたばかりの小さく細い枝で。それから五十年、六十年経って、樹木はこんなに成長したのかって驚きます。都心部の公園や街路樹も。

自分の子供の頃の写真で地元の公園で撮ったのも、緑が少なくて。地元の街は緑が少ないんですが、それでも大きな公園なんかはこんなにもちゃんと木々が育ってきたんだなって、その生命力というか力強さに心打たれます」

ヤマネの話をじっと聞いていたヤマモトマヤが口を開いた。

「私もあまり緑がないところで育って、ここに引っ越してから樹木や植物にどんどん親しみが増していって。だから、子供たちの成長と家族のできごとがここの木々にしっかりつながっていることを、よりどころみたいに感じてるのかなって。

図書館でこのあたりの公園や遊歩道が整備された記録写真を見たんですが、確かに最初は枝ぶりもすかすかだった木々が、今は枝も葉もみっしりして頼もしいですね。でも最近はあちこちで、維持費がかかるとか枝や落ち葉に苦情があって伐採される話が聞かれて、ほんとに心配してます。

遊歩道で、木をじっと見上げている人を見かけると、ああ、あの人も木になにか感じてるんだな、私とあの人と他の誰かがここの木々を共有して、そういうのがこの場所で暮らすことなんだって、うまく言えないですけど、そんなことを考えてます」

「うしろにある額は、どれもお子さんが作られたものですか？」

と尋ねたのは丘ノ上だった。

「えーと、この左端のは私が作りました。子供が作ってるのを見てたら、対抗意識が湧いちゃって。前に葉っぱを重ねたイラストを提出しましたけど、あれはこの押し花を作ってる中で描きました」

「押し花って、葉っぱだけで作ると、緑の微妙な色の違いや形の面白さが際立ちますね。ちょっと作ってみたくなるけど、ぼくは不器用やから難しいかなあ。

だんなさんがお子さんに適当な名前を言ってたのは、いいエピソードですねえ。そういういいかげんさのあるキャラクターは映画でも緊張感のある中にぽっと隙間を作ってくれるんですね」

「あ、はい。夫は、自分が言った名前を全然覚えてなくて適当すぎるんですけど、今では子供から特徴や見分け方を教えてもらって感心して聞いてます。老いては子に従えってこういうことかって言うから、ちょっと違うんじゃない？　って」

おそらく同世代のヤマモトマヤの穏やかな表情を見つつ、ヤマネはヤマモト一家と遊歩道を歩いたら楽しそうと想像した。

「では、課題の三本目です。タイトルは、『あのときだけの場所』」

＊　＊

一枚目の写真。

繁華街のアーケードのある商店街。朝なのか、明るいが人の姿はほとんどなく、店も開いていない。赤と黄色の旗や幟が等間隔で並んでいる。

アーケードは遠くまで続いているようで、終わりは見えない。

二枚目の写真。

古い雑居ビルの通路。

薄暗く、右側に二つある扉は閉まり、その上に突き出ているアクリル板の看板も照明は落とされている。

いちばん奥にもドアがあるようだが、暗くてはっきりとは見えない。

下はコンクリートがむき出しで、汚れが目立つ。かなり古びた建物のようである。

三枚目の写真。

道頓堀。テレビなどでもよく映される、両岸に大きく派手なネオンサインや看板が並ぶ風景。戎橋《えびすばし》の一つ西側にある橋から撮られている。こちらも人の姿はまばらで、深緑色の川面は静かで色鮮やかな看板が逆さに写っている。

画面がいったん暗くなり、文章が表示された。

《ぼくが初めてそこを歩いたのがいつだったのか、はっきりとは思い出せない。

たぶん、祖父母に連れられて歩いたのがいちばん遠い記憶だ。祖父母を見上げてその先に派手な看板が光っているから、まだかなり小さかったのは確かだ。

そのあとも、祖父母には何度もここに連れて来てもらった。いつも人が多くて、ときどきあまりの人混みに頭がくらくらして座り込んだ覚えがある。

祖父母は決まった店を順番に訪れるのだった。船来の洋品店、書店、カステラ、かまぼこ、そして百貨店。百貨店ではたまにおもちゃを買ってくれた。街じゅうが華やかで騒々しくて大人たちが楽しそうで、その空気ばかりやたらと覚えている。

高校に入ってから同級生たちと遊びに行くようになって、だけど何をするというわけでもなかった。

お店で食べたり買い物をしたりするにはぼくたちの持っているお金は少なすぎたし、ただただあっちの端からこっちの端まで、そしてまたあっちの端まで、歩いた。たまに誰かがTシャツとかスニーカーを買うなんてときには、みんな自分のことみたいに盛り上がって探したりした。

二十四か五のときに、居酒屋でバイトをした。いちばん賑やかなところからは少し離れた場所にある店だった。けっこう昔からあるとは聞いたが、いつからだったのか、詳しく聞かなかったのはそのころは自分の年齢よりも昔のことは全部遠い昔で、まあまあ昔でもものすごく昔でも似たようなものだと思っていたからだろう。

店にはいろんな人が来た。たまたま入ってきた観光客もいたし、若い人も祖父ぐらいのおじいちゃんもいたし、たまには野球選手だとかお笑い芸人なんかも来た。サインをもらったりはしない店だった。昔から来ているという人がいちばん多かった。その昔がどのくらい昔だったのかも、よくわからないままだった。

昔から来ている人の中で、いつもカウンターで一人で瓶ビール一本とお造りとあとなにかを頼む人がいた。小柄な男の人で、六十歳は過ぎていただろうか。冬はツイードの背広を着て、きちんとした格好の人だと覚えていた。

人の顔と名前をすぐに覚える人で、ぼくにもよく声をかけてくれた。堀くん、今日もがんばってるな。堀くん、これうまいで。

バイトのない日の夜にその店の近くを歩いていたら、その人にばったり会った。ちょうどあの店で飲んで出てきたところだった。たぶん夏の終わりだった。

おお、堀くん。今日は休みか。あの新しい子はまだ慣れてへんなあ。

その人はいつもの朗らかな声で言った。ぼくはなんと返しただろうか。自分の言ったことは覚えていないものだ。

堀くん、ちょっと一杯つきおうてくれへんか。

にやっと笑ってその人は言った。並んで立つとぼくよりもだいぶ小さかったが、袖から見える腕はしっかり引き締まって、強そう、と思った。

その人について路地からアーケード、また別の路地から別のアーケードと歩いていった。夜の十時ごろだったろうか。ここではそれはまだ遅くはない時間で、次の店を探して連れ立って歩く人たちが大勢いた。

薄暗い路地と明るいアーケードを交互に通り、着いたのはいちばん賑やかな場所のすぐそばにひっそりとある古いビルだった。ここにこんな建物あったっけ、と何百回と前を通っているはずのぼくは思った。

建物の左側に、人が一人やっと通れるくらいの細い通路があって、その人は勝手知ったる感じでその暗い奥へと進んだ。ぼくは周りをきょろきょろとうかがいながらそのうしろにいた。通路は奥で右手に曲がり、そこにドアがあった。

こんばんは。と、その人は親しい人に対する調子で言いながらドアを開けた。続けて入ったぼくは、目の前の光景に驚いた。狭い店内の奥、小さなカウンターの奥には大きな窓があり、巨大なネオンサインの看板がまぶしく光っていた。

ああ、どうも。久しぶりですな。

カウンターには、おじいさんと言ってよい白髪で痩せた男性が立っていて、黒いスーツに蝶《ちょう》ネクタイの正装だった。その声は、とても品のある響きだった。その人は、彼のことをマスターと呼んでいた。

ご無沙汰してました。今日はこの堀くんに、飲ませてあげようと思って。

そうですか。よろしいですなあ。

ぼくは予想外の光景になんだかぼんやりとして、点滅するネオンとそれを反射する川面を眺めていた。そこに、シェイカーではなくミキサーの音が突然大きく響いて、ぼくはまた驚いた。カウンターに、白桃色が満ちたグラスが置かれた。そのバーで出されるのはお酒ではなく新鮮な果物のジュースだったのだ。

桃は今年はこれで最後になりますかね。

マスターは穏やかに微笑んだ。現実感のないまま、グラスに口をつけてみると一気に五感がはっきりするようなおいしさだった。

堀くんは、あの店でまだしばらくはバイトするんか？

その人も桃ジュースを飲みながら、ぼくに聞いた。

えーっと、どうしようか、まだ決めてないです。

ぼくは答えた。ほんとうにそのころはなにも決まっていなかった。就職活動はうまくいかず、一度入った会社は上司や先輩が高圧的な上に終電近い残業が当たり前で、きつくて半年もせずにやめてしまった。バイトを転々として、それでも友人たちと飲みに行ったりそれなりに楽しいこともあって、先のことを考えるのがただただ面倒だった。

映画の仕事したいなーとは思てるんですけど。ぼくは言ってみた。丘ノ上監督の撮影に何度か参加しただけでそれほど興味があったわけでもないのに、なぜか口から出た。映画、とでも言わないと格好がつかないと見栄があったのかもしれない。

へえー、映画かあ。若いときに一回だけ出たことあるで。その人は意外な話を始めた。京都で学生をしていたときに飲み屋でプロデューサーに声をかけられて時代劇に出たのだと言う。主演は誰もが知る昭和の名優だった。下っ端のちょい役で、そのときだけのことやけどな。映画の撮影いうのは、ようさんの人が関わってそれぞれの仕事をして、映るのはほんの短い時間の、こんなんだけやのに（そこでその人は指で四角を作った）、こんなにも手間かけるもんなんやな、て大スターよりも周りの人ばっかり見とったわ。その話はとてもその人らしいと思った。

仕事は化学メーカーの開発部門にずっといて何年か前から嘱託で、と聞いたけれど、そのときのぼくは嘱託という言葉すらあんまりよくわからなかった。その間、マスターはときどき、そうですなあ、そうでしたなあ、と相槌を打つくらいだった。

桃ジュースを飲み終わるまで、三十分にも満たない時間だった。つきおうてくれてありがとうな、とその人は言い、こちらこそご馳走《ちそう》になってありがとうございます、とぼくは型どおりのお礼を言った。店を出て、御堂筋の手前で別れた。映画の仕事できたらがんばりや、と言われた以外はどうやって帰ったのかも忘れてしまった。

ぼくはしばらくして居酒屋のバイトを辞めて、店舗の内装を手がける工務店に入った。繁華街の居酒屋でバイトして、いろんな店があっておもしろくて、そこに関わりたい気持ちがあった。小さい会社だったけど、自分の関わったことが形になる実感があり、ようやく仕事と自分の生活がつながる実感が持てた。

バイトを辞めたあと、あの人に会うことはなかった。どうしてはるんかな、とたまに思った。がんばりやって言うてくれたけど映画とは関係ないなあ、とあのとき適当なこと言って申し訳ない気持ちが少しあった。だけど、あのとき聞いた映画撮影の現場の話は、今自分がやっていることにもつながっているかもしれないと考えた。

あの謎のジュースの店の前はそのあともよく通った。でも表からは奥にある店は見えないし、なんとなく一人では行きづらくて、通るたびに店内の光景を思い出すだけだった。あれから何年経っただろうか。

ぼくは転職して結婚して子供が生まれて、このあいだ仕事で午前中にあの店の近くへ行った。観光客もいない街は静かで涼しかった。いつだったか、今の仕事のお客さんであの店に何度か行ったことのある人がいた。お店はちょっと前にやめはった、と聞いた。もうない、と聞いて、ああ、ほんまにあったんやな、とぼくは思った。なぜか、あの日にだけ連れて行ってもらえた不思議な場所みたいに思っていた。

あのときだけの特別な場所で、自分の歩く道はちょっとだけ変わったのかもしれない。」

＊　＊

画面に講師と受講生たちの顔が並んだ。

「おーい、ほりっち〜。なんで今までこの話してへんかったんや〜」

と、文章の内容につられてか濃いめの大阪弁で丘ノ上が言った。

「いや、そんなにびっくりするような盛り上がりもないし、なんか自分でもあやふやなところがあったので……」

少し照れくさいような表情で、ほりっちは答えた。

「これ、映画にしようよ、ほりっちが。ほりっちは映画を作りたいわけじゃないのはずっと聞いてたけど、でもやっぱり作ってみてほしいなあ。シナリオだけでも、書いてみいひん？」

「うーん、どうでしょうね。ぼくとしては、この話はこのまま置いときたいです。映画にしたら、なんていうか、もっといい話みたいになるじゃないですか？　あのおっちゃんやバーのマスターにもなにか隠された過去があったとか、ぼくも大きな人生の転機やったみたいな」

「そうかー。それはまあ、そうやね。そこまでわかりやすい話ではなくても、なにかしら見せ場というか、観客の心を引っぱっていく部分は作らないとあかんからね。

常に次の映画を考えてるのが普通の状態になってると、ついつい人の話もすぐ脳内で映画化しようとしてしまうんで。ほりっちにとっては、今回書いてくれたことがすごくだいじなことで、それ以上におもしろく盛り上げたりするのは余計なことなんやなと、じわじわわかってきました。

森木さんも常にネタ探しみたいなとこはあると思うんですが、どないですか？」

「三枚の写真からは直接思い浮かべられないことが書かれていたのがよかったです。写真はつい最近ので、できごとがあった時間と今の距離があって、会えない人や行けない場所だからこそほりっちさんの思いを書くことができたのかなと。たとえば、丘ノ上さんとの思い出みたいなのは、ここで書くのは難しそうですよね」

「そうですね、遠慮っていうよりも、なんやろ、今回書いたみたいな話には収まらない感じですかね」

ほりっちは自分の心情をなるべくそのまま言葉にしようとしていて、今回の文章にもその意思が表れているなあ、とヤマネは思った。

会話をじっと聞いていた小滝沢が、写真を表示してくださいと指示して、話し始めた。

「以前、道頓堀のこの風景を実際に見たとき、川というか堀の側が表なんだとはっとしました。

東京の都心部にも堀の名残はあるし、大阪の他の場所もそうですが、高速道路が通っていたりして今では裏側っぽくなっていることが多いですよね。昔、堀や川の水運が重要だった時代は、水の流れている側が表だったんだなと、知識としてはわかっていても、実際にその場に立つと一目で入ってきました。

このあたりも現代では地上側が賑やかですが、そこから薄暗い通路を抜けてぱっともう一つの側が広がる、その何層かになっているところがこの場所独特の魅力で、その隙間だからこそ人と人とのふとしたエピソードが生まれるんでしょうね」

ヤマネは、夜の橋と川を思い浮かべていた。

橋を歩く人々の流れがあって、その一層下に川の流れがある。川から人を見上げる角度のシーンが見える。人々は楽しげにしゃべっているが、顔は見えない。肩や背中が照明やネオンの光で白くまぶしい。大勢の人が通り過ぎて行く。

ヤマネは実際にはそんな光景は一度も見たことがないのに、なぜかその場にいて耳に入ってくる誰かのしゃべったり笑ったりする声をずっと聞いている、そんな気持ちになった。

小滝沢のうしろでシロが上の段に上るのが目に入り、ヤマネは画面に注意を戻した。

次の作品が紹介された。

「それでは、本日の四作目。『会ったことのない人の記憶』です」

＊　＊

一枚目の写真。

相当古いアルバムの一ページ。

黄ばんだ紙に小さな四角い写真が五枚並んでいる。紙は変色しているが、写真は白と灰色のグラデーションに透明感があって、それほど古くないように見える。

写真に写っているのは、人ばかりだ。

若い人、年老いた人、着物の人、学生服の人、子供……。

一人、四人、二人、と並んでいる。

二枚目の写真。

クッキーの缶。これも古い。

長方形で、茶色に黄色の水玉模様。真ん中にレトロな書体で「西洋堂」とある。

端に少し錆《さび》があり、凹《へこ》みもあるが、きれいに保存されていたようだ。

三枚目の写真。

レースのカーテンがかかった腰高窓。

模様の入ったガラスで、外は見えないが、明るいので昼間らしい。

窓の周りの壁は、板張り。

１９９１年、と書かれたカレンダーが右側に半分写っている。

《トシオさんは、よくいろんな場所へ出かけていたそうだ。

トシオさんはおしゃれな人だった、とトシオさんのことを知る人は言う。あつらえた背広を着て、いつも帽子をかぶっていてね。でも、お金持ちや着道楽ではないのよ。背広は三着くらいを何度も繕ってずっと着ていたし、帽子もどこかの古道具屋で見つけたって言ってたから。濃い茶色の中折れ帽。夏はカンカン帽だったわね。

わかるかしら？　カンカン帽。ああ、そうね、今の若い人にも見かけるわ。若い女の子がかぶっているのはなんだか不思議だけど。

昔は、会社に行くのにも男の人は帽子をかぶっていたわね。いつからかぶらなくなったのかしらね。

そうそう、トシオさん。

トシオさんは、おしゃれだったし、よく東京や横浜に行ってこまごましたものを買ってきてくれたから、うちに遊びに来るのが楽しみだった。包み紙や缶のきれいなお菓子をもらった。缶はまだどこかに置いてあるんじゃないかしら。

有名な俳優に会った、なんて話も聞いたわよ。バーで意気投合して朝まで飲み明かした、今度はあの女優の家に招待された、なんて言うから、作り話じゃないのってみんな本気にしてなかったんだけど、あるとき写真を撮ってきて。

うちに来て、最初はもったいぶって、どうしようかなあ、素人が撮った写真だからなあ、なんて言うの。やっと出してきた写真には、確かにトシオさんと俳優が並んで写ってたわ。エースのジョーって、あしほちゃんは知らないわよね。悪役がかっこよくて、トシオさんはファンだったのよ。

へえー、ほんとだったのか、サインもらってくればよかったのに、っておじいちゃんが言ったら、おれはバーの客同士として出会ったんだ、だからそんな野暮なことはしないんだ、なんて。

その写真の背景は、だけどバーの中じゃなくって路地みたいなところだった。だから、もしかしたらただの通りすがりだったのかもしれないけど、トシオさんの話はいつも楽しくて、ほんとうの話かほら話かなんてどっちでもよく思えるの。

トシオさんを知る人の話は続いた。

トシオさんは兄のマサオさんと似ていなかったそうだ。小柄で痩せていて、だけど目鼻立ちのくっきりした顔で愛想もよかったので女の人にはもてたらしい。もてるもんだからずっと独り身を楽しんであちこち出かけていたんじゃないかしら、亡くなるまで一人で暮らしていたわ。

トシオさんは、高校を卒業したあと街へ出て、県庁前の大通りにあった会計事務所で働いていた。会計士ではなくて総務だか事務だかをやっていた。仕事ぶりは真面目そのもので、毎朝誰よりも早い七時四十分に出勤して、机の掃除などをしていた。そして夕方五時になるとすぐ帰っていった。

真面目なんだかいい加減なんだか、よくわからないままだったわ、とトシオさんを知る人は懐かしげに笑う。でもそのつかみどころのなさが、トシオさんだったのね。

カメラは、と私は尋ねた。

あのカメラは、トシオさんのもの？

去年の春、実家の納戸になっている部屋で見つけた二眼レフの古いカメラだ。その前にも、私は実家で古い小型のカメラを見つけて、使っていた。それは私の祖父、マサオさんが若いときに少しだけ使っていたと聞いた。マサオさんは、家族の記念写真や行楽地で少し撮るくらいで、写真にはそれほどはまらなかったらしい。

あのカメラは、トシオさんの？

尋ねると、トシオさんを知る人はしばらくなにかを思い出そうと沈黙したあと、話した。

たぶんそうね。細かいところまでは覚えていないけど、そんな感じの縦型のカメラを持っていたのを見かけたことはある。普段使っていたのは、もっと小さいカメラ。マサオさんが持っていたのと似た、そう、あしほちゃんにあげたあのカメラみたいなの。私たちに子供が生まれたときも、撮ってくれたわ。アルバムの中に、その写真も入ってるはず。

トシオさんが亡くなったのは三十七歳のときだった。そのときも、県庁前の大通りの会計事務所に勤め、その近くのアパートに一人で暮らし、週末や連休にはどこかに出かけていた。亡くなったのは旅先でのことだった。

バスに乗っていて、交通事故に巻き込まれたのだった。

昔は交通事故も交通事故で死んじゃう人も今よりもずっと多くてね。夜遅くに警察から電話がかかって来て驚いたのをよく覚えているわ。マサオさんが翌朝いちばんの列車で向かって。

トシオさんが訪れていたのは、隣県の城下町だった。そこから温泉へ向かうバスに乗り、山道でそのバスが対向車と衝突して横転した。頭を打ったのがよくなかったらしいんだけど、顔には目立つ傷もなかったし、なんだか信じられなくて。現場まで行ったマサオさんはとてもつらそうで、お葬式のあともかなり落ち込んでいた。五人兄弟の中でも、トシオさんがいちばん近い存在だったのね。

私は、もちろんとても悲しかったけれど、どこかでトシオさんは旅行に行ったままだっていう感じがしていて。ふいっとまたうちを訪ねてくるんじゃないかしら、お土産をもってきてくれるんじゃないかしら、って長い間思っていた。四十年近く経つ間に、それはだんだん薄れてきて、もういない、ずっといない、ってそれだけを思うわ。

私もマサオさんもすっかりおばあちゃんとおじいちゃんになったけど、トシオさんはおじいちゃんにならなかったのね、って。

トシオさんを知る人、祖母が家を探してみると、トシオさんが撮った写真のアルバムが出てきたそうだ。

クラフト紙の数ページだけの写真帖《ちょう》で、モノクロの小判の写真が並んでいた。

祖父母が住んでいた、今は私の両親が住んでいる家の前で写した家族写真が何枚か。母はまだ赤ちゃんで、手編みの毛糸の帽子をかぶっている。

三ページ目からは、出かけた先で撮った写真のようだった。山か高原の見晴らしのよいところ、古い家が並ぶ路地、有楽町の劇場の建物、港、ガード下。どの写真にも、誰かが写っていた。流行りのミニスカートをはいた女の人たち、劇場の前で待ち合わせをしているふうの男の人、路地に微妙な表情で佇む老夫婦……。どこかに俳優もいたかもしれないが、私にはわからなかった。

旅先でそこにいた人に撮らせてもらったんじゃないか、と祖母は話した。

その八ページしかないアルバムは、祖父母にくれたものだから、トシオさんが旅のお土産として選んだ写真だと思う、撮った写真はもっとたくさんあったはずだけどアパートを片づけに行ったときには小さい箱に入った五十枚くらいしか見つからなかった。

トシオさんが撮ったはずの他の写真がどこにいったのか、わからないままだ。何度探してみても、関係のありそうなものは見つからなかった。写真の批評会や展覧会をいっしょにやっていたカメラクラブの人たちがいて共同の暗室なんかもあったようだから、そういうところにあったのかもしれない。だけど、祖母も祖父もその人たちの連絡先や名前はわからない。

私が生まれたとき、トシオさんはもういなかった。いなくなって、二十年も経っていた。誰かの会話に名前が出てきてなんとなくは知っていたし、祖父母の家の仏壇の間に写真もあったけれど、私にとっては『知らないおじさん』だった。

あら、あの缶はおじさんにもらったんだよ、と言ったのは母だった。

高校生のときフィルムカメラで写真を撮るのにはまって、そのときに現像したフィルムを入れている缶。古いものだとは思っていたけど、うちの家ではあちこちにいつからあるのかわからない古いものが置いてあるので、誰のものだったのか気にしないで使っていた。

もらったときのこと、覚えてる。小学校に入ったばっかりのころで、横浜で買ってきたって言ってた。私も行きたい、って言ったら、今度な、ってにこにこしてたけど、結局連れてってってもらえなかったわね。

トシオさんが横浜で買ってきたお菓子の缶に、私がフィルムをしまっていたのは偶然だろうか。

トシオさんのカメラを発見した部屋は、母の兄家族の子供部屋だった時期がある。私の従姉妹たちは、トシオさんのカメラを見たことがあったのか、今度聞いてみようと思う。

私の従姉妹たちが部屋を使っていたときに貼られたカレンダーが、壁にはそのまま残っている。》

＊　＊

画面が暗くなり、数秒、静かな時間が流れた。

「川端あしほです。何回か前のときにちらっとお話ししたカメラにまつわることを書きました。実家には帰ってないままなので、母と祖母に電話して取材しました。アルバムの写真は、母に撮ってもらいました。缶と部屋の写真は、高校のときにフィルムカメラで撮ってプリントしたものです。だからちょっと質感が違うんですけど……」

川端あしほは、緊張気味に短い説明をした。

丘ノ上が身を乗り出した。

「前に謎の古いカメラを見つけた話をされてて、ぜひそのストーリーを書いてほしいとリクエストしてましたが、いやー、意外な話だったというか、突然名作が現れた感じでびっくりしてます。

受講生のみなさんからホラー風味や過去の時間に移動するような展開の予想が出てましたけど、今回の川端さんの文章は、しみじみと、ああ、この物語を読めてよかったなあ、あのカメラの持ち主はこういう人だったのか、と納得しますね。

こういう人、と言いつつ、トシオさんがちょっと謎めいているというか、あちこち出かけてお土産話を聞かせてくれるおもしろい人、女性にもてて一人の暮らしを楽しむ人、きっちり同じ時間に出勤退勤する人と、いろんな面があって、それが像を結ぶような結ばないような微妙なところで、『こういう人』としか言いようのない感じですね。

もっとあったはずの写真、どこにいったんでしょうねえ。めちゃめちゃ見てみたかったです。エースのジョーとはまた渋い趣味で素敵ですね。バーで会ったのはほんまなんかなあ、道端で写真撮らせてもらっただけじゃないのかなあ、というところも、トシオさんの魅力になってますよね」

丘ノ上の言葉に、川端は何度か頷いた。

ヤマネは、トシオさんのことを想像してぼんやりしていたが、七坂マチに呼びかけられて我に返った。

「川端さんはトシオさんのことをほとんど知らなくても、トシオさんが買ってきたお菓子の缶を使っていた。知らないあいだに、トシオさんの遺したものが川端さんに手渡されていて、写真やカメラに興味を持ったのは偶然ではないような気がしてきますね。

トシオさんの話をしてくれたおばあさまの語りが効果的です。楽しそうに懐かしそうに話される雰囲気が、少し前の年代の女性の言葉づかいで強調されていて、生き生きとした情景が浮かびました」

「あの」

川端は、少し力の入った声で話した。

「実は祖母も母も普段は地元の言葉でしゃべってるので、こういう感じではないんです。でも、ほりっちさんが書かれてた味のある大阪弁みたいにはうまく書けなくて、昔の映画に出ている女優さんの話し方を思い浮かべて書きました。そのほうが書きやすくて」

「ああ、そうでしたか。入江さんに続いて、演出がうまくいったわけですね」

「だといいんですが……。それから、祖母が他の人から聞いた話も混ざっています」

「身近な人だとストレートには書きにくいときもあると思うんですね。そこでしゃべり方を変えてみたり特徴づけてみたり、その中でふっと書き進められる方法が見つかるのは、私自身小説を書いていてよくあります。

普段しゃべっている言葉で伝えやすいことと、書き言葉で伝えるのとはまた違いますし、たとえば方言や今どきの若者っぽい話し方を書くときも、そのまま文字にするだけでは耳で聞いたときのリズム感や親しさみたいなものがかえってうまく表せなくて、文字を目で読まれるときにどう書けばいいかっていうのは、試行錯誤しますね」

画面の小さな枠の中で真摯に聞いている川端の表情を見つつ、ヤマネは自分が書いてきたもののことを考えていた。

複数の人、多くの人に伝えようとして書くとき、必ずなにかしらの〝演出〟が必要になる。それを〝表現〟と呼ぶのかもしれないが、多かれ少なかれ、立体的で複雑なことを、文字を一本の線上に並べる文章にするときには形を変える。実際のできごとや実在の誰かを明確にモデルにして書くことはヤマネはあまりないが、できごとや誰かの話の断片をある程度は参照して小説を作っていく。そのとき自分は、そのできごとや誰かの人生をつぎはぎにして都合よく利用しているだけではないか。

それは最初に自分が書いた小説が本になって以来考え続けていることで答えの出せないことなのに、この講座の趣旨に沿っているとはいえ、人に教える立場になっている私はなんなのだろう。

誰に何を伝えているのだろう。

「私が心を惹かれたのは」

と、小滝沢が話しはじめた。

「三枚目に写っているカレンダーです。

文章の中で語られるトシオさんの話は、だいたい六〇年代後半から八〇年代のはじめごろでしょうか。写真帖の白黒写真は当時の雰囲気や、長い時間が経ったことを伝えてくれます。

川端さんが昔の映画に出てくる女優さんをイメージしたと言われたように、私が想像したのも白黒だったりフィルム独特の質感がある映画で見た光景でした。つまりは、自分が知っているのではない、どこか別の世界みたいな。

部屋の壁やカーテンの雰囲気もかなり古く見えて、この部屋を誰も使わなくなって物置になってから時間が止まっている感じが伝わります。それが最後にカレンダーが一九九一年と明かされて、あれ、ついこのあいだじゃない？　とはっとしたんですね。そうすると急に、私もトシオさんと同じ時代を生きてたんだなって。

映画の中の俳優を思い浮かべていたのが、親戚や近所の知ってるおじさん的なリアルな存在に変化したんです。

一九九一年は、私は大学に入った年でついこの間のことのようにはっきり覚えているんですけど、よく考えたらもう三〇年も前なんですね。そしたらトシオさんの写真の時代に対しても、時間の遠さの感覚がふっと変わる効果が、部屋とカレンダーの写真にはありますね」

大きく頷いて、丘ノ上が顔の前で手を動かしながらしゃべり出した。

「そう、このぐらい遠いと思ってたことがぎゅっと縮む感じが。九一年なんかねえ、ほんまに、昨日とは言わなくても一昨年ぐらいのもんですよ。なんやったら二、三年前よりも三十年前のほうがよう覚えてたりね。なんでしょうね、この現象。若いときのほうが記憶力があるからなのか、なにもかも新鮮に感じてたからなのか。

三十年前から自分の中身はたいして変わってない気がしてて、と言うとどんだけ成長してないねんって話ですが、仕事でそれなりの責任ある立場になったり子供を育てたりして変化する部分はもちろんあっても、なんというか、世界に対する自分の感覚はそんなに変わらないんですよね。

学生時代までは一年一年が新しい経験だったのが、大人になるにつれて繰り返しみたいになっていくからなんでしょうか。最近は、あれは三年ぐらい前やったかなと思ったらだいたい五、六年前、下手したら十年経ってたりしますからね」

何人かの受講生がそれぞれの枠の中で笑い、コメントが次々に書き込まれた。

〈わかるー。友達と前に会ったのいつだっけ？　って確かめたら七年も経ってました〉〈昔のことのほうが覚えてる現象、不思議ですよね。子供のときに見てたアニメとかいまだに脇キャラのプロフィールまで言えたり〉〈小学校の夏休みってあんなに長く感じたのに、今では一か月も二か月も一瞬。というか、今年ももう終わり？〉

コメントにつられて、ヤマネも言った。

「三十二、三歳ぐらいのときに飲み会で十年前になにしてたかって話題になって、高校時代を話しはじめた人が、あっ、違うじゃん、十年前はもう働いてたよ、って」

小滝沢も丘ノ上も笑い声を上げた。

「書類に年齢を書くときも、あれ、何歳だっけ？　となったりしますしね。若く思ってるだけじゃなくて、なぜか多めに間違うこともあるし。

でも、ある程度何十年か時代の変化を見てきたからこそ、書けたり話せたりすることもあるんじゃないでしょうか」

年月が経つのが速すぎる例を講師たちが話していると、川端が遠慮気味に言った。

「あのう。私はまだ二十年しか生きていなくて、だから、十年や、もっと長い時間がまとまって感じられるのって、よくわからなくて……」

「あっ、そうか！」

丘ノ上が素っ頓狂な声を上げた。

「それはそうだった、わかるわかるみたいに進めちゃって申し訳ない」

「川端さんはまだ大学の二年で、しかも入学以来ほとんど登校の機会もないままですものね。私たち教員としては、川端さんたちにとっての一日や一年の重みを忘れてはいけないですね。私たちからは毎年入ってくる学生と見えても、川端さんには初めて経験する、そして一回だけの時間だということを、もっと考えなければ」

小滝沢は自分に問うように話した。少し戸惑いを含む表情で川端は頷いた。

「一九九一年は、川端さんはまだ生まれていないんですね」

画面に並ぶ写真を見つつ、ヤマネが尋ねた。

「はい、生まれるちょうど十年前です」

一九九一年にはヤマネは高校二年生で、二〇〇一年には会社勤めをしながら作家の仕事も始めていた。その十年間は、最近の十年に比べれば大きな変化があって長く感じる。受験や就活動の時期は、数か月後の自分はいったい何をしているのか目処《めど》もつかなかった。その不安の中で過ごした日々は、長い短いというよりも、渦巻く時間に手足を取られて動けないような感覚だった、と思い出した。

「それでは、本日の五作目に移ります」

＊　＊

一枚目の写真。

住宅街にわずかに右に曲がった道が続いている。

周囲は、最近建ったばかりの白く新しい家、年月の感じられる灰色の壁に青い瓦の家、蔦が覆う塀に板壁の家、少しずつ変化をつけた建て売りらしき三軒、と様々である。

夕暮れで、遠くの空はオレンジがかった色、道には長い影が伸びている。

二枚目の写真。

板塀の周囲には植物が茂っている。

低木や草がよく手入れされている。

塀の中にある家は、くすんだ白い壁の二階建てで目立つデザインではない。

板塀の陰から二階のベランダに向かって蔓《つる》と葉が伸びてからまっている。花はない季節だが、バラのようだ。

ドアが大きく開いていて、中が見える。

穏やかな色の明かりがついていて、玄関近くに椅子がいくつも置かれている。

三枚目の写真。

庭と言うには狭い、玄関脇のちょっとした空間。

窓の下にいくつか鉢植えが置いてある。枝に丸い葉がついているのと長い葉が伸びているのと。

その前に小さな木製の丸椅子が置いてあり、犬がいる。

柴犬らしき薄茶色のその犬は、椅子に前足をかけて、たぶんしっぽを振っている。

見上げる視線の先には、写真を撮った人がいるのだろう。

《中古の家を買って、ここに引っ越して来た。

私が若いころは、マイホームという言葉が人生の目的として盛んに言われていたが、それほど聞かれなくなったのはいつごろからだろう。

この家が私のマイホームか、と引っ越して来た日に道路から眺めたのを覚えている。私のマイホーム、とは奇妙な言い方だが、そう頭に浮かんだのだった。

駅から十五分歩くので、中学生だった子供たちには文句を言われたが、それ以外はいい家を見つけたと今も思う。

一戸建てに住み始めたのを機に、妻や子供たちが長いこと希望していた犬を飼い始めた。夜や土日には、私もよく散歩に連れていった。

その店に初めて足を踏み入れたのは、引っ越して来て一年ほど経った初夏だった。春先から歩いていると近所のあちこちで花が咲きはじめた。あちらにもこちらにも、黄色や白やピンクの花が鮮やかに現れて、秋や冬には気づかなかった花の咲く木や植物の存在にはっとして、それに気を取られていつのまにかかなり遠くまで歩いていることもあった。

四月の終わりの連休あたりからバラが咲きだし、バラというのはこんなにたくさん花をつけるものなのかと感心した。モッコウバラの黄色い小さな花が塀を覆っている家もあったし、真っ赤な大輪のバラのアーチが見事な家もあった。夜に街灯の光で浮かび上がっているように見えるのも美しいと思った。

心なしか犬も、花がきれいな家を見つけるとよろこんでいる気がした。

そうして歩く道に、なんとも雰囲気のある一軒があった。板塀に白い一重のバラが咲いていた。妻に聞いてみると、ノイバラで日本に昔からあるバラらしい。

塀の木戸はいつも開いていて、その奥の家のドアもときどき開いていた。開きっぱなしのドアの先には、椅子やランプが置いてあるのが見え、家具かなにかの店のようだが看板はない。犬を連れているから入れず、通るたびにちらちらと見ていたら、あるときドアの前にいた女性に声をかけられた。

六月の梅雨入り前の暑い日で、土曜だったか日曜だったか。夕方でもまだまだ明るかった。見て行かれます？　私がワンちゃんとここで遊んでいてもよければ。

白髪がほどよく混ざった灰色の髪を束ね、似た色の着物のような不思議な服を着ていた。私は少し迷ったが、入ってみることにした。

おとなしい犬ですから、と私がリードを預けると、店主はかたわらの水栓にそれをかけ、しゃがんで犬の相手をしはじめた。

普通の家の玄関という感じの場所で靴を脱いで上がると、中には古そうな椅子やテーブル、電気スタンドや人形、モダンなプラスチック製のワゴンなど、いろいろなタイプの家具や雑貨が置いてあった。きれいに展示されているのではなく、雑多に詰め込まれた雰囲気だった。どれにも手書きの値札がついていたので、売り物なのは確かだった。

開け放った掃き出し窓の外から、店主が言った。

お値段は交渉次第ですから。

その日、私は結局なにも買わなかった。あまりに個性の違うものが同じ部屋にあって、なにをどう選べばいいかわからなかったし、私は家具に知識や興味もそれほどなかった。

翌週に妻といっしょに訪れると、妻はこれも素敵、あれも素敵と、とても楽しそうで、店主に由来などを聞いたりもしていた。それから月に二度くらいその店を見に行くのが習慣になった。

その店での初めての買い物は、水仙が彫られたレターケースで、妻が子供のころに家にあったのと似ているからと選んだ。私たちがあれこれ見ているあいだ、犬は店主に遊んでもらえてうれしいようだった。

もうすぐ八十歳よ、と店主は言っていたが、姿勢が良く話しかたもはっきりしているせいか若々しい感じがした。ときどき、私よりもいくらか年上の男性が来て、庭の手入れなどをしていた。車で三十分ほどのところに住む息子さんだった。息子さんは背が高く、天井が低めで家具が詰め込まれた部屋では窮屈そうだった。

駅から遠い住宅街で週に二日か三日しか開いていない店なのに買っていく人や売りに来る人はそれなりにいるようで、訪れるたびになにかが入れ替わっていた。古そうな趣のある籐椅子や木工のテーブルの隙間にキャラクターのビニール人形やラジカセなんかも置いてあった。

このへんのおうちは、持ち物が多いからね。遠くで買ったもの、昔からあるもの、最近もらったもの、それぞれあるのよ。

店主はおもしろがっているようなあきれているような言い方で、笑っていた。

その年の暮れに、椅子を一つ買った。

飴《あめ》色に艶が出た簡素な丸椅子で、妻と相談して選んだ。初めてその店に入ったときから窓際に置いてあったもので、なんとなくずっと気になっていた。

それから、一年に一つ、小さめの椅子を買った。私たちの家は狭かったし、時間をかけて選ぶのがいい気がした。マグカップや一輪挿しなどの小物はときどき買うこともあったが、たいていは、犬をかわいがってくれる店主と雑談をして帰ってきた。

ここは父親の生家があったのだと、店主は言った。

疎開から戻ってきてしばらくはその家に住んでいたんだけど、隙間風の音ばかり思い出すわね。父は戦地で足を悪くして二階に上がれなくなっていたから、ようやく建て替えられたときには一階で楽に過ごせるようにしたんだけど何年もしないうちに亡くなって。母は多摩の山のほうの人だからもっと緑に囲まれたところに住みたいって言ってはいたけど、やっぱり思い出のあるこの家に住んでいたわ。

ときおり、店主の話には昔のことが混じった。そうですか、と相槌を打ちながら、私は自分の父や母のことを考えた。盆暮れには帰省して特に関係が悪いこともなかったが、彼らの昔の話はほとんど聞いたことがないと思ったのだった。

店主は、二十年ほどシアトルに住んでいて十五年前にここに戻ってきたと言った。息子さんの父親はシアトルで出会った日系アメリカ人で、結婚はしなかった。死ぬまでにまた会うことがあるかしら。

年に一つ買う椅子が五つ目になったあと、何度か訪れても木戸が閉まって静かだった。どうしたのかしらね、と妻が心配し、どうしたんだろうね、と私も気がかりだった。

春になって近くまでいくと戸が開いていた。駆け寄ろうとする犬に引っぱられるように前まで行くと、店主の息子さんが玄関先に立っていた。

長い間、母の話し相手になっていただいていてありがとうございました、母は年明けから本人が希望していた施設に入居しまして、ここは人に貸すことになりました。

丁寧に挨拶をされ、私は実感のないまま、こちらこそお世話になりまして、と、感謝を伝えてもらえるように頼んだ。

まもなく家はリフォームされ、誰かが住み始めた。子供がいる家族のようだった。

さびしいわね、直接ご挨拶したかったわね、と妻は当分言っていた。私はなんとなく、店主は湿っぽくなるのがいやでなにも言わなかったのかもしれない、と勝手な想像をした。

店はなくなり家は改装されたが、ノイバラは残った。私は犬を連れて前を通ることもあったが、だんだんと散歩コースは変わっていった。

犬もいなくなって何年も経つ。少し前にあの道を通ってみたら新しい家に建て替えられていた。うちにある椅子を見ながら、もう少し店主の話を聞いておけばよかったなと思う。興味本位で聞くようで遠慮していたが、彼女が長い時間の中で見てきたことを聞いてみたかった。

そう考えつつ、自分の両親にも結局のところはほとんど聞けないままだった。父は亡くなる少し前に、若い頃に軍隊に召集されたが戦地に向かう前に終戦になったと話した。しかし詳しいことは言わなかった。思い出したくないのよ、と母は言った。話すには思い出さないといけないから。

父も母も、自分たちが子供のころはほんとうに大変だった、苦労したとはよく言っていたが、どこでどう暮らしていたのか、だいたいのことしかわからない。父の葬儀に来た人が昔の話をいくらかしてくれて、幼馴染みの何人かが戦争中に亡くなったと知った。

今、私はあの店で最後に買った椅子に座っている。どこかの教会で使われていたもので、背中にある聖書を入れる部分に新聞や読みかけの本を立てている。

娘が気に入っていて、家を出るときにほしいと言ったのにあげなかったのは大人げなかっただろうか。》

＊　＊

「堤です。今回もよろしくお願いします。

以前からあの店と椅子のことはなにかしら作品にしてみたいと考えていたのですが、うまくまとまらなかったですね。思い出すことが多すぎて」

言葉を確かめるように話す堤健次の背景は、いつもと同じ板張りの天井に和風の四角い笠のついた蛍光灯で、その店で買った椅子に座っているのか、部屋の中にその椅子があるのかはわからない。

「ついこのあいだのことに感じますが、数えてみるともう十年以上経っているんだなあと。先ほどの川端あしほさんの若々しいご発言に比べて、私の時間感覚はなんと言いますか、遠い過去も近い過去もどんどん溶け合ってく感じでしょうか。

その店で買ってきた椅子には細かい傷がいくつもついていて、いつどうやってついた傷なのか知るすべもありませんが、時期の違う傷が重なり合って椅子の味わいになっています。

あの店でのできごとも、何年も毎日のように犬と歩いた時間も、椅子の傷のように私の一部になっているのだろうなと、そうであればいいなと、考えておりました」

ノートパソコンの素っ気ない画面から堤の声が、静かな部屋に響いた。

自分の他に誰もいないヤマネの部屋と同じように、丘ノ上も小滝沢も、受講生たちのほとんども、周りに人がいない場所を確保して、同じ画面に向き合っている。それぞれの場所がどこなのか、ヤマネは正確に知ることはできないが、この世界のどこかのいくつかの小さな場所でこの声を聞いている人がいる。

そう考えると、この講座に参加することにしてほんとうによかったとヤマネは思った。

小滝沢のうしろにいるシロにも、ここで話されている声が聞こえているだろうか。

「お話をうかがっていると、私もそのお店に行ってみたかったなあ、と」

小滝沢がコメントする背後で、シロは丸くなってじっとしていた。

「いつも開いているわけではなく、目立った看板もないそのお店は、堤さんがご近所の道を歩き回っていたからこそ出会えたんですね。長く住んでいても、駅や買い物に行くところへの決まった道しか通らないのはよくあることで、犬の散歩をきっかけに引っ越した家の周辺の道を知っていくのは、堤さんにとってかけがえのない時間だったんだと思います」

丘ノ上はじっと聞いていて、

「いやあ、ぼくのコメントはなに言うても野暮になりそうなんで、えー、森木さん、先ほどの川端さんのおばあさんの話し方に創作が入っていましたが、堤さんが書かれた店主の女性の語り方はどう思われましたか？」

と話を振った。急に問われたヤマネは少し戸惑った。

「えっ、そうですねえ、とても想像をかきたてられるというか、堤さんがおっしゃられたようにもう少しお話を聞いてみたかったなと……」

そこまで言葉を継いで、次に何を言えばいいか見失ってしまった。

画面に並ぶ枠に、ヤマネの顔もある。画面を見ると、枠の中の自分とは微妙に視線が合わない。堤も他の受講生たちも、今この画面の私を見ているんだな、と思って、一瞬、時間も空間もぐるんと回転する感覚になった。

「店主の方が経験してこられた長い時間にどんなできごとがあったのか、知りたいとは思ってしまうんですけども、そのことよりも、堤さんにとって、このお店と店主の方に出会ったこと、このお店を訪れた時間と飼っていた犬との生活が深いところでつながっていることや、お店で見つけた椅子が今も家にあって実際に使って暮らしていることとか、分かちがたく堤さんご自身の一部になっている感じと言ったらいいんでしょうか。それを書こうとされたんだなと、考えていました」

うまく整理して言えなかった、とヤマネは思った。

前に小滝沢と丘ノ上がこの講座ではうまく作ることを目指しているわけではないと話していて、ゲスト講師である自分にも最適なコメントだけが求められているのではないとはわかっているが、限られた短い時間の中でもっとじっくりやりとりができればいいのに、そのための言葉が自分には必要だという気持ちもある。

堤が話した。

「はい、今回の提出時間に間に合うようにとどうにか書いてみて、まとまらなかったとは思いつつ、一度形にして皆さんに見ていただいて、自分なりにもう少し書いていきたいなと」

「締め切り、けっこう重要なんですよ」

と言ったのは丘ノ上だった。

「何本も映画を撮ってきても、最初から形が見えたりこれだという脚本が書けるわけでもなくて、なんとかまとめて誰かに見せないと、始まらないしなにも進まないんですよね。頭の中でああでもないこうでもないと延々とやっているよりも、一回形にしてみて、人に見てもらう、あるいは自分もそこで客観的に見ることができる。頭の中ではこれすごいんちゃうかと思ってても、取り出して見てみたら、あれ、なんか違うぞってなることもよくありますし。全然あかん気がするけど打ち合わせの時間が迫って、どんよりしながら出してみたら、案外ぱっとヒントになることを言われるってパターンもあります。作品を出してもらってこそ、この講座の時間も成り立ちますし。でないとぼくのしゃべりを長々と聞いてもらうことになりますから」

受講生たちが笑い、ヤマネもちょっと気が緩んだ。

「次回も、堤さんの思うままに作ってください。それがなによりです」

画面が切り替わり、七坂の声が伝えた。

「それでは、次の作品です。畑田耕太さん、『遠くを見る』」

＊　＊

一枚目の写真。

山の中のカーブした道路。

左側は法面《のりめん》が格子状のコンクリートで固められている。

右側はガードレールの外側に木々が茂っている。

木は薄い緑の葉のもの、濃い緑の葉のものが混ざって伸びていて、そこに蔓が絡まっているのも見える。

二枚目の写真。

小高い場所から盆地を見渡している。

低い山に囲まれて、緑が鮮やかな田んぼが広がり、住宅が建ち並ぶ区画がぽつぽつとある。

学校の校舎もある。

三枚目の写真。

途中が一部階段になった坂道。

その先に家がある。

《夏ごろから、週に一度はこの道を通る。

仕事先に向かうためだ。

車で、自分一人のときもあるし、同僚や上司と同乗しているときもある。

たいてい、ぼくが運転する。カーブが続く道は、下り坂になったり上り坂になったり。

上り坂の先で、急に視界が開ける場所が何か所かある。いつのまに、けっこう上っていたんだな、と思う。何度も同じ道を往復して、すっかり覚えているはずなのに、その不意に開けて遠くまで見える感じは清々《すがすが》しい。

それほど高いところでなくても、眺めがいいとはっとする。田んぼは季節によって緑だったり薄茶色だったり、張られた水に空が映っているときもある。家々の屋根も小規模な工場の建物も、昔からあまり変わらない。

昔。と、ときどき会話の中で言って、そんなに昔でもないのに、と思うことがある。学生時代のことや十年ぐらい前のことを、昔さあ、こんなことがあったよね、みたいに。どれくらい時間が経てば、昔なんだろう。

そんなことを考えるのは、この道もときどき開ける視界も、三十年くらい前から知っているからだ。数え切れないくらい、この道路を往復している。子供のころは、運転席にいたのは父だった。

父が運転する車では、いつもぼくはうしろのシートに座っていて窓の外ばかり見ていた。滑らかに移り変わっていく木や空を眺めていると気持ちが落ち着いた。このままずっと乗っていられたらいいのにと思っていた。夏は木々の緑と空の青が濃く、冬になれば葉が落ちて山全体が明るくなるのが好きだった。

この山を越えた向こうに、祖父母が住んでいた。月に二回くらいは父はぼくや他の家族を車に乗せて祖父母、父の両親に会いに行った。小学校三、四年のころ、姉が病気をして入院していた時期の夏休みや春休みに、ぼくはしばらく祖父母の家にいたことがある。二週間くらいだっただろうか。

当時ぼくたちの家族が住んでいたマンションとは違う古い家に泊まるのは、最初はちょっと怖かった。

それまでにも祖父母の家には泊まったことがあったけれど、両親や姉もいっしょにいるのと、一人で泊まるのはけっこう違った。姉のことや病院に通う両親のことが気がかりで、不安だったのもあるかもしれない。

ぼくが寝ていた部屋は『耕太のお父さんが使っていたんだよ』と祖父が言った。二階の和室で、妙に広々としていた。古い洋服ダンスとアコースティックギターが置いてあるだけで、人が使っていた気配はあまりなかった。父がギターを弾くところなんて見たことがなかったから、タンスに立てかけられていたギターは誰か知らない人のものかと思って触らなかった。

最初に長く滞在した夏休み、持って来ていた宿題をやり終えてしまうと暇になった。小学生が暇と思うなんて、と振り返って笑ってしまうが、ゲームもないし友達もいないし、テレビを延々と観るのもなんとなく祖父母に悪い気がした。

祖父は、近くの田んぼや山に連れて行ってくれて、虫やカエルの捕り方を教えてくれたが、ぼくは生き物はどちらかというと苦手で、実はちょっと困っていた。祖父が捕ってくれたセミの絵を日記に描いたりはした。夜には父か母から電話があった。

祖母はテレビドラマが好きで、夜はいつもなにか観て、あら、ひどい、かわいそう、とか、きっとこの人が犯人ね、とか、そのまんまの感想を言う。祖母の解説感想つきで観ているうちに、おもしろい気がしてきた。それに、普段よりも少し夜更かしができた。

なにを話したか、今ではよく思い出せないし、特別な思い出になるようなできごともなかったけれど、帰るときにさびしかったのは覚えている。迎えに来た父の車が走り出して、並んで立つ祖父母が手を振っているのが窓越しに見えた。

家に帰ってから、あのギターは誰の？　と何の気なしに父に聞いた。父は一瞬なんのことかという顔で、それから、ああ、まだ置いてあるのか、あれ、と言った。えっ、お父さん、ギターなんか弾けるの、とぼくが驚くと、いや、おじいちゃんのだよ、と父は答えた。

祖父母の家にいるとき、そういえば昼間は祖父はラジオで音楽を聴いていた。クラシックだったり外国の歌だったりぼくからすればだいぶ古い、それこそ昔の歌謡曲だったりで誰の何ていう曲なのか知らないものばかりだったから、それについてなにか話したことはなかった。ラジオをかけっぱなしにして、机に向かっていることもあればソファに座っていることもあったが、当時のぼくはおじいちゃんが毎日なにをして過ごしているかなんて考えたことがなかったのだろう。今思い出そうとしても、記憶はぼんやりしている。

『お父さんが高校生のころにおじいちゃんがギターを練習し始めたことがあったんだ』と父は話した。『おじいちゃんは昔は木工の職人をしていて手先が器用だったんだけど、急にギターを弾くって言い出してびっくりしたよ。友達とグループで弾くんだとかいってね。でもしばらく練習して、あまりうまくならなかったかな。お父さんはそれくらいの時期はおじいちゃんに対して反発というか、自分が東京の大学に行きたいのを反対されてたりもしたから、急にギター弾きたいなんてなんだよ、って言っちゃったりしてね』

父から若いときの話を聞くのも、祖父との関係の話を聞くのも、たぶんそれが初めてだった。

それまでは、父や祖父に若いときがあったこと、ぼくのお父さんやおじいちゃんとしてではない姿があることを、想像したことがなかったと思う。

その話を聞いて、ぼくはどう反応したのか、なにも覚えていない。よくわからない、と思っていた気もする。

姉が元気になってからはまた家族で祖父母の家を訪れるようになった。ラジオから音楽が流れていると、これはなんの音楽、と祖父に聞いた。お、いい趣味してるな、と祖父はうれしそうに解説してくれたが、実は当時のぼくにはやっぱりわかっていなかった。

それから十年経って、ぼくは大学生になった。父は、ぼくに対して自分と同じ機械系の工学に進学してほしかったようで、情報科学というぼくの専攻に対しては不満があったようだ。父にとっては、実際のモノを作るのではなくて数字や記号をやりとりするだけみたいなイメージがあったらしい。反対するというほどではなかったが、父がよろこんではいないようなのをなんとなく感じとって、ぼくの中にちょっとわだかまりみたいなものが残ってしまった。

しばらく前から仕事先が祖父母の家があった町の近くになり、子供のころに何度も通った道を行き来していると、あのときの父の話を思い出す。祖父と父と、父とぼくと、似たようなことを繰り返しているのかなと、思ったりする。

大学を卒業して入った会社を三年で辞めて、今の勤め先に転職した。最初に入った職場は自分が希望した職種だったのに、データをひたすら扱う毎日を過ごすうちに、もう少し人と関わったり自分の仕事が目に見える形になったりするほうがいいかもしれないと思うようになった。

もちろん、その仕事だって誰かの役に立つことだったし、先輩や上司も尊敬していたのだけど、日々の仕事と自分の体調がだんだんずれていった。高層ビルの一室に長時間いることが、向いていなかった気もする。

今は、道路工事や宅地造成などに関わる会社で仕事をしている。自分が携わったことが風景の一部になっていくのが目に見える。現場に出かけられる。一つの現場が終わってまた別の現場の担当になり、そのたびに会う人から教わることも多い。

祖父母の家があった町への道を度々通ることになり、あの家で過ごした数週間や家族で車で話したことなんかをよく思い出す。祖父は五年前に亡くなり祖母は叔母の家に移って、あの家は誰も住んでいないままそこにある。

祖父がギターを弾くところは結局観たことがなかったけれど、あのときラジオで祖父が聴いていた古い曲を数年前から聴くようになった。このごろはレコードを集めたりしている。祖父に似ているところも、父に似ているところも、自分の中にあるのかなと、あの道を車で走りながら考えたりする。》

＊　＊

七坂が畑田耕太からのメッセージを読んだ。

「今回も帰宅が間に合わず、コメントを送らせていただきます。帰路で講座の音声は聞いていますので、忌憚《きたん》のないご意見をお願いします！

さっき読み返してたら、なんだか人生相談というかぐだぐだした感じに思えてきたんですが、ともかく形にして見てもらわないと始まらないし、と自分に言いきかせてます。祖父母の家への道を繰り返し運転して走っていると、後部座席で風景を見ていた過去の自分と、父や祖父のことが思い出されます。それが今の自分ややっている仕事につながってると、このところ考えるようになりました。

昔の音楽を聴くようになったのは、五年ぐらい前に観た映画で昭和の歌謡曲が使われてて。なんかこの歌聴いたことあるなって検索したら、祖父にタイトルを教えてもらった歌だとわかったんです。最初は動画を探して観てたんですけど、そのうちにそれくらいの時代の他の曲や、ジャズなんかも聴くようになりまして。去年の春から家にいる時間が増えて、そこでどんどんはまっていった感じです。音がシンプルで、人の声が近いっていうか、生々しい響きがいいというか。レコードだと、ほんとにすぐそこで歌われてるように聞こえるんですよね。

祖父と話せる間にこういう音楽の楽しみがわかってたらなあ、と思ったりしますが、なにかに出会う時期っていつになるかわからないですね。仕事もそうで、自分はこれが好きだとか得意だとそのときは思っていても、あるときふと、それまでとは違ったことに心が向くことがあって、意外だと思っていたことがやってみたら続くこともあるというのが、今の実感です。

そんなことを考える場所が、今回の写真の道と風景です」

丘ノ上が、おじいさんが聴いてた音楽がなにか知りたいですね、次の課題では音楽や音をつけるようにしましょうか、と話した。小滝沢はカーブが多く高低差のある山道を車で走るときの独特の身体感覚について話し、ヤマネは祖父と父と語り手のそれぞれの関係性が揺れ動きながら重なっていくのが印象的だったと話した。

次はベルリンから平野リノさんの作品です、と七坂が紹介した。

＊　＊

一枚目の写真。

白い壁の部屋の窓際。

窓からの光が差し込む位置に机があり、本や図面が広げて並べられている。深緑色のマグカップもある。

窓の横の棚には、本が並ぶ。棚の枠には、写真が何枚かピンで留めてある。公園か広場の風景を写した写真。

二枚目の写真。

石造りの建物の前に材木が積まれている。

材木の端にしゃがみ込んでいる男性が、こちらを振り向いている。作業服姿で体格がよさそうな彼は、顎周りが髭《ひげ》で覆われた顔で眩しそうにしている。

かたわらには電動の工具が置かれている。

三枚目の写真。

古い建物の階段を上から撮影している。

手すりの間から下の階の階段が見え、その下の階も見えて、四層分続いている。下のほうは薄暗いが、どこかの窓から日光が入るようで、ところどころ明るくなっている。

　文章が表示される。

《わたしの部屋は、四階にある。

築七十年近いこの建物にはエレベーターがなく、階段を上る。

毎日上り下りしているので、多少は運動になっているかもしれない。

四階の部屋の窓際で仕事の資料を整理していると、今日も頭上から釘《くぎ》を打つ音や材木を削る音が聞こえてくる。ひと月ほど前から、五階の部屋の増改築をしていて、日中は断続的に工事の音が聞こえてくる。

　部屋の工事をしているのは、わたしが住むこの部屋のオーナーでもある四十代の夫婦だ。専門の業者に頼む部分もあるけれど、壁を塗ったり床を張ったりドアを付けたり自分たちでできるところをやっているというが、かなり本格的である。

　二人とも別の仕事をしながらなので、進行はゆっくりだ。リノは建築の仕事をしてるんでしょう、と図面を広げて今後の展望を説明してくれた。体を動かしてなにかを作るのが好きなんだと、彼らは楽しそうに言う。

　わたしの使っているこの部屋も、入居する前に彼らが壁を塗って知人の家からもらってきた棚を置いたそうだ。

　この街では部屋を借りるのはすごく競争率が高く、わたしがここに住めたのは大学の先輩がここに住んでいたからだ。先輩といっても七年くらい上の人で、引っ越して来たときに初めて会った。いい部屋だよ、平野さんはラッキーだよ、わたしもとっても幸運だったし、と近くの食堂でビールを飲みながら先輩は繰り返した。だから、初めての外国での生活はあまり不安なくスタートした。パンデミックになるとは予想もしていなかったけれど。

先輩は大学で研究を続けていて、わたしと入れ替わりで日本に帰った。ヨーロッパ各地で厳しいロックダウンが始まった時期には、心配して何度か連絡をくれた。

天井の上から、木を削っている音が聞こえる。今日はどんな作業をしているのだろう。出かけたり人に会ったりするのが難しい日々だから、彼らはいっそう作業に熱心になっているのかもしれない。手を動かせば変化があって、部屋が少しずつイメージしたようにできあがっていくのを見られるのは楽しいと思う。

リノは今どんな仕事をしているの、と昨日聞かれた。ショールームを兼ねたオフィスのプロジェクトで、とわたしは説明した。端っこのほうに関わってるだけなんだけど、ケルンだからまだ実際の場所に行くことができてなくて。来月から工事が始まって、現地に行くのはボスだけみたい。

ああそれは残念だね、自分の仕事をこの目で見るのはとっても満足を感じることだから。

車で運んできた材木の前で、彼は言った。確かに、満ち足りた表情だった。かっこいいところを撮ってよ、と言うので、わたしがカメラを向けるといろいろポーズを取ってくれた。

小学生のときに遠足で行って以来、わたしは美術館や展覧会が好きになった。なにが描かれているのかよくわからない巨大な絵や、おもちゃを組み合わせたような〝作品〟が、広い静かな空間に置かれている。

普段生活している美術館の外とはちょっと違う雰囲気と、謎が謎のままじっとそこにあるのがおもしろかった。学校の教室の中ではわたしはなんでもがんばってやらなくてはと思いすぎるところがあったから、きれいなものやよくわからないものやどうやって作ったんだろうと思うものをじっと見ているだけでいいその静かな場所がほっとしたのかもしれない。

美術の勉強をしたい気持ちはあったけれど、自分はあんまりアーティストタイプじゃなさそうだったし、なにか技術や資格につながるほうがよかったので、建築系に進学した。建築の歴史を学んだり実際に建てられて使われてる建物を見て歩いたりするようになってから、自分が関わったものが誰でも見えるところに何十年も残るってすごいな、責任重大だな、とひしひしと感じたのを思い出す。

この街に来てから、建物で風景や生活の感じや時間の感覚がこんなにも変わるのかと感心してばかりいる。有名な建築家が建てたビルや歴史的な建造物だけでなく、時代の流行りの様式で建てられた住宅や地元の人が愛着を持って使い続けている駅や、それを作った人の名前はもう誰も知らない建物が街の全体になっていく。

住んでいるこの建物でいちばん好きなのは、階段だ。荷物が多いときには難儀するけれど、ゆったりと幅が取られていて建物の真ん中で落ち着いた空気が満ちている。午後の短い時間だけ日が差して、その間はずっと階段に座っていたくなる。

先週、そう思ってほんとうに四階のいちばん上の段に座っていたら、三階の部屋の人が上がってくるのが見えた。学校の先生をしている五十代の女性で、ご両親が住んでいた部屋に数年前に引っ越してきたそうだ。高校生の娘と息子と猫と暮らしているが、猫はまだ見たことがない。

あら、こんにちは。と彼女はこちらを見上げて言った。こんにちは、とわたしは立ち上がった。彼女は三階と四階の間の踊り場まで上がってきた。ここからの眺めは素敵よね、と言った。踊り場の北向きの窓からは、イチョウの木と向かいの同年代の建物が見える。

ロックダウンの期間には、ときどきこの階段を上がったり下りたりしてたんです。運動にもなったし。わたしが言うと、彼女は、ええ、何度か見かけた、と言った。声をかけようかと思ったんだけど、この階段の静かな空気を楽しんでいるようだったから。

見られていたことにわたしは全然気づいていなかった。あるときに、階段を下りかけて手すりの間から下を見たら二階と三階の間の窓辺に佇む人がいたのを思い出した。また別の部屋に住む年配の男性だった。わたしも声をかけなかった。代わりに三階と四階の間の窓から同じように外を見てみた。春先でまだイチョウの木には新芽が出ていなかった。向かいの建物の窓にも、人の姿があった。

直接話さなくても、他の住人の気配や姿に触れて、少し安心する。この階段はそんな場所になっているのかもしれない。

と、彼女に話した。

そうね、だからこの階段が好きなんだと思う、長くここで暮らしていた両親も階段が気に入っていた、と、彼女はほほえんだ。

いつか、そういう場所を作れたら、と思う。人の生活の中にあって、安心したり、休んだり、なにかを思ったり、話したりするようなところ。

机に広げたこの街の地図と液晶画面に表示した目下の仕事の図面とを見ながら、考えてみる。それはわたし一人が作り出すものではなくて、そこに誰かがやってきて、別の誰かもやってきたり、そして時間を過ごして、離れてまた訪れることがあったり、離れたまま遠くで思い出したり、もしかしたらわたしではない誰かが修理したり少し変えたり、何人もの人と長い時間が関わってだんだんできていくのだろう。

上の階から、とんとんとんとん、と一定のリズムで聞こえてくる。いつ完成するのかわからないけれど、その部屋にはまた誰かが住む。あなたはラッキーですね、わたしもとても幸運だし。先輩がわたしにいってくれた言葉を、まだ会っていない誰かに言ってみる。》

＊　＊

写真と同じ、白い壁の部屋の窓際が映った。

「平野です。こちらは少し前にサマータイムが終わって、この講座に参加する時刻が一時間早くなりました。と言っても、数字の上のことで、地球の回転が変わるわけではないんですが。明るい時間はだいぶ短くなりました」

あ、そうか、とヤマネは画面の向こうの白い壁の部屋を見て思った。窓から入る光は、前よりも穏やかになっていた。

その弱まった日光を背にして、平野リノは話した。

「先ほどの畑田さんの書かれていたことが、共通点があるというか、あー、わかるなあ、とぐっときていました。

形になる、目に見えるものを作ることのよろこびはとても大きいのは実感しつつ、ここで散歩をしていると、それが残ることの責任の重さもひしひしと感じています。何十年、もしかしたらもっと長く、街の一部として残るかもしれないものを私が作っていいんだろうか、と、少し怖くなることもあって。

そんな日々の中で、楽しみとして改築をしている家主さん夫妻の姿や聞こえてくる工事の音や、階段の空間に満ちているいろんな人を受け入れてくれそうな雰囲気に触れると、気持ちが安らぐんですよね。それで、今回の作品にしてみようと思いました。

実は、来年の夏から別の設計事務所に移るかもしれなくて、とてもやってみたい仕事ではあるのですが、ここを離れることを考えると……。

この街に来て間もなくに大変な状況になって、最初のロックダウンの間は特にとても不安で、がんばって準備してやっと始めた生活なのにどこにも行けないなんてとつらかったりもしたんですが、近くをひたすら散歩してじっくりこの周辺を見て、考えられたことが多くありました。見ていない、歩いていない場所がまだまだあるのに、とも思いますし」

ヤマネは、平野やその文中に出てきた人たちの話をもっと聞きたいと思った。受講者たちのそれぞれの作中の人たちの話も。

小滝沢が家を所有する文化の違いについて語り、丘ノ上が映画に出てくる印象的な階段の場面について語り、同じ建物を共有して住む人たちのすれ違いと出会いについて話している間も、ヤマネは、講評なんてしたりせずに誰かの人生の話をひたすらに聞いていたいと考えていた。

「それでは次の作品に移ります」

七坂がそう告げた画面を見て、背景がまったく変化していないことにヤマネは気づいた。どこにでもありそうなチェーン展開のカフェらしき店内。うしろに並ぶテーブルや椅子には他に誰もいない。窓の外は暗い。

そうか、背景用の画像の合成なのか、とようやくヤマネはわかった。七坂の姿と背景に違和感がなかったから、てっきりどこかのカフェから参加しているのだと思っていた。気づいてみれば、こんなカフェの空間でノートパソコンに向かって話したり作品や資料の画面操作をしたりするのは難しい。

では、七坂マチは今どこにいるのだろう。どこから、私たちに受講者の作品を見せて、私たちに話しているのだろう。

何度かこの講座の時間を過ごすあいだに、ヤマネは、何人かの受講者の背景も実際の部屋ではなく合成画像だと気づくことがあった。珊瑚礁の海だとか外国の街角みたいな画像なら一目でわかるが、なんの変哲もない和室だとかいかにもありそうな白っぽい家具で統一されたナチュラルな雰囲気の部屋もあって、みんなきれいに片づけてるなあ、などと思っていた。

カメラをオフにしたままの人もいるし、彼らがどこに、どんな場所にいるのか、ヤマネにはわからない。わからなくても、どんな場所にいても、こうして話をしたり姿を見たり、とても個人的な記憶を聞くことができる。こうして私たちが集まっている「場所」は、液晶画面の上なのか、インターネットの広大な網みたいなもののどこかなのか、もっと別のどこかなのか。わからないけれど、それは確かにある。二週間に一度この時間に集合するときは、私たちはときに宇宙空間にいたり熱帯魚の泳ぐ海にいたり旅館の和室にいたりするのだ。

ヤマネは、次の作品の写真を見つめた。

＊　＊

一枚目の写真。

古い白黒写真。写真集の一ページのようである。

木造の長屋が両側に並ぶ、狭い路地。

二階の窓には物干し竿が渡され、洗濯物がはためいている。玄関の引き戸の前には、自転車が横付けされている。

路地では小さい子供が三人、遊んでいる。しゃがんで道になにかを描いている子、人形を抱えている子、こっちに向かって走ってくる子。

二枚目の写真。

全体に色が褪《あ》せて黄味がかったカラー写真。

西日が差す室内。茶色いソファにもそのうしろに見える黒電話にも、レースのカバーが掛かっている。

ソファの端に、赤いセーターを着た若い女性が座っている。こちらを見る笑顔の彼女の手元には、編み針と毛糸があり、黄緑色のなにかができあがっていく途中のようだ。

三枚目の写真。

はっきりした色合いのカラー写真。

白いカーテンが掛かった出窓。そこに座る鯖柄の猫が振り返っている。隣に、猫と同じくらいの大きさの熊のぬいぐるみが置かれている。

窓の手前には三、四歳くらいの女の子がいて、こちらを指差している。

《思わぬ偶然はあるものだ、と思います。

おととしの秋、まだこんな災難がやってくるとは予想もしていなかったときに、友達に誘われて写真展を観に行きました。

中学からの長い付き合いの友達で、今は住んでいる場所も離れているから何年かに一度しか会わないのですが、私の住む街の近くへ来るときは必ず連絡をくれます。写真展に行かない？と言うのはめずらしいなと思ったら、私たちの地元の昔が写っている写真があるみたいだから、とのことでした。日本の各地の路地や街の風景を撮り続けてきた写真家の大規模な展覧会で、私も友達も名前はなんとなく見たことがあるというくらいでした。

三年ぶりに会った友達と向かった美術館は、大きな公園のそばにあって、紅葉がきれいな時期で歩いていくのにとても気持ちのいい秋晴れの日でした。

展示室にぐるりと並ぶ写真は白黒で、商店街を行き交う人たちや縁日で賑わう神社の境内や町家の並ぶ道で立ち話をする人たち、どれもいつかどこかで見た気がしてくる写真ばかりでした。

写真の右下には、撮影した年と月と、地名だけが書かれていて、説明などはありませんでした。白黒写真なのでかなり前の時代みたいに思えましたが、撮影年を見てみると一九六〇年代からつい最近のものまで幅広い。よく見てみると写っている人の服装やポスターなどで時代がわかって、ああ、あの時代ね、懐かしいね、などと友達と小さな声で話したりしていました。

私たちの地元が写っている写真は十枚ほどありました。河川敷を歩く学生たち、商店街の八百屋や魚屋の店先で買い物をする人たち、閉まったまま年月が経って消えかけた看板が残っている食堂。実際に知っている場所もあったし、直接知らない場所もきっとあの商店街だねと同級生や知人の顔が浮かんでくるようなところでした。

ある写真の前で、私は息をのみました。

とてもよく知っている、と思いました。私の深くに記憶している景色と、その写真はまったく同じでした。

これ、私のうち。

思わずつぶやくと、友達は、えーっ、と声を上げて周りにいた人たちが振り向きました。

この奥にちらっとだけ見えてる家に六歳まで住んでた。

ほんとに？　すごいね。

友達は声の音量を下げつつ、驚きを込めていました。

この子は私かもしれない、と、しゃがんでいる女の子を指して私は言いました。私もこんなふうによく路地に絵を描いていたから。

写真のその子は斜め後ろから見た角度で、顔ははっきりわかりませんが私もこんなふうに肩くらいの長さの髪でした。

でも、年が違うよね。

撮影年は、一九八二年。私はそのとき十九歳で、すでにこの街を離れていました。

うん。でもなぜか、私かもしれないって気がする。

友達は不思議そうな表情で、その写真をじっと見て、もっと昔みたいな風景だね、と言いました。私もうなずいて、白黒だからそう見えるのかな、私が住んでたころも周りは新しい家に建て替わっていってたよ、などと思い出しながら話しました。

その数か月後、私はまた一枚の写真に出会いました。

職場の四十代の女性がお昼休みに、実家をたたむ手伝いに毎週末行き来していて大変だと話しながら、その過程で見つけた写真を見せてくれたのです。

この母のおなかに私がいるんですよ、と彼女は言いました。この黄緑色の毛糸で編んでるの、帽子なんです。この写真を見つけたときに、あっ、毛糸の色に見覚えがある、と思って。この写真ではたぶん私は母のおなかの中で六か月か七か月くらいで、この世に存在しているけどまだ生まれていないし、名前もまだないって考えたら、すごく不思議な気持ちになります。それに、この写真には写っていないけど撮影したのは父で、父は五年前に亡くなったというのもあって、父が見てた視線なんだなあって考えたりして。

彼女の話を聞き、写真の中の、昔は誰の家にもあった存在感のある電話機を見つめながら、私はあの路地の写真を思い出しました。あの写真は写真家の人が見た光景だけれど、私の父か母もあんなふうに私を見ていたかもしれない、と。

私の家族は困難なことが重なって、早い時期に離れることになりました。父はどこでどうしているかわからないし、母とも長いこと話していないし、あの路地を見ても懐かしい気持ちにはならなかったのですが、子供だった私を今の私が見つけたと思えて、安心するような心地がしたのかな、としばらくしてから思いました。

私の手元にある写真に写っているのは、今年十八歳になる猫と友達の子供です。

この子は今は高校三年生だというので、十三、四年前の写真です。そのときも友達が連絡をくれて会うことになり、待ち合わせをして子供といっしょに動物園に行って、そのあと私の家に寄ったのでした。

私はデジタルのコンパクトカメラを買ったばかりだったので、たくさん写真を撮ったことを覚えています。だからこの写真に写っているのは、そのとき私が見た光景です。写真はプリントして友達にも送ったし、そのあとも見ることがあったので、私はこの日のことやこの写真を撮ったときに賑やかな子供に猫がちょっと困惑して窓のところに上がったことをよく覚えています。

だけど、写真を撮っていなければそんなに鮮明に覚えていなかったかもしれないし、ここに熊のぬいぐるみが置いてあったことなんて忘れていただろうなと思います。そう考えると、見たのに忘れていること、体験したのに思い出せないことが、これまでの何十年の中にたくさんある、もっと言うと思い出せないことのほうが多いのでしょう。

ときどき、自分の目が見たものが写真みたいに記録されてどこかに保存してあったとしたら、私はいつのどんな風景を見たいかな、と想像することがあります。やっぱりすごく楽しかったできごとか、旅行先の遺跡から見た景色か、うちに来たばかりのまだ子猫だったころの猫か……。でも、そんなふうに『あのとき』と思い当たることもない無数の場面が、私の中のどこかにきっとある。

あの路地の写真を見て、『これは私かもしれない』と突然思ったとき、どこかに漂っていた誰かの視線が、父か母の見たかもしれないものが、見つかった気がしたのだと、今は思います。だいぶ年を取った猫が、窓辺で写真と同じように振り返ってこちらを見ています。この部屋でこうして猫を見ている時間が、今の私にはいちばんほっとするひとときです。》

＊　＊

画面に映った女性の背景は、写真と同じ出窓で薄緑色のカーテンがひかれている。猫はいない。

「こんばんは。魚住《うおずみ》ナミです。

こうして参加させていただくのは久しぶりで、森木さんがいらっしゃる回では初めてなので、いささか緊張しております。

先月、ちょっとした手術のために五日間ほど入院していまして、こんな時期なので入院の数週間前からいろいろと制限があり、退院してからも外出しなかったりで、体調もなかなか本調子にならなくて、お休みしていました。その分、講座の録画を繰り返し見て、病院でもスマホにイヤホンで音声だけ聴いていたりしました。写真のほうを見ないで皆さんのお話だけ聞いて、どんな風景なのかなと想像するのがけっこう楽しかったりしました。

あ、みなさん、お見舞いのお言葉ありがとうございます。今はもうすっかり回復しまして、やっとはりきって作品を出すことができました。と、言いつつ、自分の中にあるイメージを言葉にするのって難しいですね。書くと、なんか違うような、もうちょっとなんとかならないかなあ、と思えてしまって。

二枚目の写真の職場が同じだった女性は、今は別の仕事をしているのですが、写真の画像を送ってもらえないか思い切って連絡してみました。突然妙なお願いでどう説明しようかとメッセージを送るまで迷っていたのですが、場所を表現する講座で、講師は映画監督と地理の先生と最近になって小説家の方もいて、参加している人も年齢層幅広いし思い出の場所を語る人も近所の謎の場所について書く人もいて、とあれこれ伝えたら、よくわからないけどおもしろそうですね、とたぶん興味は持ってくれて」

画面の横のコメント欄に、〈よくわからないけどおもしろそう笑〉〈いい方ですねー〉〈確かに、人に説明するの難しい！〉と何人かが書いた。

「そうなんです、ときどきおもしろかった映画やドラマの話をしてくれたんですけど、視点が独特というか、他の人があまり気づいてないようなところをすくいとる感じの人で、退職してもう話す機会もないかと思っていたので、今回連絡する理由ができてよかったかもしれません。あ、猫が来ました」

魚住ナミの姿は数秒、画面から消え、それから戻った。

「猫もみなさんにご挨拶できたらいいんですけど、だいぶおばあちゃんなので膝に乗せられるのもおっくうみたいで。好きな窓際も、上がるための台を段々に置いて、最近は猫が窓をじっと見てると私が抱えてあげる感じですね。

子供のころって猫ってそんなに長生きしないと思っていたから、飼ってみてこんなに長い時間いっしょに過ごせてうれしいです。あ、話が脱線してしまって。

最初の写真に出会わなかったら、思い出さなかったことや考えなかったことがありますね。だから私の中には今すぐには思い出さなくてもいろんな場所や時間の記憶がたくさんあって、私が忘れていても友達が覚えていることもあるし、なにかのきっかけでぱっと出てきてくれるのを楽しみに待っていようと思います」

魚住の落ち着いた声を聞いている間、ヤマネは毎晩のようにＳＮＳを巡回して見る猫たちの姿を思い浮かべていた。

猫はいつも写真を撮られる側で、毎日いくつも流れてくる画像は、猫たちを飼っている人の視線だ。ＳＮＳの外で知っている人もいるし自分自身の画像もアップしている人もいるが、たいていは猫だけが写っていて、それを撮影した人がどんな姿形をしているのか、ヤマネは知らない。職業や家族などを断片的に推測できるくらいで、これからも直接会うことはないだろう。しかし、猫の画像を見るたび、ヤマネはその知らない飼い主の視線に同化する。彼らが見るのと同じように、猫たちを見ている。誰かの目を通じて、猫と猫がいる場所を見ている。

三人の講師が順にコメントをし、七坂が次の作品を紹介する。青い屋根の家に住む辻小巻《こまき》は温泉宿の写真に同居人Ｆさんから旅行した場所について聞いた話を書き、北野大地の畑の続く風景を朝と午後と夕方に撮った写真と近くの農家の作業を手伝った話があり、参加者では最年長の六十八歳の柏木《かしわぎ》ひろ子がよく通った喫茶店と茶色い陶器のカップに入ったコーヒーと窓辺のポトスの写真にそこで会った女子学生から聞いた台湾のコーヒーの木の話が続いた。

6　話すことを思い出す／次の春から夏

雲間から差す日が、薄いカーテン越しに床を照らしていた。日が入る位置が変わった。ヤマネは、コーヒーを注ぎ足したマグカップを手に机に戻りかけて気づいた。

「2022」と上部に大きく書かれたカレンダーで日付けを確かめてみれば、来週はもう春分である。早すぎる、とヤマネは毎年この季節に思うことを思った。それにしても、早すぎる。桜が開花したというニュースを、さっきスマホの画面で見た。

机に向かい、コーヒーを飲んで一息ついてから、「３０２教室」の画面を読む。

〈お疲れさまでしたー！〉

〈ヤマモトマヤさんの緑の刺繡《ししゅう》作品、細かいところまで葉っぱの特徴が表現されてて、見入ってしまいました〉

〈会場でちょうどお会いできたみなさんとお話しできてとても楽しかったです〉

〈堤さんの椅子コレクション、一つ一つが部屋の中でしっかりと存在感があり、人から人へ伝

わるものについて思いを馳《は》せました〉

〈私も現地に行きたかったです〉……

二〇二二年三月五日から先週末まで、市民センター三階にある実物の「３０２教室」で、「実践講座・身近な場所を表現する／地図と映像を手がかりに」の受講生たちの作品展が開催されていた。

森木ヤマネがゲスト講師として参加した三か月の後、受講生たちはそれぞれの表現形式で作品を完成させていった。映像もあれば、ヤマネが出題した写真三枚に文章のスタイルを発展させたものもあったし、手書きの地図、写真をコラージュした地図、短編映画もあった。湯元真二の定点観測映像は、九か月分をまとめた大作になって会場のモニターで期間中ずっとリピート上映された。

展示された作品は、インターネット上の「３０２教室」でも見ることができる。さっきまでヤマネは、湯元の定点観測映像を眺めていた。

やっぱり会場に行きたかった、とヤマネは思う。ヤマモトマヤの遊歩道の木々を刺繡した作品や畑田耕太がアクリル絵具で描いた山道の地図など、実物を見なければわからない作品も多いし、なにより受講生に会ってみたかった。

ヤマネは自身の参加する回が終わった後も、「３０２教室」にアップされた作品やそれに対する書き込みは読んでいたし、丘ノ上太陽や小滝沢道子、それから七坂マチとメールをやりとりして講座の様子を知らされていた。

　昨年末に、講座の最後には作品の展示をすることが決まった。受講者たちがそれに向けて写真を撮影しに行ったり参考に読んだ本の感想を話し合ったりしているのを見ていて、ヤマネは展示に行くのを楽しみにしていたし、では初日に丘ノ上、小滝沢と三人でのトークイベントをしましょうと提案されてもいた。

　年が明けたあたりから、新型コロナウイルスの変異株による新規感染者数が急激に増えていった。それまでは、ヤマネは間接的に知っている人や知人の家族が感染したと聞くことはあっても身近なところではほとんどなかったのだが、一月半ばになると連載中のエッセイの担当編集者や親しい友人から感染したと連絡をもらうことが続いた。症状自体はそれほどでもないが子供を含めて家族四人が陽性で仕事も学校も休まなければならず大変でという人もいれば、とにかく喉が痛くて水を飲むのもつらいというので心配になる友人もいた。

　ヤマネはエッセイや書評の連載があるし、単行本未収録短編集の校正や刊行に向けた準備が大詰めで、一人暮らしで陽性になったり症状が重かったりしたらどうなるだろうかと不安だったので、なるべく外出も人に会うことも控えていた。

　症状は軽いが自宅療養中の編集者とオンラインで打ち合わせをしたりしつつ、部屋から冬晴れの空を眺め、ひたすら机に向かう日々だった。

　忙しさと退屈さと見通しの立たなさに閉じ込められるような感じが続いて、早い時刻に暮れていく空の色の美しさがなによりも心を落ち着かせた。

　昨年からよく聴くようになったアメリカの古い時代のブルースやネイティブ・アメリカンに

ルーツがあるミュージシャンのロックなどは、ますます聴くようになっていて、パウワウというネイティブ・アメリカンの祭りで踊られるダンスの動画を熱心に見ていた。

ようやく未収録短編集の仕事が落ち着いた二月半ば、喉に痛みを感じた。何人かの友人から新型コロナウイルスの症状で喉の痛みがいかにつらいかを聞いていたヤマネは、これはもしやと怖れて部屋から出ずに体を休めた。

子供のころから扁桃腺が腫れやすく、新型ウイルスの流行で行動に制限がかかるようになる前には冬の乾燥するシーズンに一度は寝込んでいたから扁桃腺だろうとは思いつつ、不安はつのるばかりだった。

いつもなら早めに病院に行って薬をもらうのだが、なにかしら症状がある場合は受診できる病院も限られ、病院やもし陽性だった場合の対処などを検索しているうちに痛みはひどくなり熱も少し出てきた。病院に電話してみると、このところの新規感染者の急増でその日の受付はすでにいっぱいで、さらに次の日に受けた検査でコロナウィルスもインフルエンザも陰性だったものの、咽頭炎は悪化してしまった。

食べものは多めに確保してあってなんとかしのげたが、心配したみどりんが二度ほど玄関前に食料を置きに来てくれてありがたかった。ついでにたわいないことをメッセージでやりとりするのも、かなり助けになった。

一週間ほどで咽頭炎自体は治まったのだが、熱が下がり始めたあたりから今度は咳《せき》がひどくなった。夜中に咳が止まらなくて眠れず、咳込みすぎて背中も痛い。いつまで続くのだろうと気が滅入る日々に、ほっとするのはやはり友人たちとのメッセージのやりとりと、ＳＮＳで猫を巡回する時間だった。冬の猫たちは、ストーブの前に陣取っていたりこたつに入り込んだりしていて、去年の今ごろもこの猫がこんなふうにストーブの前から動かないのを見たなあ、とほほえましく眺めていた。

去年？　ヤマネはふと思った。去年の今ごろは何をしていたっけ、とスマホに保存されている写真をさかのぼった。人に会うことも出かけることも極端に少なくなってから、どのくらい時間が経ったんだったか。あの映画を観に行ったのは去年だったか、一昨年だったか。そしてこんなふうにいつのことだか定かに思い出せない感覚になるのも、何度目かのことだ。

三月に入るころには体調は回復したが、咳だけは残ってしまった。なにかの拍子に咳込んで止まらなくなる。外出先でそうなると周りの人を不安にさせてしまいそうだし、休んでいた間の仕事が後ろ倒しになっていたので、「実践講座・身近な場所を表現する／地図と映像を手がかりに」の展示を観に行くのはあきらめたのだった。

受講生たちも、実際に現地に行けたのは十二人ほどだった。受講生のうち三分の一は遠方に住んでいる。入江は別の予定と組み合わせて東京に来て前日から準備を手伝い、丘ノ上とも数年ぶりに再会したようだったが、他の人はこの展示のためだけに長距離移動するのはハードルが高い。家族が陽性になって出かけられない人もいたし、年度末で仕事が忙しい人も多かった。

展示の準備は、丘ノ上と七坂マチが中心になって、入江と湯元真二が活躍した。ヤマネが参加していた回では一度も出席できずに作品とメッセージだけを送り続けていた湯元は、一月から職場が異動になったことで講座の時間にもやっと顔を出せるようになっていた。その様子も、ヤマネは「３０２教室」で知っていたし、準備の経過や開催してからの状況もそこにアップされる動画や書き込みでだいたい見ていた。

現地にいる人たちと受講生たちがやりとりする中で、ヤマネにも体調を気遣うメッセージがいくつも送られた。何日も出られない部屋で、画面のコメントを読んでいると胸がいっぱいになった。

展示の初日には、丘ノ上と小滝沢、そしてヤマモトマヤによるトークイベントがあり、ヤマネは生配信の動画を見た。前半は会場に展示された作品の紹介と講座を振り返っての感想があり、後半は外に出て、ヤマモトマヤがずっと作品のモチーフにしていた市民センター近くの遊歩道を三人が歩きながら話した。

天気のいい日で、青空が広がっていた。まだ冬の葉が落ちたままの木が多く、ヤマモトマヤが自身の作った葉の図鑑を見せながらこの木はこんな葉っぱで、と解説した。屋外だから風の当たる音が入って聞き取りづらいところもあったが、ヤマネはその音から季節が変わる時期の空気を感じとってはっとした。

曇り空でも明るくなったと感じながら、ヤマネはひたすら部屋で仕事をしたり本を読んだりラジオや音声配信を聴いたりＳＮＳを巡回する日々だった。

咳がある程度落ち着いてからはとても規則正しい毎日になっている。日課をこなしたり計画的に同じ時間に仕事をすることがずっと苦手だったので、体調を崩したことによる予想外の副産物のように思った。

二年前の春に外出の制限が始まった時期にずっと家にいる生活になったが、あのときは状況がどうなるかわからない、仕事や生活になにがどのくらい影響があるか見通しが立たず、とにかく落ち着かなかった。単行本の刊行予定が延期になって時間ができたはずなのだが、次々に入ってくる世界や日本や近所の情報を追いつつ、知人の作家たちが日記やエッセイをウェブ上で公開したり、慣れない配信のイベントが増えたり、映画館など大きな影響を受けたところを応援する活動が次々始まったりして、その度にヤマネもなにかしなければと考え、メッセージを送り、友人と連絡を取り合って、意外に慌ただしかった。

……と、そのときにあったことを振り返ってみればそんな感じなのだが、思い浮かぶのは西日の差す部屋でゆっくり時間が過ぎていく光景だ。何月何日ごろに自分が何をしていて、世の中はどんな状況だったか、断片的にはいくつも覚えているが、それぞれがうまくつながらない。たった二年前のことなのに、そのときにどんな実感をもっていたのか、今思い出すことがほんとうにそのときも感じていたことなのか、もやがかかった空気に目を凝らすようにして記憶をたぐる。

当時の手帳は予定はほとんど書き込まれないまま白く、スマホに保存された画像も近所を散歩して撮った木や花などが数枚ずつあるだけだった。やっぱり日記かなにかをつけておくべきだったと思うが、あまり書く気にならなかったのは、不安だったからなのかもしれない、と二年経ってようやくヤマネは思うようになった。

あのときは二年後にこんな状況だとは想像していなかった、とスマホの画像をスクロールして時間の経過を辿《たど》った。

二年前の自分自身のことでさえこんなにも曖昧なのに、何十年も前のことを知ることなんてできるのだろうか。この数か月、「実践講座・身近な場所を表現する／地図と映像を手がかりに」の中で聞いたことやそこから連想して興味を持ったことについて、何冊かの本を読んでいる。

東京駅から新橋駅の高架橋の原案を作ったドイツ人のヘルマン・ルムシュッテルが北九州の門司港駅の建設に関わっていて、門司港駅が二〇一九年に建設時の姿に復元されたと知り、もう少し落ち着いたら駅舎を見に行きたいと列車や宿泊先を調べているうちに時間が過ぎた。東京の鉄道や地下鉄の駅や橋などで、昔の姿が残っているところ、過去の痕跡が見られるところなどをリストアップして、来月あたりから回ろうと考えた。


人の少ない昼間に近所を散歩したりさっと買い物をするくらいはできるようになった。駅の向こう側まで歩くと、中学校を囲む桜並木のつぼみがほころびかけていた。青空にシルエットになって伸びる枝に膨らんだつぼみがいくつもついているのを見上げると、あっという間に咲いて、あっという間に散ってしまいそうだと思った。今年も友人たちとの花見の予定はない。

見上げていた視線を戻すと、すぐ近くで他の人たちも桜を見上げている。指を差し、ほら、あのへんはもう咲きかけてる、と言っている。ヤマモトマヤの遊歩道の話を思い出した。ここに住み始めてすぐに外出が難しくなって近所の人と知り合うこともないままだけれど、それでも私はこの街で暮らしているんだなとヤマネは思う。

帰りにスーパーに寄り、咳込まずに買い物を終えられてほっとした。もう落ち着いたと思っていてもしゃべると咳が止まらなくなってしまうことがあり、先日もオンラインの打ち合わせ中に難儀したが、近所での買い物は声を出さずに済ませられる。今みたいな状況になる前から、東京や、たぶん日本のたいていの都市部で暮らしていると、一言もしゃべらずに生活できてしまうなあ、と思ったことが何度もあった。ヤマネ自身、それがありがたい時期もあったが、あまりにも話さないことが当たり前になりすぎている気がする。

どこに行っても「会話はご遠慮ください」「控え目に」と注意書きがあったりアナウンスが流れたりするが、それにすぐに慣れたのは、その前から知らない人が多くいる空間で会話をあまりしないことが共有されていたからかもしれない。

慣れた、とは思う。人に会わないのも、遠くへ出かけないのも、夜の早い時間に店が閉まって人が少ないのも、ほかにももうどこが変化したのかすぐに思い出せないくらいに、この生活に慣れている。


三月の終わりに、未収録短編集の担当者である本多直記にようやく会った。対面で話すのは昨年の夏に出版社の会議室で打ち合わせして以来である。

ヤマネの最寄り駅に近い喫茶店で、昼過ぎに待ち合わせた。律儀な本多は、ヤマネが予想したとおりかなり早めに席に着いてコーヒーを飲みながら待っていた。

「ああ、どうも、お久しぶりです」

入ってすぐ右の窓際のテーブル席で、本多は立ち上がって頭を下げた。そう、このくらいの背の高さで、こういう姿勢の人だった、とヤマネは実感する。メールでは頻繁にやりとりしていたが、それゆえにいっそう、実物の本多の印象との差が広がっていたのかもしれない。

「わざわざこちらまで来ていただいて」

ヤマネは挨拶しつつ、メニューを開いてカフェオレを注文した。

いつごろからあるのかわからないが、いわゆる昔ながらの喫茶店で、店主の夫婦は七十代前半というところだろうか。煙草が吸えた時期の煙が壁紙を深い色に変え、テーブルや椅子も時間を経た艶が出ている。カウンターの手前には今日の新聞が並べてあって、昔は喫茶店はこういう場所だったとヤマネは思った。常連らしい年配の男性が、いちばん奥の席でその新聞を広げてコーヒーを飲んでいる。背後の壁にはこの店を訪れた俳優の写真がいくつか控え目に飾られていた。小さい額に入っていて、窓際のテーブル席からは写っているのが誰なのかはわからない。

「本多さんも大変でしたよね。もう皆さん体調はだいじょうぶですか」

本多の家族も、一月に全員が陽性となり二週間ほど自宅で静養していた。

「いやあ、無事に刊行できてほんとによかったです。打ち上げができるともっとよかったんですが」

短編集の装幀《そうてい》を担当してくれたのはヤマネと旧知のデザイナーである。彼女に装幀をやってもらうのは久しぶりだったし、長らく会っていなかったので、刊行のときにはごはんでも食べに行けたらと、去年の秋ごろには話していたのだった。それとは別に作家の友人たちと新年会をする話もあったが、それも流れてしまった。

「それで、短編集は無事に刊行できたということで、以前もお話ししました長編の新作のほうはいかがでしょうか」

おすすめのメニューについて尋ねるような軽さで、本多は言った。

「あっ、そうですね」

反射的に応答してからヤマネは、そんなことも言ってたっけ、と記憶をたぐった。

「書きたいことが、あると言えばあるのですが」

正面に座る本多が目を開いて大きく頷《うなず》いたので、ヤマネは少々たじろいだ。その間に店主の妻のほうが運んできたコーヒーが置かれ、香ばしい湯気が漂った。

「本多さんは、あのとき確か、人がたくさん出てくる小説って言ってましたか」

蒸し暑い曇り空の下で話しながら歩いた外濠沿いの道が急に思い浮かんだ。すごく遠い日のような気がした。

「森木さんがそのように覚えてらっしゃるんでしたら、そうだと思います」

眼鏡越しの本多の目に店の中が映っている。一瞬、平衡感覚がおかしくなるような感じがしたのは、この距離で人の顔を見て話すのがずいぶんと久しぶりだからかもしれないとヤマネは思った。

「人はたくさん出てくると思います」

「そういう小説がいいです。たくさん人がいて、たくさん話すような」

「私、あまりに人としゃべらなすぎて、話すのが下手になりました。話すのも習慣みたいなので、歩かないと使わない筋肉が衰えるみたいな感じで」

「そうですか？　以前と変わらないですよ」

本多は穏やかな表情を変えなかった。

「そうだといいんですけど。なんていうか、たまに人に会うと、自分じゃない人と接するからこそ、自分の輪郭がはっきりするなと思って。ずっと親しい友人、ほら、あれ、ああ、あれね、みたいに通じる人だけじゃなくて、仕事や環境がかなり違う人にごくたまに会うと、はっとするんです。急に、目が覚めた感じというか」

ときどき喉の奥で咳の気配がして、ヤマネはその度に水を飲んだ。

「では、ぼくは今日、こちらにうかがってよかったということですね。駅を出て、歩いている人たちに囲まれて、森木さんが今言われたような感覚がありました。全然違うかもしれませんが」

コーヒー豆を挽《ひ》く音が聞こえてきた。何十年も、毎日、どれくらいの時間この音はこの店に響いているのだろう、とヤマネは思った。

「こうしてお話ししても人がたくさん出てくる小説という希望はありますが、自分でもざっくりしすぎの提案だなと、今さらながら……。とらわれずに、森木さんがこれを書きたいと思うものを書かれるのがいちばんです」

「究極にざっくりしたご提案ですね」

ヤマネは思わず笑ってしまったが、本多のほうは至って真面目な顔だった。それから、短篇集の刊行にあわせて書いたエッセイの原稿を確認し、事務的な連絡をいくつか聞いた。

店を出て駅まで歩く短い時間に、本多は、実は十年以上前にこの駅で一度降りたことがあったと話した。学生時代の友人の引っ越しを手伝いに来たのでそのアパートのことしか覚えていないが、あの建物はもうなさそうですね、と、それくらいのことだった。

本多を見送ってから、駅の向こうの中学校の桜並木を見に行くと、四月を待たずに花はかなり散っていた。

だいぶ遅い時刻になった夕暮れに、ヤマネは久々にベランダに出て空と街を眺めた。桜は駆け足で咲いたが、夕刻に屋外でじっとしているとまだ肌寒い。

目下には裏手の家やアパートの屋根が続いて、このベランダから道路は見えない。だから人の姿もめったに見ない。アパートの廊下を歩く人をちらっと見かけるぐらいで、こんなにどこまでも人の住む建物が広がっているのに人の姿が全然見えないのは奇妙な景色だ、とここに越してきて以来、ヤマネは思っている。二年前から人々は家にいる時間が長くなって、だからここから見渡す屋根の下に、窓の向こうに、壁の中に、大勢の人がいるはずなのに、私はその誰一人として知らない。

アパートの先に上のほうだけ見える桜はまだ咲いていて、そのあたりだけ白く明るい感じがする。視線をさらに先に移動させると、最上階にバルコニーが広い部屋があるマンションに行き当たる。オンライン講座が終わった夜の遅い時間に、よく眺めていたバルコニーだ。

夜に明かりが灯っていると目立ってすぐにわかるが、夕暮れのぼんやりと霞《かす》むような明るさの下では、低層のマンションは周りの建物に埋もれてしまって、なんだか平凡である。あのバルコニーから見る夕日はどんなだろうか、と想像すると羨ましくはあるが、夜空の下の静寂に満ちた屋根の向こうで光っている、あの魅力的な感じは薄れている。そんなふうに思うのも、夜が遅い同士の勝手な親近感かもしれないが。真冬の寒い時期は、あのバルコニーの光を眺めることも減っていた。

大きなカラスが、ヤマネの視線の先を横切って飛んでいった。会社員をしていたころ、十階にあったオフィスの窓の先をカラスが飛んでいくのをよく見かけて、鳥はこんなにも高いところを軽々と飛ぶのだなあ、と感心していた。どれくらい高いところを飛べるのか、どれくらい遠くまで飛んでいけるのか。高いところから見下ろすカラスは、この二年のあいだ人間が右往左往していたことに気づいていただろうか。

日が落ちると空の色が変わるのは速く、東のほうから青色がどんどん濃くなっていく。西の空はすみれ色に移っていき、浮かぶ雲がシルエットに反転した。ヤマネは、あの手紙のことを考えた。あの美しい夕日は、どんな色だったのか手がかりはない。

部屋に戻って、パソコンの前に座った。白い画面を眺めて、時間がゆっくり経っていった。まだ書き始めないほうがいい。ヤマネの中にそう浮かんだ。これを書く、とはっきりと見えるまで、もう少し待とう。

部屋の明かりをつけた。スマホが鳴ったので確かめると、みどりんからのメッセージだった。小田原への引っ越しは、子供が中学生になる来年の春に延ばすことになっていて、もう少し暖かくなったらいっしょに公園かどこかに出かけよう、と書いてあった。

行こう行こう、と返事をした。

静かな部屋で寝転がってみると、「３０２教室」に書き込まれていた受講生たちの言葉が声になって聞こえてくる気がした。


六月になって、ヤマネは二年半ぶりに遠出をした。

雑誌の企画で、高原のコテージに宿泊してバードウォッチングや陶芸の体験教室に参加してエッセイを書く仕事だった。依頼メールに添付された資料写真の青い空と緑の森を見て、とにかく広い場所に行きたいと即決して返事をした。

特急列車に乗るのもずいぶんと久しぶりで、車窓から街と山が繰り返す風景を見ているだけで体の中に閉じ込められたか溜《た》め込まれたかしていたあれこれが、溶け出していく心地がした。

駅まで迎えに来た編集者に会うのも七年ぶりだったし、とにかく素晴らしく晴れていた。

「私、四、五年前から突然ものすごく晴れるタイプになったんですよね」

「じゃあ、森木さんに依頼して正解でしたね。私はここのとこ屋外の仕事になると豪雨とか雷雨とか大雪とか、あ、めちゃくちゃ強風の日もあったかな」

コテージに向かう車の中で編集者の苦労話を聞き、変化があるのは楽しそうだとヤマネは思った。

二泊三日のあいだ、決められた体験活動の時間以外は、ヤマネはコテージの部屋にいた。大きな窓の向こうの木々と山と空をひたすら眺め、違う景色の窓を見るのはいつ以来だろうかと考えていた。

旅行客が減った分の代わりに、ホテルやリゾート施設に数日滞在して仕事するプランを「ワーケーション」という造語を用いて業界では売り出しており、ヤマネも部屋でノートパソコンを開いている姿勢での写真撮影があった。ヤマネは自室以外で仕事をするのが苦手で、持ってきたパソコンでもメールをチェックしただけだったのだが、文豪が温泉に逗留《とうりゅう》して作品を書いた話を思い浮かべて雰囲気を出すように努力した。

点在するコテージの周囲の山林の手入れをしている人に話を聞けたのがおもしろかった。山の斜面のところどころに藤の花の紫色が見えたのだが、藤は他の木に巻き付いて成長し、巻き付かれたほうの木はやがて枯れてしまうそうだ。しかし、そうして大きな木が枯れることによって密集した木々の中に空間が生まれ、下まで日光が届いて新しい木や植物が芽吹く。

何年も何十年も変わらないように見える山の緑も、そんなふうに樹木や草、さらにはそこにいる動物や虫たちの生命の循環で保たれている。周辺の山林は長らくこの土地で暮らしてきた人たちが手を入れてきた場所でもあるので、人が入らずに放置状態になるとかえってバランスが崩れてしまうところがある。……

取材のメモを取りながら、自分が普段暮らしているところは人が作ったものだけに囲まれているなあ、建物も道も家具も道具も人が作ったものばかりで、季節や温度や自然の時間のサイクルで成長したり枯れていったりする世界とはあまりに遠く離れている、とヤマネは思った。

帰りの特急列車で、編集者から渡された地元のパン屋さんのサンドイッチをお昼に食べた。帰りの車窓から見る空も、深い青色がどこまでも続いていた。この季節にこんな快晴めずらしいですよ、森木さんの威力ですね、と編集者にも写真家にも感謝されたが、高原も行き帰りの特急列車も人がほとんどおらず、天気の良さをかえってさびしくも感じた。

東京駅で電車を乗り換えると、けっこう混雑していた。まだ夕方のラッシュには早い時間だが、感染者数も落ち着いてきているので近い範囲なら出かける人は増えているのだろう。

座席は全部埋まり、立っている人も多い。小型のキャリーバッグが邪魔にならないように気をつけながら、ヤマネは人の隙間を進んで車両の真ん中へ移動した。

発車のアナウンスがあり、列車は動き出した。東京駅周辺の高層ビルが窓をゆっくり流れていく。つい数時間前まで見ていた山の新緑とのあまりの差に馴染めないが、空の青さだけは同じだった。

ヤマネが立つ前には、ヤマネよりも十歳ほど年上と思われる女性が二人座っていて、列車が動き出す前から話し続けていた。もちろん顔の半分はマスクに覆われていてその下の表情は確かめられないが、長い付き合いのある友人と久しぶりに会って話すときの親しみと楽しさが伝わってきた。

「もう、ほんとうにね、大変だったのよー。夜明けと同時に起こされて、あの鳴き声と足音が耳についちゃって」

「ベランダが危険なんだってね。うちのマンションでも卵を産まれちゃったとこがあって、あれ、野鳥扱いだから勝手に捨てたらだめらしい」

「そう！　そうなの！　だから初期対応、早期発見がだいじなの。でもね、一度目をつけられると、執着がすごいんだから。向かいのお宅の屋根から、じーっとこっち見てる。ホラーよ」

何の話か、ヤマネにはすぐにわかった。

ハトである。左に座るベージュのカーディガンを着た女性の家に、ハトが巣を作りかけたに違いない。その話がヤマネの耳に大きく聞こえてきたのは、ヤマネにも同じ経験があったからである。ハトの話が続き、ヤマネは心の中で何度も頷いていたが、やがて話は別の生き物へ移った。

「こんなところに、ってびっくりするような生き物がいるよね。このあいだ、夜にうちに帰る途中で、なんか気配を感じて上を見たら、電線で黒いものが動いてるの。ぎょっとしちゃって、じっと見てたんだけど、ハクビシンね、あれ。足の指の形がこうなってるから」

とそこで右側のグレーのジャケットの女性が、自分の右手を動かして見せた。

「電線伝いに移動できるんだって」

「隣の人は取り込んだ洗濯物からスズメバチが出てきて大変だったらしくて。シーズンだったから駆除の業者さんが来てくれるまでに時間かかっちゃって」

二人の女性は、しばらくスズメバチの体験談で盛り上がった。こんな場所が危険だとか知り合いに刺された人がいるだとか黒い服が狙われやすいだとか、話は尽きない。

電車が駅に着くと、扉が開いて乗客が降り、また乗り込んでくるが、二人の話は滞ることなく続いた。

どこに住んでいるのだろうか。会話からヤマネは、少し郊外の住宅地を想像した。家と家とがほどよく離れていて、庭木もそれなりにあるようなところ。耳に入ってくる彼女たちの声を聞いているうちに、会話は再びハトのことへと戻ってきた。

「カラス型や目玉型のハトよけも売ってるけどね、最初だけで慣れちゃったら平気で入って来ちゃうのよ」

「プラスチック製の突起でとまれないようにするのを並べても、そこにとまるようになるんだから」

「スプレーは効くのかしら」

「今日の朝もまたいたの。夫婦で、お隣さんのベランダからじーっとこっちを見てるもんだから、なんだか悪いことしてるような気になっちゃって。でも怖いし」

どこまでも続く二人の声に、ヤマネはとうとう耐えきれずに口を開いた。

「あのー、急に横からたいへん失礼なんですが」

薄いピンクと白いマスクをつけた二人の顔が、ヤマネを見上げた。

「実は私も、ハトに巣を作られかけたことがありまして。ほんっとーに、大変ですよね！」

二人の目は、ぱっと輝いた。

「そうなんですか！　ご苦労お察しします。ほんとにねえ」

「ちょっとした隙に巣を作り始めちゃうから、一日中気が抜けないでしょう！」

「いやもう、大変すぎました。三年前のちょうど今ごろだったんですけど、朝明るくなるのが早いから三時半ぐらいに目が覚めて。うちの場合は、台所の換気扇の外側だったんですが」

「換気扇！　そんなパターンもあるのね」

「しかも七階で外からはどうしようもない位置で。最初は換気扇の中から変な音がするなー、風でなにか引っかかってるのかな、ぐらいに思ってたんですけど、たまたまその直前にSNSでハトがベランダに巣を作って大事になった人の話を読んでたから、もしや、と」

「それはよかった、気づいた時には手遅れのことが多いから」

「そうなんです。でも、やっぱり巣づくりが多い季節の上に大家さんと管理会社を通してから業者さんってなると二、三週間は先って言われて。インターネットで対策を検索して、いろいろ試したんですが全然だめで」

「そうでしょう」

「音で脅かしたら離れてたんですけど、だんだん気にしなくなってすぐに戻ってそのうちに台所の横にある窓に居つくようになって、磨《す》りガラスにハトの影が……」

「ホラーね」

「ホラーだよー」

「恐ろしかったです。仕事でどうしても外出しないといけなくて、その間に巣ができちゃったらどうしようかと。換気扇が回せなくなるかもしれないし」

「それは困るわね」

「音を立てればとりあえずしばらくは居なくなるから、そうだ、ずっと音を流しとけばいいのかもと思いついて。ポータブルスピーカーを窓と換気扇のとこに置いて、ラジオアプリで人がしゃべってる声をちょっと大きめに流し続けてみたんです」

「そしたら……？」

「来なくなりました」

わーっ、と彼女たちから歓声と拍手が起こったように、ヤマネは感じた。

「そんな方法があるのねえ」

「でも、タイマー機能がないので、夜明け前にオンにしにいかないといけなくて。くるくる鳴く声で飛び起きてラジオを流す攻防が数日続きまして。一日中ラジオをつけてると仕事が、あ、私は家でする仕事なものですから、だんだん支障も出てくるし寝不足もひどくて、というあたりで、なんとか離れてくれました」

「よかったー！」

再び歓声と拍手が、ヤマネの脳内には聞こえた。

「でも、その後も、なにげなく窓を開けたら向かいのマンションの廊下から、じーっとこっちを見てるんです、同じハトが」

「そうでしょう！？　あの目が、ねえ」

三人で頷きあった。

「それから私、アシナガバチにも巣を作られたことがありまして。もっと前に住んでたアパートの二階なんですけど、裏が古い空き家で木が生い茂ってまして」

東京の真ん中、大勢の人を乗せて走る車両の中で、話は続いた。

「ベランダ側の窓にシャッター式の雨戸がついてたんですが、その巻き取る部分の中ですね。出入りしてるのが窓ガラス越しによく見えて、大家さんに対処してもらうまで、洗濯物も干せないし窓も開けられないしで」

「わかります、わかります。私も以前、木が伸び放題の敷地の隣に住んでたんだけど、いろんな訪問者があって。珍しいきれいな蝶も見たりしたけど。猫とカラスの喧嘩《けんか》はしょっちゅうだったし、緑色の大きなインコに、ノスリって小さい猛禽《もうきん》類。ハクビシンも見たし、なんのかわからないけどベランダに鳥の卵が落ちてたこともあった」

「カラスもねえ、人のことなんか意にも介さないから、玄関前に停めてる自転車のとこでよく遊んでて、なにしてるのかわからないけど」

彼女たちのうしろ、車窓の先には外濠の水面と土手が続いていた。

土手の桜並木は明るい緑色が鮮やかに輝いていた。あの道を歩いたのは去年の夏だった、とヤマネは話を続けながら思い出した。

そして、四角くて固いビルが建ち並ぶ風景が過ぎていくのを見つつ、きっとここも人間だけではなくて他の生き物たちの場所でもあるのだと思った。人間が勝手に建物や道路を作って、自分たちのものみたいに思っているだけで。

「あら、私は次で乗り換えだから」

グレーのジャケットの人が、振り返って現在地を確かめた。

「すみません、突然割り込んでしまって」

ヤマネは頭を下げた。

「いえいえ、楽しかったです。都会だと思っていても自然の力には勝てないわね」

彼女たちは笑った。

ありがとうございましたと繰り返して、ヤマネも電車を降りた。

巨大な駅はあちこちが工事中のために仮囲いで狭くなっており、混雑が増している。再びキャリーバッグに注意しつつ、人と人との隙間に滑り込んで歩きながら、この工事はいつ終わるのだろうかとヤマネは思う。

自分が東京に暮らし始めたときもこの駅は工事をしていて、それから十五年以上ずっとどこかが工事中である。あちらが終わったかと思ったらこちらが囲われて、通路が変わり、それが終わったらまた別のところで工事が始まる。新しい通路ができたのはわかっているが、それで完成したのか、まだこれから工事をして変わっていくのか、始まった工事はまた別のなにかを作っているのか、わからない。あまりにも工事が行われて、工事中ではないこの駅を見たことがないので、なにが終わってなにが始まるのか、考えることもなくなった。

森鷗外の「普請中」という短編がある。ヤマネが読んだのはずいぶん前なのでだいたいのところしか覚えていないが、男が木挽町にある西洋人向けホテルのレストランを訪れると板囲いの向こうから物音が聞こえていて普請中のようである。男はそこで過去に異国でつきあっていた女性と待ち合わせていて、「日本はまだそんなに進んでいないからなあ。日本はまだ普請中だ」と言う。

その短編を読んだのは、ヤマネが東京に引っ越して来て間もなくのことだった。当時の担当編集者に会った際に、東京って駅も街もそこらじゅうずっと工事してますね、と話したら、この短編を教えられたのだった。つまり、そのときすでに、この巨大な駅はずっと工事をしているとヤマネは思っていた。そしてたぶん十五年後には工事は終わっているだろうと予想していたが、あれからずっと続いているし、今ではこの先もずっと工事は続いて終わることはないのだと確信している。

いくつもの人の流れが交差する通路を歩き、ヤマネはようやく家に帰る路線に乗り換えた。ホームに入ってきた電車に乗り込むと、こちらもほどほどに混雑していた。ちょうど目の前の席が空いたので座り、一息つく。慌ただしくドアが閉まり、電車は走り始めた。

スマホを取り出して、「普請中」がいつ書かれたのかを検索した。発表は明治四十三年。一九一〇年だから、百年以上前になる。百年以上、東京は普請中なのか、と思うと、長距離を移動してきた疲れも相まって頭の芯がふらっと揺れる感覚がした。

帰りのラッシュにはまだ早いから、乗客たちはどことなく余裕があるように見えた。窓の向こうでは、立ち並ぶ高層ビルがゆっくり遠ざかっていく。

ヤマネは手に持ったままのスマホで、ＳＮＳを開いた。途端に目に入ったのは、この数年見てきた白に灰色の模様がある猫のアカウントだった。

今朝、その猫が死んでしまったことが、書いてあった。老猫でしばらく前から弱っている様子だったから、気がかりだった。

何の躊躇もなく、ヤマネの目に涙が溢《あふ》れた。気にかかってはいたが、その報せはあまりに唐突に現れた。

見守ってくださったみなさん、ありがとうございました、という飼い主の言葉に、いくつもコメントがついていたが、涙で読めなかった。電車の中なのに、とは思うが、あとからあとから涙が流れてきた。マスクをしていてよかった、とヤマネは思い、最寄りの駅までうつむいたままだった。

最寄り駅に着いて電車を降りたところで顔を拭いた。

改札を出ると、さっきハトやハチの話をした女性たちと同年代の女性が二人、立ち話をしていた。片方がもう一人を見送りに来たようだった。

「また会いましょうね。必ず会いましょうね」

「その日まで、お元気でね」

一人が改札を入って行き、お互いに手を振り合った。見送りにきた人は、友人の姿が階段の先に消えていっても、そこに立っていた。

ヤマネは何度か振り返って、あの人たちにも話しかけたかったと思った。

八月には三年ぶりに郷里の街へ帰り、地元の友人たちと会った。約束をしたのは新規感染者数が落ち着いていた六月で、そしてまたもや新しい変異株が現れて状況が変わり、参加予定のうちの一人は家族に抗がん剤治療中の人がいて来られなくなり、場所も学生時代によく集まっていた繁華街の店ではなく友人の家に変更になった。

集った七人の中には、高校卒業以来で再会した人がいたり、それぞれに結婚や離婚や子供の受験や転職があったりした。三十年前と同じようにしゃべって同じように笑って、しかしその間に途方もなく思えるような出来事と変化を一人一人が抱えていて、長い長い時間が圧縮されているからこその親しみを分かち合う数時間だった。

家に招いてくれた友人は、お気に入りのお店で買ってきたデリやらパンやらと、自分で作った料理を一人分ずつのお皿に盛り合わせてくれていて、どれもとてもおいしかったし、彼女がそんなふうに人をもてなしたり気遣ったりするこれまでのいくつもの場面を思い出しながら、ヤマネは食べものも会話も味わった。

その数日以外は、ヤマネの生活はほぼ変化のないままだった。家にいて、平均よりは遅い時間に起きて、仕事をして本を読んで夕空を眺め、食料を買いに行って適当なものを作って食べ、SNSで世間のニュースを知り、猫を巡回した。

少し前から映画に関するエッセイの月刊連載を始めたので、映画館には出かけた。映画館の暗闇にいると、ここで同じ映画を同じ時間だけ観て、知り合うことも話すこともないまま離れていく人たちのことをときどき考えた。同じ時間に同じ場所にいたことを、お互いに知ることはいつかあるだろうか。たまに、ＳＮＳで知人が同じ回を観ていたことを後で知ったりはするけれど。

映画エッセイや書評や短編を書いてオンラインのトークイベントなどに出ているうちに、人にあまり会わない三回目の夏もするすると過ぎていった。何人か、それほど親しくはないが知っている人の感染の報せを聞いたが、自分の近いところに変化は感じられなくて、しかし感染者や死者の数字は感覚が麻痺《まひ》するような増え方だった。

去年の今ごろはどうしていたのだったか、と手帳をめくってみても一年という時間が経った実感みたいなものがなかった。暑さも八月の後半には勢いがなくなり、台風の影響で曇りや雨の日が多かった。

ようやく新規感染者数が減り始めた九月、ヤマネは新宿に映画を観に行った帰り、最寄り駅を出たところで呼び止められた。

「森木さん」

振り返ると、若い女性が立っている。ヤマネより背が高く、ショートヘアはミルクティーみたいな色で、髪と同じ色のマスクをしている。

「森木さん、私も今の電車に乗ってたんです。お元気でしたか？」

誰だっけ、とヤマネは彼女の全体を見た。戸惑っていることに気づいた彼女は、マスクをずらして顔を見せた。

「急に声かけてすみません、わかんなかったですか？　七坂です。講座ではお世話になりました」

笑顔の七坂と立ちつくしているヤマネの周りを駅に出入りする人々が通り過ぎて行く。ヤマネはようやく自分が人の流れをさまたげていると把握して、駅の向かい側の銀行脇へ数歩移動した。

「ああ！　七坂さん！　全然、わからなかったです、あの、髪が……」

「あ、そうですね、講座のあいだは緑色だったから」

七坂は講座のときの画面と同じ親しみの湧く笑顔のまま、マスクを戻した。大きなリュックを背負っていて、仕事かなにかの帰りらしかった。

「お元気ですか？」

「はい、私はめっちゃ元気です。講座、今年度もおもしろい人が集まっていて、展示のときは森木さんに見てもらいたい、できたらトークに出てほしいねって、丘ノ上さんと小滝沢さんと話してたとこで」

「実践講座・身近な場所を表現する／地図と映像を手がかりに」は、四月から新たな受講生が参加して続いている。案内はヤマネももらっていた。

「それはぜひ。今年はどんな作品ができるのか、楽しみです」

「私んち、この近くなんです」

「えっ」

電車が到着するたびに、帰宅する人々が駅からどんどん出てくる。日が沈んだばかりでまだ空は明るいが、涼しい風が吹き始めていた。

「歩いて十分ぐらいかな。普段は、あっちの駅を使ってて、こちら側にはたまにしか来ないんですが」

七坂マチは、自分のうしろ方向を指した。南へ徒歩二十分ほどのところを別の路線が走っている。ヤマネも行き先によってはそちらの駅を使うことがあった。

「七坂さんがご近所だったなんて、意外です」

「そうですよね。オンラインだとどこにいても同じだし、帰り道で、何線ですか？　私もこっちで、みたいなことないですもんね」

ああ、そうだ。三年前までイベントやある程度の人数が集まった帰りにはそんなやりとりがあった、とヤマネは思った。

目の前の七坂は、オンライン講座の画面越しと同じ声と親しみのある笑顔だが、顔の半分がマスクで隠れているところは違う。それはヤマネのほうも同じで、離れている人の顔は見えるけれど近くにいる人の顔は見えないのだと、ヤマネは久しぶりに実感した。

「森木さんがこのあたりに住んでらっしゃるのは知ってたんですよ」

事務的な連絡や書類のやりとりは七坂がやっていたのだった。

「そうでしたか。それこそ、リアルな講座だったら、今度近くでお茶でも、なんてあったかもしれませんね」

「ほんとに。オンラインだと終わってから雑談することもないから、突然ご近所なんですと言うのもなんだか失礼かなって。個人情報だし」

「いやー、今日会えてよかったです。あの、そしたら今度近くでお茶かごはん、いかがですか？」

ヤマネは言ってみた。

「はい、ぜひ！　実は私、もうすぐ引っ越すので」

「えっ、それは残念。せっかく、ご近所さんが見つかったのに」

「そうですよね。よかったら、引っ越す前に遊びに来てください。もう荷造りしかけてて散らかってますけど、バルコニーが広くていい感じの部屋で」

ヤマネの頭に、夜空の下で光っていたあのバルコニーが浮かんだ。

「バルコニーって、もしかして小学校の近くの茶色いマンション……」

「そうです！　わかりますか？」

「いや、うちのベランダからよく見えて」

「やっぱり！　あの黄色っぽい壁のマンションですよね、森木さんち。バルコニーから見えます」

「ほんとに？」

ヤマネは、信じられない気持ちで目の前に立っている七坂を見つめた。講座が終わったあと、遅くまで起きている仲間みたいに思って眺めていたあの部屋に、七坂が住んでいたとは。

七坂は、友人と三人でルームシェアをしており、今度は一軒家に越すのだと話した。そして次の土曜に他の友人たちも呼んでごはん会をするのでその時に来てください、と言ってスマホで連絡先を交換した。


土曜日は、よく晴れて暑くなった。

ヤマネは商店街の洋菓子店で買ったマドレーヌと紅茶を持って、七坂の住む部屋に向かった。ヤマネの家から歩いて五分くらいだった。こんなに近くに、とヤマネは古いマンションを見上げた。

部屋には既に十人が集まっていた。いくつか段ボール箱が積まれたリビングの窓が開け放たれ、広いバルコニーに並んだキャンプ用のテーブルの上は、持ち寄った巻き寿司や焼き鳥やタンドリーチキンやチーズやフルーツサンドやビールや炭酸水やワインでいっぱいだった。

七坂の同居人と友人たちに一通り挨拶をしたあと、ヤマネは缶ビールを持ってバルコニーの柵の前に立った。

住宅街の屋根が並ぶ先に、薄い黄色のマンションが見えた。上から四つめ、左から三つめ、とヤマネはベランダを数えた。今は誰もいないそこに、立ってこちらを見ている自分の姿を思い浮かべた。

7　遠くまで歩く／さらに次の年の秋

西武鉄道拝島線玉川上水駅の改札前には、まだ誰もいなかった。

こんな早い時間に出かけるのは久しぶりだと、森木ヤマネは改札の上にある時計を見て思った。

午前九時四十五分。一般的には早いというほどの時間ではないが、ヤマネにとってはかなりの早起きをしなければならず、遅れてはいけないと構えていたら早すぎたようだ。

連休最終日で、駅に人は少なく、のんびりした空気が漂っている。ヤマネはモノレールの駅まで行って戻り、またしばらく改札の前で立っていると、七坂マチの姿が見えた。三十代半ばの男性と、もう少し年上で眼鏡をかけた男性といっしょである。

「こんにちはー」

七坂とヤマネは手を振り合った。

「畑田耕太さんと、ほりっちさんです」

「どうも」

「えー、初めまして、ではないですけども、初めまして」

水木しげるの漫画に出てきそうな見た目、と丘ノ上が評していたのを、ヤマネは思い出した。

「ああ！　ほりっちさん。どうもどうも。畑田さんも、こんにちは」

挨拶をし合っていると、モノレール駅の連絡通路のほうから小柄な女性と痩身《そうしん》の男性がやってきた。

「よろしくお願いします。辻小巻です」

「湯元真二です。定点観測の」

痩身で背の高い湯元を、ヤマネは見上げた。ヤマネの参加した講座が終わるまで湯元は時間内に参加することができなかったので、顔を見るのは初めてだった。

「定点観測、毎回楽しみにしてました」

「私も！　二年も経つなんて、早いですよねー」

と明るい声を上げたのは青い屋根の家で友人とルームシェアをしていた辻小巻で、画面で見てなんとなくヤマネが思い浮かべていたのとは違ってとても小柄だった。ベージュのパーカに背負ったリュックが大きく見えた。モノレールの途中で湯元と乗り合わせたと話した。

「私もモノレール乗りたかったです」

東京に住み始めて十八年経つが、ヤマネは多摩モノレールにまだ二度しか乗ったことがなかった。今日もモノレール経由のコースも考えたが、ヤマネの最寄り駅からはかなり遠回りになってしまうので断念した。

「モノレールはいいですね、高さがあるから視界が開けて」

湯元は手に握ったままのスマホで、モノレールから風景を撮影していたらしい。

「では、行きましょうか」

七坂が先頭に立ち、六人は歩き出した。

元受講生たちは、展覧会やその後に会う機会があった人同士もいれば、今日が初対面の人もいて、なんとなく講座の時のお互いの作品のことなどを話しながら歩いた。

駅から出ると、空には薄雲が出ていたがおおむね晴れていた。今年は東京でも猛暑というか酷暑というか、信じられないような暑さが長く続いた。十月に急に冷え込んだ日もあったが、ここ数日は十一月に入ったとは思えない高気温になっている。

「東京に住み始めたころは、ここまで暑くなかったんですけどねー」

ヤマネは、空を見上げて言った。天気予報では曇りになっていたし念のためにと上着を持ってきたが、リュックから出すことはなさそうだ。

「ですよねえ。昔遊びに来たときは、関西に比べたら楽勝やんて言うてたんですけど。まあ、関西はさらに灼熱《しゃくねつ》ですが」

線路と団地のあいだの道を行くとほどなく、公園の入り口があった。

「えーと、ここをこっちですかね」

七坂がスマホで地図を確かめながら、遊歩道を進む。

人工の水路があるが水はない。いつまでも暑いので周囲の木々はほとんど緑のままだが、小さなカエデだけが鮮やかに紅葉していた。

「このあたり、初めて来ました」

「ぼくも」

「私は、学生時代にこの近くに住んでた友達がいて」

「こっちのほう、けっこう大学ありますもんね」

遊歩道の先には広いグラウンドがあり、運動をする人たちの声が響いていた。

「あっ、あの建物？」

グラウンドの先に、その建物はあった。

「こんな真ん中にあるんだ」

「離れたところにぽつんとあるのかと」

話しながらも歩いていくと、建物はどんどん近づいてきた。

「わー……」

少し手前で立ち止まり、六人はそれぞれのカメラで写真を撮った。ヤマネと七坂と湯元はスマホ、ほりっちはデジタルミラーレス、辻小巻は中古で買ったというフィルムの一眼レフ。畑田耕太はリモコンみたいな小さな板状のものを握っている。

「三百六十度写せるカメラなんです」

へえー、と互いのカメラを覗いたりしつつ、六人は、公園の中心にある建物の、際立った周囲との違いを意識せずにはいられなかった。

コンクリートの箱形の二階建て。けっして大きくはないその建物の壁には、無数の弾痕《だんこん》があるのが遠くからでもありありと見えた。

手前の柵には「ＮＯ　ＷＡＲ」と書かれた横断幕が掛かっている。

「こんな建物があるなんて、全然知りませんでした」

「ぼくも」

東京育ちの辻と湯元が言った。

旧日立航空機立川工場変電所は、昭和二十年の戦争末期の空襲で受けた機銃掃射や爆弾の跡がそのまま遺されている。水曜と日曜には公開があるということで、この日に訪ねることになった。

昨年の秋に七坂と近所で再会して以来、ヤマネは何度か「実践講座・身近な場所を表現する／地図と映像を手がかりに」のその後の講座にゲストコメンテーターとして参加した。せっかく近所だと判明した七坂は少し離れた街に越したが、丘ノ上や小滝沢といっしょに二度ほど食事をしたり、七坂が関わる美術展を見に行ったりした。そのときに、前から一度行ってみたい場所があるのだが遠いので出不精の自分にはなかなかハードルが高くて、と話したら、全然遠くないじゃないですか、行きましょうよ、受講者にも興味ある人いると思います、と七坂がさくさく計画を進めてくれた。

遠足ですね、と七坂のメールに書いてあったのを読んで、遠足という言葉はいつからあるのだろうかとヤマネは辞書を引いたりインターネットを検索したりして返信を書き、それも楽しい時間だった。

一昨年、講座に参加した前後に思い出した古書店で出会った手紙のことや、講座の中で出た話から関心を持った東京駅近くの煉瓦アーチの高架橋や、写真家の山沢栄子のことなどを考えるうちに、ヤマネは戦前から今につながる街の移り変わりを小説に書こうと思い始めた。資料を調べるうちに、この変電所を実際に訪れたいと思ったのだった。

インターネットで見た画像ではどれも建物と空しか写っていなかったので、周囲からは距《へだ》てられた敷地にぽつんとあるのを想像していた。しかし、今目の前にあるその建物は、公園の真ん中に静かに佇《たたず》んでいる。グラウンドで元気に体を動かす人たちの声がして、豊かに茂った木々の下では休日をゆっくり過ごす若い家族の姿がそこここにある。花壇にはピンクやオレンジのコスモスが咲いていた。公園の周囲には団地の白い建物が並んで、どこまでも穏やかな風景だ。

「こういうの、初めて見ました」

「ちょっと、言葉が出ないですね」

参加者たちは、少しずつ変電所に近づいていった。

一歩近づくごとに、古びたコンクリートの壁に残る無数の穴がはっきりと見えてきた。直径が三、四センチメートルくらいの鋭利にあいた穴もあれば、もっと大きくえぐれてコンクリートが剝がれ落ち、中の錆《さ》びた鉄筋が露出しているところもある。

一階の右側から二階の正面の窓へと続く外階段の壁にも、その下の一階の扉にも、いくつも

いくつも穴が刻まれていた。

その一つ一つがすべて、七十八年前の弾丸や爆弾の跡だった。

入り口の扉は開いていて、中に受付の台と写真や地図が展示されているのが見えた。

「こんにちはー」

参加者たちは、声をかけて中に入った。天井の高い空間に、その声が響いた。

入って正面の壁には、横長の白黒写真が展示されていた。ここにあった軍需工場、日立航空機株式会社立川工場が空襲にあったあとの姿、一九四五年九月の写真である。三角屋根が並ぶ大きな工場の大部分は破壊され、焼け落ちて焦げた骨組みだけになり、屋根や壁が残った棟も大きな穴があいている。

ガイドをつとめる白髪の男性が、これから解説を始めます、一時間ほどかかりますと伝え、その全景写真の前でここにあった工場のことや一九四五年に三度にわたって空襲を受けたことを話した。

それから、当時空襲を体験した人の証言を集めた映像をまず見ましょう、と案内された。参加者たちは、右手の部屋でその映像を見た。ヤマネたちのほかに、学生らしい若い女性たちのグループと、小学生くらいの子供を連れた父親など数人がいた。

暗くした部屋のスクリーンに、映像が流れる。当時工場に勤務していて生き残った人たちや近くで目撃した人が、そのときの様子を語る。その言葉は、今、目の前で爆撃を受けているかのように鮮明だった。

二月十七日の空襲のときは防空壕《ぼうくうごう》に入れなかったことで生き延び、四月二十四日のさらに大規模な空襲を経験した女性が二人、証言していた。Ｂ29が編隊で来るでしょう、爆弾を落とすときはわかるの、ざざざざざーって音がするのね、怖かったね、あの音、まだ耳に覚えてる。

ヤマネは、自分の耳にもその音が聞こえたように思って心底恐ろしく、そのあとも想像したその音がずっと頭の中から消えなかった。

それから、左側の部屋に展示された写真や資料を見ながら、ガイドの男性が詳細に、わかりやすく解説をしていった。

立川周辺にはいくつも飛行機やそのエンジンなどを製造する軍需工場があったこと、勤務する人たちやその家族は工場の敷地や周辺の住宅に住んでいたこと、女学校の生徒たちが勤労動員で働いていたこと。

三回の空襲で亡くなった人たちの名前が、空襲の日付けごとに書かれた表が掲示されていた。規模が大きかった二度目は死者は五名だが、二月の最初の空襲のほうが七十八名もの死者を出していた。

最初の空襲の死傷者が最も多いのは、防空壕が工場の敷地内にあり、そこへ逃げるようにと指導されていたためだった。防空壕へ入った人たちが亡くなり入れなかった人が生き延びた、というのは、先ほど見た映像で女性がそのときの様子を生々しく話していた。

生徒が動員された学校の名前も並んでいた。ヤマネは八年前に新宿区の公営団地を舞台にした小説を書いた際、戦前からその近くに住んでいるという女性に取材をさせてもらった。取材のときには八十四歳だったその女性は、女学校から立川の工場に勤労動員で行ったと話した。途中で電車が止まってしまって、荻窪《おぎくぼ》や中野から四谷《よつや》まで歩いて帰ってきたことが何度もあった、と言っていた。この表の学校の名前と人数の中に、あの人もいるのだろうか。別の工場だっただろうか。空襲で電車が止まったとは言っていたが、直接空襲に遭った話は聞かなかった。その日は別の場所にいて空襲に遭わなかったのか、それとも、さっきの映像の女性たちが話していた光景を見たけれど話さなかったのだろうか。あのときもっと詳しく聞いていればよかった。八十四歳だが姿勢がよく若々しかった女性の姿と、目の前の白黒写真に写る工場で働く若い女性の姿を重ね合わせながら、ヤマネは解説を聞いていた。

爆撃のあとに空から撮られた写真には、爆弾が落ちた跡が写っていた。工場から少し離れた畑に、穴が黒い影になっている。爆撃した飛行機から撮影された写真もあった。線路でだいたいの場所がわかる。線路の北側と南側、いくつかの場所から白い煙が上がっていた。

ガイドをつとめる男性の話は、大きく引き伸ばされた写真に写る建物の位置関係や軍需工場がいくつもあった経緯を解説し、ときどき参加者たちに質問して現在の場所とつなげながら続いた。

湯元と辻が乗ってきたモノレールの駅名にある「立飛《たちひ》」は、立川飛行機に由来するそうだ。今はスポーツ施設やショッピングモールがあって、たくさんの人が降りていった、とあとから二人は話した。

一度外に出て、一階右側にある外階段周りの壁の見学に移った。

階段部分の外側のコンクリートは広く剝がれ落ちていた。建物の壁には様々な大きさに穴があき、ひびが走っている。大きな穴は深くえぐれて、貫通しているところもあった。

再び建物の中に戻り、右手の蓄電池室に入った。貫通していた穴を裏側から見る。暗い部屋の壁に、貫通した弾痕から外の光が見えた。貫通したところとしなかったところでは何が違うのか、鉄筋があるところだったからか、銃弾が直接当たったのか、爆撃の破片が跳ね返ってきたのか、などガイドの人がいくつかの推測を解説した。

建物の外壁は、正面には無数の弾痕があるが、裏手になる北側の壁の弾痕は数か所だけだった。他の工場やこの工場敷地の建物の位置関係から、爆撃機や戦闘機がこの方角からきてこっちの方角へ進んだ、別の場所を爆撃した帰りにこの建物も攻撃したのでは、と実際に残る跡と資料から当時の状況が分析されていた。

ガイドの人が示す資料のファイルには、戦争中に隣組で回覧された爆弾の種類と被害予想の一覧表があり、犠牲になった人たちの名前と状況が当時の病院の資料からまとめられたものもあった。一人一人記された名前と年齢を、解説を聞きながらヤマネは見つめた。名前。確かにここで生きていた、その人の名前。子供の名前。

二階には、変電所として使われていた当時の機械や施設がほとんど残されていた。メーターのついた機械がずらりと並んで電線でつながり、職員のロッカーや宿直室もあった。一九九三年まで変電所として使われていたという。

「私が生まれた年だ」

と七坂が言った。

「ぼくも同じ年です」

湯元が言った。

その年の記憶が鮮明にあるヤマネは思わず「つい最近」、ほりっちは「ちょっと前の前ぐらい」と言った。

つい最近。三十年前。戦争が終わって四十八年後。長い間、弾痕だらけのこの建物は変電所として稼働し続けていて、ここで働く人がいた。

錆《さ》びた窓枠に入れ替えられたガラス越しに、木々に囲まれた公園が見えた。

学生らしき女性たちは、ガイドの人の解説を熱心に聞き、メモを取っていた。ヤマネたちはそのあと、資料として展示されている米軍の飛行機から撮影された爆撃後の写真は、ガイドをつとめる人がアメリカの公文書館まで探しに行って見つけたものだという、その経緯などを聞いた。

変電所の西側には、広島から被爆アオギリの二世が移植されていて、大きく葉を広げていた。ヤマネは十五年前に訪れた広島で見たアオギリを思い出そうとしたが、ぼんやりとしか像を結ばなかった。

辻小巻は、地図や地理的なことに興味があるのが高じて、今年の初めから小滝沢の紹介でウェブサイトに記事を書いている。そこで関東に残る戦争の跡について訪問記を書きたいと考えており、これまでにもいくつか見に行ったり調べたりしていると、公園から近くのショッピングセンターへ歩きながら話した。

広いショッピングセンターをぐるっと回ってようやくフードコートに辿《たど》り着き、一行はそこで昼食をとった。めいめいにカウンターに注文しに行き、ハンバーガーやラーメンやうどんを食べた。

連休最終日のフードコートは家族や中高生のグループで賑わっていた。ついさっき見た銃弾や砲撃の生々しい跡と空襲を体験した人の話とガイドの人の解説と、自分たちが今座って食べている場所とがあまりに別の世界のようで、しかし同じ場所のつながった時間であることをこれ以上なく感じてもいて、六人は落ち着かないまま、変電所で見たものの話をした。

大きなガラス越しに、道路を挟んだ別のショッピングセンターが見え、行き交う人々が見え、ヤマネは何度か、自分が今どこにいるのかわからなくなりそうになった。

フードコートを出て、各々のスマホで地図アプリを見ながら、あっちじゃないか、こっちじゃないかと協議しつつ、線路の南側に行くには駅まで戻るしかないことがわかり、再び公園を横切った。

少し離れたところから見る変電所は、ヤマネたちが三時間前に初めて見たときと何も変わらず、七十八年前に起きたことをそこに留《とど》めたまま、同じ場所にあった。

いったん駅舎に上って向こう側へ階段を下りると、左手に線路と並行して並木が続いていた。二列の並木のあいだに小さな橋の欄干《らんかん》があり、その下を流れるのが玉川上水である。

「どっち側行きます？　向こう側のほうが歩きやすそうかな？」

スマホに表示した地図と見比べつつ、手前側は自転車駐車場になっていたので、橋を渡って南側を歩くことにした。

「へー、これが玉川上水」

欄干から覗くと、三、四メートルほど下を水が浅く流れている。石とコンクリートで固められた両岸の幅も三メートルくらいと狭く、茂った木々の枝葉の影になって薄暗い。

「もうちょっと大きい川を想像してました」

「水も少ないよね」

「玉川上水といえば、太宰治が入水した川でしょう」

「それはもっと下流のほうじゃない？」

写真を撮ったり川面を眺めたりしつつ、六人ともそれほど知識のない玉川上水のことをあれこれ言った。

「昔は水量があったらしいですよ。うちの祖母が子供の時に近くに住んでて、あ、小金井のほうなんですけど、ごうごう音がして夜は怖かったって聞いたことあります」

と言ったのは辻小巻だった。

「人工的に掘った水路なんだよねえ」

「まっすぐですもんね」

六人は、玉川上水沿いの小道を東に向かって歩き始めた。

インターネットで画像検索したり案内書を読んだりしてヤマネが想像していたのは、川も両側の並木道も広くて整備されている風景だった。

「なんていうか、まあまあワイルドですね」

七坂の言葉にヤマネは頷いた。

「東京って、けっこう自然多いですねえ。大阪が緑少な過ぎるんかもしれへんけど」

ほりっちは素直に驚きの声をあげ、木々や周囲の住宅を見回していた。

なるべく水際を歩きたかったので住宅とのあいだの道ではなく、木々の下を歩いたが、舗装されていない道は狭く、斜めに伸びた枝や盛り上がった根っこが右に左にあり、六人は注意しながら進んだ。

「相当歴史のある水路ですからね。こんなにきれいな形でずっと使い続けられてるのは感動します」

道路や土地の整備に関わる仕事をする畑田は、まっすぐ流れる水と整備された護岸を見つめて言った。

「江戸時代ですよね」

「江戸時代のいつ？」

「えーっと、一六五三年……」

七坂が手元のスマホで検索して、答えた。

「江戸の最初のほうじゃないですか。わー、すごい昔」

「一六五三年て？　将軍誰？」

今度はほりっちが手元のスマホを操作した。歩きにくい道をほぼ一列になって進んでいて、ほりっちのうしろを歩くヤマネはほりっちが枝にぶつかったりつまずいたりしそうでひやひやした。「歩きスマホ」はこういう道でも危ないのだな、と思って、ちょっと立ち止まりましょうか、と声をかけた。

「徳川……、家綱。四代目、家光と綱吉の間の人かー」

「とにかく昔ですね」

「もっと西から掘ったんですよね」

「羽村だって」

「そうそう、最初は水が土に染み込んでうまくいかなかったらしくて」

ヤマネは、少し前に案内本で読んだことを話した。

「関東ローム層、水染みそう」

「地図で周辺を見てたら関連の史跡に『かなしい坂』ってあって、なにかと思ったら、水が染みこんで工事が失敗したときに担当の人が処刑されて、そのときに『かなしい』って言ったというのが由来だって……」

「えっ、めちゃくちゃかなしいじゃないですか」

「つらすぎます」

「処刑なんかしたら工事はもっと進まなくなるのに」

「多摩から江戸の真ん中まで水を運ぶ路《みち》を作るなんて、現代でも大変な工事になりそうですよね」

「どれくらいの人で、何年ぐらいかかって掘ったのかなあ」

一行は再び歩き出した。空は晴れ間が広がって日が差し、木漏れ日が美しかった。

金網フェンスの向こう側にある木々は枝葉がのびのびと茂っていて、水の流れはあまり見えなかった。しばらく行くと木の下の小道が住宅との境の歩道と合流し、金網フェンスが金属製の柵に変わった。その向こうは、水流に向かって坂道が作られて水門らしき施設があり、機械の音が聞こえてきた。

「なんだろう」

「東京都水道局、小平監視所、だって」

「今は上水道として使われているのはここまでみたい」

何人かがスマホで検索して話し、何人かはそれぞれのカメラで写真を撮った。

「多摩川の水が見られるのはここまで……。玉川上水のたまがわと奥多摩と同じ字のたまがわと、なんで漢字が二種類あるのかな」

「二子玉川も丸いほうの玉ですよね」

「下が石になってる多磨もあるよ」

「漢字が違うけど同じ読みで近くにある地名、けっこうある。墨田区と隅田川」

「鴨川と賀茂川」

「ほんとだ」

「当て字とか縁起なんかで書き換わっていくんですかね」

道はしばらく、玉川上水と西武線の線路のあいだを進む。

小平監視所の施設がある区間には木がないので、午後の傾いた日差しが眩《まぶ》しい。季節外れの暖かさで、歩いていると汗が滲《にじ》むくらいだった。

「ほりっちさんは、お仕事で来られたんですか？　まさかこの遠足のためにわざわざ大阪から？」

地図を頭に入れて先頭を行く七坂が、隣を歩くほりっちに尋ねた。

「家族で遊びに来たんですよ。奥さんと子供たちは、奥さんのおねえさんの家族といっしょにテーマパークに行ってて。ぼくは大阪弁で言うところの〝いらち〟というやつで、並ぶのがめちゃめちゃ苦手なんで、今日はこちらに。昨日とおとといはそのおねえさんの千葉の家でバーベキューしたり公園にいったり。このあとぼくはちょっと早めに離脱させてもろて、東京駅で家族と合流します」

「ほりっちさん、並ぶの苦手なんですか」

「ぼけーっとした顔やのにってよう言われます」

「いやいや、そんなことは」

ほりっちのうしろを歩いていたヤマネは、慌てて否定した。

「丘ノ上さんにもよう言われましたよ」

「丘ノ上監督には、今回は会わないんですか？」

「来週から新作の撮影でそれどころやないみたいです」

「そうなんですよ、この会のことも連絡したらすごい行きたそうにされてました。ほりっちさんは、入江さんともお知り合いなんでしたっけ」

「入江くんは、だいぶまえに丘ノ上さんの映画の撮影でちらっと会ったことあるぐらいでしたね。でも、この講座のご縁で、今年の夏に入江くんの宿に家族で泊まりに行きました」

「へえー、いいですねえ。ぼくも行ってみたいなあ」

畑田が言った。周りを見回しながら歩く六人は、前になったり後になったり、誰かの話を聞いたり、近くの誰かと話したりした。

「いいところでしたよ。ほんまに海がすぐ近くで。あの猿が出たっていう道にも連れてってもらいました。猿には会えなかったですけど。今年になってやっとお客さんが回復してきて宿らしくなったって言うてました。講座のあったころがいちばん大変やったみたいで」

「そうですよね。全然旅行とかできなかったですもんね」

「講座のときにもちらっとは言うてたけど、詳しい話する時間はなかったからねえ」

「実はぼく、あの時期、失業しかけてたんですよ」

そう言ったのは、湯元だった。

「ええっ、そうだったんですか？　仕事お忙しそうなのに、定点観測続けられててすごいなあって思ってたんですが」

「忙しいのは忙しかったんです。勤め先、お店やイベントを紹介するウェブサイトとイベントスペースを運営してる会社だったんです。記事を書くほうを希望して入社したんですけど、コロナ禍の直前にイベントスペースの部署になって」

川の両岸は再び木々が茂った場所になった。木の奥に川のほうへ下りる階段が見えたが、かなり狭そうで六人で歩いていくのは難しそうに思えたので、木々の外側の、住宅街との境の道を進んだ。

その道も舗装はされていなくて、赤茶色の土だった。日差しで乾いた土が、歩くたびに舞い上がった。

「緊急事態宣言が出た直後はイベントが軒並み中止で自宅待機になったんですけど、夏ぐらいから会場で配信をやるようになったんですね。無観客だったし数もそんなに多くなくて、仕事の先行きとしては不安ではあったんですが、時間に余裕ができたんで自分もいろんな配信見たりしてて、それで講座も見つけて応募して。

それが翌年の春ぐらいから本格的に配信イベントに特化する方針になって、設備を入れ替えたり観客を入れるための対策したり、ともかく次々状況が変わっていくし、慣れないことばかりだしで、講座には全然出席できず……。

しかも配信が軌道に乗ったと思ったら別のイベント企画会社と合併だか買収だかって話が出て、そうしたらもっと全然違う仕事や部門になりそうだったんで辞めることになるかも、と」

湯元は淡々と話し、隣を歩く畑田が聞いた。

「そんな事情だったとは想像してなかったです。あの時期にけっこう遅くまで残業になるのってなんの仕事かな、とは思ってたんだけど。

大変な中で毎日きっちりあの画像を撮影してたんですか」

「ああ、むしろあの撮影を続けられてよかったというか。事情に翻弄《ほんろう》されてとにかく目の前のことに対応して、でもこの状況で転職活動しないといけないのかもって混乱してるときに、毎日着実にできることがあって、それで保ててた感じです。皆さんも、なんかめっちゃ褒めてくれてたし」

「すごく楽しみにしてました。普段見ている風景から人間の目では見られない映像が作られて」

ヤマネは、刻々と光の角度が移り変わる住宅街の風景を思い出しながら言った。

「３０２教室」の書き込みもいつも盛り上がってましたよね、と七坂が言い、ほかの人も同意した。

上水の南側は、断続的に畑が広がっていた。このあたりは畑や田んぼだった時代の細長い区画がそのまま残っているのが地図を見るとよくわかるが、その南北に長い敷地の畑が、家の並ぶ区画のあいだに現れ、すっと見通しがよくなる。

秋の収穫が終わった時期だからなのか、なにも植えられていない土の部分が多かった。そのところどころに大きな葉が整然と並ぶ。

「ぼくなんかは、のんきにしてたほうなんでしょうねえ」

畑のほうを眩しそうに見ながら、ほりっちが話した。

「それはまあ、仕事も先行き不透明やったし子供のことやら家のことやらでもやらなあかんことが増えたりはしたけど、差し迫って生活に影響あるようなことはなかったかなあ。子供が遊びに行かれへんかったり楽しみにしてた行事がなくなってえらい泣いて困ったのが、いちばん困ったことやったかもしれないです。

あ、去年のはじめに家族全員感染して、そのときは大変は大変でした。でも、入院するようなことも後遺症も幸いなかったですし」

ほりっちの話を聞いて歩きつつ、それぞれが去年や一昨年やもっと前のことを断片的に思い出したり、思い出そうとしたりしていた。

「あれって、なんの葉っぱですか」

湯元が畑のほうを指して言った。

ビニールハウスの横の一角に、一メートルほどにすっと伸びた茎に長いうちわのような葉が広がる植物が並んでいた。

「あの、カエルが傘にする感じの」

「里芋じゃない？」

七坂が言った。

「えっ、里芋の全体ってあんなに大きいんですか？　芋部分は小さいのに」

驚いた顔で湯元が立ち止まった。

「野菜を育てるのって時間も手間も想像よりかかりますよね、前に取材したことあって——

「外出ができない期間にベランダでちょっと育てようとしたんですけど、葉っぱが虫に食べられちゃって虫を育ててるみたいだね、って」

と話したのは青い屋根の家で友人と三人で住んでいた辻だった。

「それだけ時間も手間もかかるのに、食べるのは一瞬ですよね」

「毎日食べてる野菜でも、考えてみたらどのくらいかかってどんなふうに作るのか、よう知らんのですもんね」

「ぼく、里芋は好きで、葉っぱの形もなんとなくは知ってたんですが、あんなに大きいとは思わなかったです」

また別の畑にも並ぶ里芋の立派な葉を遠目に見つつ、湯元が言った。

見通しのいい畑の向こうから射してくる日光はじりじりするほど暑く感じるが、低い角度はこの季節らしさがあった。犬を連れた人がときどき、歩いて来た。

東に進むにつれて玉川上水の両岸の木々は、数も増え、一本一本も大きくなってきた。

「うっそうとしてますね。すごいなあ」

木の幹はごつごつと出っ張っていたり、枝もねじれながら伸びたり、人工的に整えられていない感じの茂り方だった。

「川のほうまで、生えてますよね」

小平監視所までは両岸はコンクリートや石で固められていたが、このあたりは土がむき出しになっている。歩道からはよく見えないが、その断面や下のほうからも細い枝や植物の葉が伸びているようだ。

水の音が、小さく絶え間なく聞こえてくる。

「江戸時代に掘った当時のままなのかなあ」

「改修工事とかはしてるんじゃない？」

「どこまで続いてるんでしたっけ。新宿かな」

「四谷のほうだよね？」

「あんなに遠くまで？」

「今でも四谷まで流れてるんですか？　暗渠《あんきょ》になってるのかな」

「笹塚らへんの緑道ってそうじゃなかったですか？」

「緑道は歩いたことあるけど、水流れてたっけ」

「四百年も前に掘ったのがそのまま残ってるのすごい」

道の先に、高い塔が見える。真っ白で四角い。

「あれ、なんですかね」

「給水塔じゃない？」

「真四角の柱形の給水塔、初めて見ました」

「未来的な形。かっこいい」

「団地がある」

給水塔の南側には、五階建ての団地の棟が並んでいる。晴れてきた空に、白い建物と給水塔の白さが眩しかった。

「辻さんは、今もあの家に住んでるんですか？」

　畑田が聞いた。

「あ、今年の春に引っ越したんですよ」

「え、そうなんだ。素敵なおうちでいいなあと思ってたのに」

「私もそのまま住んでたかったんですけど、あの作品の中でRって書いてた同居人が台湾の人で、台湾に戻ることになって」

「確か、レストランで働いてるって」

「そうです。あの時期営業時間だとか提供できるものがどんどん変わって、彼女もすごく苦労してて。住宅街とか大きい駅の近くじゃなくて休日に遊びにくる人が多い場所にあったから、周りのお店が次々閉店していくのも不安って言ってましたね。世の中の状態がやっと落ち着いてきたと思ったら、この場所でお店を継続するのは難しいという判断でオーナーの地元の信州に移転することになったんです」

「閉めちゃったお店、ありますよね……」

　ヤマネは、講座に参加していた時期には、近所やよく行く飲食店が営業を続けてくれていてほっとしていたのを思い出した。あとになって閉店を知って、自分が状況の厳しさをわかっていなかったと気づいたことも。

　辻は、元同居人の話を続けた。

「ルースは、あ、Rさんの名前です。台湾では、学校で英語を習う時に英語の名前をつけられてそれをそのあともずっと使うらしいです。自分で変更もできるみたい」

「ぼくのお客さんで難波で店舗借りた人にそれ聞きました。その人は先生がつけたのはいやで、自分でチャーリーにしたって。好きなミュージシャンにあやかったって言うてはったけど、誰やったかな。あ、脱線してすいません」

「いえいえ。ルースは、おばあちゃんが日本の人でこっちにも親戚がいるし、いつかは東京で飲食店やりたい気持ちは今でもあるみたいなんですけど、お父さんの体調がよくないこともあって一回台湾に戻ることにして。台北のレストランで働きながら経営の勉強してるみたいです」

「そうだったんですか」

「あの家は？」

「もう一人の同居人のFさん、ふみえちゃんと二人で住むのも考えたんですが、家主さんから売りたいって話があって。私たちが出たあとに一角が取り壊されて、アパートが建ちました。ふみえちゃんは同じ町内のマンションに住んでます。私は職場に近いところに引っ越して。ふみえちゃんと、もしくはまた誰かと同居も考えたんですけど、ルームシェアOKの物件ってなかなかないんですよねえ」

辻の前を歩いていた七坂が、振り返って言った。

「わかります！　私も友達と住んでて、部屋探し、超苦労します。そうかー。辻さん、ルームシェア仲間だなって密かに思ってたのでちょっとさびしい」

「あ、橋がある」

木々が森のようになった道に、橋が現れた。人がすれ違うのがやっとの幅の、小さな橋だった。

六人は橋の上に立った。

「うわあ、茂ってますねえ。ジャングル感ある」

「ジャングルは言い過ぎじゃないですか？　でも、めっちゃ自然ですねえ」

「自然、すごい」

六人は感嘆の声をあげながら、それぞれのカメラを川に向けた。

水流の両側に木々や植物が伸び、岸はほとんど見えない。枝葉が重なり合った先に、もっと高い木が立っている。丸い葉、細長い葉、ハート型の葉の様々な色合いの緑の中に、ところどころ黄色くなった葉が午後の日差しで映えている。

浅い水の流れにはさざ波が立って、表面は常に形を変えながら光っていた。

「さっきのとこより、だいぶ深いですね」

欄干から下を覗き込んで、湯元が言った。

「短い距離なのに変化に富んでるなあ」

「蚊がいっぱいおる」

ほりっちは手で顔の周りを払った。

「十一月なのに」

「温暖化進みすぎですね」

「今は地球沸騰化、って言うらしいですよ」

「確かに、それくらいの言葉じゃないと追いつかないね」

六人は再び元の道を歩き始めた。

向かいから柴犬を連れた男性が歩いてきて、犬が七坂や湯元に尻尾を振ってじゃれついてきた。かわいい、いい子ですねえ、と何人かが撫で、それからまた歩いた。

畑田が、心なし遠慮気味に言った。

「あのー、ぼくが作品に書いたラーメン屋さん、なくなっちゃったんですよ」

「えー、なぜかずっとあるお店のあのラーメン屋さん?」

「そうなんです。正確に言うと、お店の建物も看板もそのままなんですけど、名前も経営者も変わって別のラーメン屋さんに」

「そうかー。食べに行ってみたかったなあ。とか言うて、結局行かへんのですけどね、こういうのはだいたい」

ほりっちが言うと、うしろを歩く湯元が声を上げた。

「ぼく、行きました。展示のときに場所がわかったので、そのあと実は一人で行ってみたんです。去年の五月かな」

「どうやった?　おいしかった?」

「えー、普通、でした。ラーメン、って感じです」

「それ、正解！」

　畑田が笑って返すと、皆も笑った。

「普通のラーメン、って感じが最高だったんですけどね。可もなく不可もなく、安心感があるっていうか」

　しみじみと畑田は話し、四人は畑田の作品の写真に写っていたラーメン店の外観を思い出そうとしたが記憶はおぼろげで、代わりに文章から想像したそれぞれのラーメン店を思い浮かべた。湯元だけは実際に訪れたときの、ラーメン店の看板を見つけた瞬間の小さな感動や昼過ぎの店内のちょっと緩んだ空気やラーメンの普通さを思い出した。

「森木さん、このあいだエッセイに一九二〇、三〇年代のアメリカのブルースについて書かれてましたよね」

　畑田が尋ねた。

「あ、読んでくださってありがとうございます。『アメリカン・エピック』っていうアメリカのルーツミュージックをたどるドキュメンタリー映画を観たんです。当時、レコード会社の人がアメリカの各地を回って、その土地で評判の人や募集を見てやってきた人たちの演奏を録音して、それがその後のアメリカの音楽に影響を与えたっていう」

「へー、そんなことやってたんですねえ。そんな昔にレコードの録音が地方に出張してできたんやろか？」

周囲の木々を見回しながら、ほりっちが言った。

木々の高いところからは鳥の声が響いていたが、姿は見えない。

「倉庫やビルの空き部屋を改装してスタジオにしたみたいでした。演奏してた人の子供やお孫さんがその人の記憶を語ったり、当時住んでた場所を訪ねたりして、歴史のドキュメンタリーとしてもすごくおもしろくて。映画は四本に分かれてて、最後の一編は現代のミュージシャンたちが当時の音楽を再現して演奏するらしいんですけど、それは時間が合わなくて観に行けないままで」

「私たちの講座も、一本の映画につないだらそんな壮大な感じになるのかも」

ときどき川のほうを覗きながら、七坂が言った。

「丘ノ上さんに企画してもらいましょうか」

「ほんとほんと」

「レコードを集めてて知り合った人が、その映画絶賛してたんですけど、仕事が忙しい時期で見逃してしまって」

「畑田さん、昔の音楽に興味があるって話されてましたね。おじいさんが聴かれてた音楽をたどったりして」

「あれから二年のあいだにかなりレコードが増えました。最近は、ＳＰ盤に心惹かれてて、蓄音機を買おうか悩み中で」

「蓄音機！　えらいレトロな」

「だいぶ前に、蓄音機でレコードを聴く会に行ったことあるんですけど、音がものすごくよくて、というより、今ここで演奏されてるみたいに聞こえてびっくりして」

「そうなんです！」

畑田の声には力がこもっていた。

「ほんとに不思議ですよね。なんであんなに生々しい豊かな音が何十年も経ってるのに今ここで聴けるんだろうって」

「そうなんですか？　蓄音機でなんて聴いたことない」

「私も」

「今でも再生できるもんなんですねえ」

前になったり後になったりしながら、六人は歩いて、話した。

「何十年も前に歌った声や演奏した音が、それも地球の裏側みたいなところで生み出された音が、今、ここでまた鳴るって、考えてみたらすごいことですよねえ」

「レコード、って記録って意味ですもんね」

「どういう仕組みなんでしたっけ」

「発明したのはエジソン？」

「たぶん」

「そのときに録音してたから、今聴けるってことですよねえ。録音されてない素晴らしい音楽も、たくさんあったんでしょうね」

「録音されなかったほうがむしろ多いんじゃないかな」

風はほとんどなく、彼らの話し声と水の音と鳥の声以外はとても静かだった。

「そのドキュメンタリー映画の最後のほうで」

道に張り出した木の根に気をつけつつ、ヤマネは話した。

「レコードの原盤が戦争のときに金属供出させられてしまったと解説されてて。レコードから兵器が作られてしまったって」

話すヤマネも、それを聞く五人も、少し前にいた元変電所の光景を思い浮かべていた。

「そうなのかー……」

ほりっちがつぶやいた。

「日本で家庭の細々したものまで供出しないといけなかった話は知ってますが、アメリカでもそんなだったんですね」

「生活を壊して戦争するの、おかしいですよね」

「映画を見終わって帰り道に」

ヤマネは、ゆっくりと話した。

「私たちがやらないといけないのは、兵器を溶かしてレコードを作ることだ、って思いました」

「そうですね……」

「ほんとうに」

木々の下の静かな道を歩きながら、彼らの頭に浮かぶのは、少し前に見た元変電所の銃痕であり、先月イスラエルで起こったテロとそこから続くガザ地区への攻撃のあまりにも凄惨《せいさん》な光景であり、それが手元のスマートフォンを開けばどんどん見られてしまうのに攻撃が続くことをまだ止められていないことであり、それぞれがこれまでに生きてきた中で知った戦争の写真や映像や証言だった。

「レコードは音楽を響かせるものであってほしいし、いつまでも響いて、誰かがいつか演奏したり歌ったりした歌を、今も、この先も歌えるように、って思います」

七坂が言って、皆頷いた。

「ぼくが最近好きな歌は」

畑田がうしろを歩く七坂を振り返って話した。

「祖父が好きだった歌で、あれなんの歌だろうって長いこと思ってた歌なんですけど、『私の青空』っていう」

「あ、エノケンや。居酒屋でバイトしてたときにお客さんに教えてもろた」

「高田渡も歌ってますよね」

「いろんな人が歌ってる」

誰ともなく、それぞれがうろ覚えのその歌の断片をつなぎつつ歌った。

「狭いながらも楽しい我が家、っていうところがいいんですけど」

軽く体を揺らしながら、畑田が言った。

「元はアメリカでヒットした『マイ・ブルー・ヘブン』て歌で、我が家に帰ろうって歌詞はだいたい同じなんですけど、アメリカだと家は広そうですよね。狭いながらも、と日本の家っぽい歌詞にしたからそうやって歌い継がれてきたんでしょうね」

「ローカライズっていうやつだ」

「その歌も、レコードになって海を渡ってきたのかなあ」

遊歩道の先に、川と交差する道路が見えてきた。自動車が連なって走っていき、時間が止まったような木立から急に普段の世界に戻った。

「あ、ぼくはここで一足先に失礼します。確かこの道を北に行くと駅があるので」

水色の橋の欄干を背に、ほりっちが両手を振った。

「お気をつけてー」

「お話しできてよかったです」

「大阪に来られるときは、ぜひご連絡くださーい。高級なところ以外で、ちょっとぐらいはご案内しますー」

「ほんとに遊びに行きますよー」

「また、お会いしましょう」

遠ざかっていくほりっちの背中を見ながら、ヤマネの頭に「また、お会いしましょう」という言葉が反響した。

いつも、またすぐに会えると思って、私たちは手を振る。でも、その「また」「すぐ」がとても遠くなるかもしれないことが、この数年で身にしみてもいる。

「今度は大阪で遠足したいですね」

辻が言った。

信号が青になって、ぞろぞろと横断歩道を渡る。傍らにあった自動販売機で、何人かが飲み物を買った。うっかりするとまだ熱中症になりそうな陽気だった。

「大阪、ぼく行ったことないんです」

水のペットボトルを開けて、湯元が言う。

「来年ぐらいに行けたらいいですねえ」

五人は、川の南側の道を歩き始めた。

「川幅も道幅も広くなってますね」

ここまで歩いて来た道と違って、川沿いの木が茂っているところと歩道が丸太をかたどった柵で区切られて整備され、さらにその外側が車が通る道路になっていた。

「木も大きい」

ヤマネが見上げると、あとの四人も木々の梢《こずえ》を眩しそうに見た。

「七坂さんは、講座でやってたみたいなの、作らないんですか？」

最後尾を歩く辻が聞いた。

「あー、それは今年の講座でも丘ノ上さんから言われたんですけどね。私は、皆さんが作るのをサポートするほうが好きで」

「七坂さんからのコメント、いつも励まされてました」

「ぼくもです」

畑田と湯元が言った。

「そうか。受講者の皆さんとは七坂さんはずっとやりとりされてたんですね。私は一部分に参加してただけだから」

ヤマネは講座の画面を思い出しつつ、言った。あのとき、画面の中で見ていた人たちと同じ場所を並んで歩いているのはまだ少し慣れない。

「私も最後の展示のとき、アドバイスしてもらって助かりました」

「うんうん」

「急にそんなに褒めないでくださいよ」

七坂は照れくさそうに笑った。

「でも、七坂さんの作品もなにか見てみたいですね。言われてみれば、丘ノ上さんも小滝沢さんも作品ごとにいろいろお話しされてたけど、七坂さんがいちばん謎めいてるので」

ヤマネは言った。

「いえいえ、そんな謎なんてないですから。普通に、スタッフとして皆さんの作品を楽しく見させてもらってただけで」

七坂は、市民センターのいくつかの講座のスタッフをしているほか、展覧会やイベントのマネジメントや事務をしているのだと話した。三年間休止していたイベントが今年は開催されたり新しい企画が続いたりして春頃から忙しくなって、という話を四人はあれこれ質問したりしつつ聞いた。

「森木さんがゲストで参加されてた時期のことを、ここに来るまでのあいだに思い出してたんですけど」

遊歩道に積もった落ち葉が、それぞれの足の下で乾いた音をたてていた。

「私、すごく怖かったなーと思って」

「怖いって？」

「あのくらいって、確か夏ぐらいからデルタ株が広がって、感染力も症状もそれまでより大変だとニュースですごく言っていて。仕事で知ってる人がホテル療養になったんですけど症状もつらいし差し入れも難しいみたいなことを聞いて、気管支炎のある自分はどうなるんだろう、高校に勤務してる同居人に迷惑かけちゃうんじゃないかとか、悪い方向ばっかり浮かんできちゃって。ほとんど家から出なくなってたし」

「意外、というか、そんな感じとは全然想像してなかったです。七坂さんは、いつも元気そうだなって」

畑田が言い、辻と湯元も頷《うなず》いた。

「いやー、不安なのに仕事はけっこう忙しくて週に一回は事務仕事で市民センターに行くのに電車に乗りたくなかったり別の仕事で海外とやりとりする翻訳に追われてたりしてて、疲れてるのが顔に出てないといいなーって思ってました」

「そうでしたか」

ヤマネも、他の参加者たちと同じく、七坂が講座をてきぱきと進行していく快活さばかり印象に残っていた。

「そうだったんです。でも、自分自身もそのときのその感覚って、今、久しぶりに思い出したというか、忘れてたっていうか。今から振り返ってみたら、なにがなんでそんなに怖かったのかって思っちゃうんですけど。つい二年前のことなのに、すごく遠い感じがして」

「そういえばぼくは、最初の緊急事態宣言が出るか出ないかのころは電車に乗ったり買い物に行ったりするのが怖かったです。出勤しないといけなくて、でもそれを学生時代の友人たちとのメッセージのやりとりで言ったら、気にしすぎだよって言われて、それからなんとなく人に言いづらくなって……。講座の時期は、それより仕事がどうなるかが差し迫ってたからまた違う不安でしたけど」

「あー、ぼくはその、気にしすぎだよって言っちゃった側かもしれないです。人によって生活環境も仕事も感じ方も違うのがわかってきて、ちょっとずつ相手の気持ちを聞きながら話すようになりましたが」

「そうですねえ。会いたい人にも、連絡していいのかどうか悩んだりしました」

記憶をたぐって話しながら、それぞれが当時の感覚と今の距離をうまく測れないまま、木立の道を歩き続けた。

「講座自体は楽しかったです。毎回遠くの場所やいろんな人のお話が聞けることで狭い部屋の中から気持ちを広げることができてたな、って思います」

七坂が他の参加者たちを振り返って、言った。

「そうですね。ある場所のことを映像や地図にするという課題でしたけど、その場所にまつわる昔の記憶だったり、関係ある人の話になっていったり。出かけられない時期だったからっていうのもあるけど、みなさんの作品に出てきた場所とか、それで思い出した場所とか、どこかに行きたいなーと毎回思ってました」

畑田は歩きながらパーカを脱いでリュックに入れた。緑色のTシャツの背中には、山脈がデザインされていた。

「もっとお話聞きたいなっていう作品も多かったですよね。川端あしほさんの謎の親戚のおじさんとか」

「あ、トシオさん！　昭和の映画に出てきそうな人ね」

「川端さんは、来年の春に大学卒業で、地元に戻って設計事務所に就職するそうですよ。そのトシオさんが住んでたアパートの近くらしいって」

二年間講座に参加していた川端あしほと今もやりとりを続けている七坂が報告した。

「へえー。川端さん、あのとき大学二年でしたよね。大変な時期が大学の四年間に重なったんだなあ」

「やっとキャンパスライフかと思ったら就職活動で、と嘆いてましたね。でも、高校の教室で写真を撮ってた友達とは東京でも地元でもしょっちゅう会えるようになったみたい」

「堤さんの、住宅街のアンティークショップみたいなお話も、気になりましたよね。店主の方、きっとびっくりするようなエピソードをもっと持ってるんだろうな。堤さんはお元気かなあ」

「堤さんは、今年の春の展示に来てくれました。実は今、小説を書いてるんですっておっしゃってました」

「小説！」

「講座のときにいろいろ思い出して書いているうちに、書き残しておこうと思うようになって、と。でも、どこかに出したりはしなくて、家族にだけ託すつもりだそうです」

「えー、読みたいです。堤さんが書かれるちょっと前の時代の街とか家の雰囲気とか、好きでした」

「堤さんにお願いしてみましょうよ」

「小説、なんですね。回想録とかではなくて」

畑田が聞いた。

「小説っておっしゃってましたね。講座のあいだに皆さんの作品を見たり読んだりしてて、昔の記憶は断片的にははっきり覚えているところもあるけど忘れたり曖昧な部分が多くて、それを今、書いていったら、自分にとっての物語みたいになるんじゃないか、という感じで話されてたと思います」

「わかる気がします、なんとなくだけど」

辻が頷いた。

「堤さんや他の受講生の人に会える機会があるといいなあ」

「今年度の講座の終わりには、市民センターの小ホールで展示とトークのイベントができたらって、準備を進めてます」

「ほんとですか？　実現してほしいです」

ヤマネは力を込めて言った。

「そのときは、森木さんにトークイベントや作品の講評をお願いしますよ」

「あ、はい」

「イベントもできるし、受講生の方に直接会う機会は増えましたが、やはり皆さん仕事が忙しくなったりして作品を作るのはなかなか大変そうですね」

「それはあるかもですね。ぼくも今だと毎回作品を提出するのは難しいだろうな」

「講座の時間が終わってからも『３０２教室』にたくさん書き込んだりできてましたもんね。考える時間があったというか、出かけるのも人と話すのも限られてたから、思い出すことや考えることが自然と多くなったかもしれないです」

辻がしみじみと話すのを聞いて、他の四人はそのときの自分の作品や「３０２教室」の書き込みを思い出していた。

「イベントが決まったらお知らせしますから、皆さん来てくださいね」

「もちろん」

「遠くの人も来られるといいですねえ」

「東京に住んでると、イベント事には気軽に参加できるってついつい思っちゃいますけど、会いたいとか話したいとか、ほんとは自分から訪ねていけばいいんですよね」

「今日はほりっちさん来てくれましたし」

「そのうちに、じゃなくて、計画しましょう」

「入江さんのところは、やっぱり夏がいいですよね」

楽しげな計画の話に入りながら、ヤマネは長らく会っていない人や行っていない場所のことを考えていた。

またすぐに会える、いつでも行けると思って、そのまま会っていなかったり行かなかったりすることはこれまでの人生の中で数多くあったが、それがこの数年の行動が制限されていた期間にくっきりと意識された。またすぐ、いつでも、と思っていても、それが突然できなくなる、「次」が気軽な当たり前のものではなくなるかもしれないことがよくわかった。

ヤマネだけでなく、他の五人もそれをよく知っているから、今日はここに来たし、また会いましょうと話すのだ。

「わ、森みたいになってる。木がすごい」

辻が声を上げた。前方、玉川上水の並木の向かい側に木立が広がっている。

自動車のほとんど通らない道路を渡り、背の高い木々が奥まで立ち並ぶ区画の前へ歩いていった。木々は、二十メートルを超えるような高さに悠々と伸び、深いひび割れ模様のある幹はすらりとしつつしっかり立っている。落葉広葉樹の薄い葉に日が差して、木立の全体が緑色っぽい光に包まれて見える。木と木の間にはほどよく距離があって、そこに低木や草が茂っていた。

「特別緑地保全地区、だって」

柵の内側に立てられた看板を、七坂が読んだ。

「こっちには、保存樹林って書いてある」

もう一つの看板を畑田が読んだ。

「世田谷区あたりでも保存樹木の札が付いた木や保護緑地がありますけど、ここは広いですね。ほんとに、森って感じ」

「なんの木だろう」

「どんぐりがたくさん落ちてるから、どんぐりができる木ですよね」

ここまで歩いて来た上水沿いの道にもどんぐりは落ちていた。丸い形や細長い形がまとまって土の上にあった。

「どんぐりって形のどんぐりですね」

「なんだっけ？　ブナ？　ナラ？」

「ヤマモトマヤさんの作品に、この葉っぱありましたね」

「タヌキとかいるのかな」

「アナグマがいるかも。前にテレビのドキュメンタリーで三鷹のほうにいるアナグマの一族を観ました」

「アナグマってどんなの？　タヌキより大きい？」

「武蔵野って、昔はずーっとこんな感じの雑木林だったんですかねえ」

「下北沢のほうも戦前は雑木林だったらしいですよ。坂口安吾の随筆に書いてありました」

「こんな雑木林がどこまでも広がってる風景、見てみたかったなあ」

「武蔵野ってどこからどこまで？」

「武蔵野台地？　ってどこまでが範囲かわからないけど」

「武蔵野線が走ってるところ？」

「えっ、そんな広い？」

「武蔵なんとかって地名、たくさんありますよね」

五人はしばらく特別緑地保全地区の雑木林を眺めていた。木立の下、草が茂る奥から、なにか動物が現れそうな気がしたが、静かで何も動かなかった。

「ここが昔のままだったら、川沿いにも同じ時期からの木があるのかな」

「水路を掘ってから植えたんじゃなくて、木立の間に水路を掘ったってこと？」

「こっちの木は樹齢何年ぐらいなんだろう。上水は四百年前だから、それよりもあとっぽくない？」

「帰ってからいろいろ調べることが増えましたね」

「楽しみが増えたということで」

「今度は、取水地に行ってみたいですよね。それから、下流のほうも」

「そこまで掘っていくのに、何年くらいかかったんでしょうね」

五人は、再び上水沿いの遊歩道に戻って歩き出した。上水沿いを歩き始めたときにはそれぞれがスマホを取り出して検索していたが、今は、この風景を見ていないともったいない気がして、ときどき写真を撮る以外は画面を見なくなっていた。

「この歩道ができたのは、きっともっと後の時代ですよね」

「昔は柵はなかったでしょうね」

「馬や牛が通ったりしてたのかな」

「今に比べたら人はすごく少なかったのは確実ですね」

「もっと寒かった」

「昔の人って、遠いところまで歩いてましたよね。一日の距離が、今の自分からは信じられないくらい」

「だいぶ前に、京都の三条大橋で地図を広げて記念撮影してる人がいて、なんの記念ですかって聞いたら東京から東海道を歩いてきたんだって」

ヤマネは、二十年近く前に訪れた京都でのことを話した。定年退職後という感じの男性が地図を持ち、ゴールを待っていた知人たちに囲まれていた。

「えー！　何か月かかるんですか」

「二週間と言ってた」

「そんなもんなんですか？」

「五百キロメートルとして……、一日に三十五キロメートルぐらい？」

「東京から三十五キロメートルってどこ？」

話しながら、川に架かった短い橋を北側へ渡った。北側の遊歩道にはもう一本、浅く細い水路が上水と並行して流れている。

「えーっと」

畑田がスマホの地図を確かめた。

「横浜とか、大宮とか、千葉市らへんが三十キロ圏。あ、ここから東京のど真ん中までもだいたい三十キロですね」

「一日では歩けない……」

「夜中まで歩き続けたらなんとかなるかも」

「この上水の水はどのくらいの時間で流れていくのかなあ」

「この川の流れだと船やボートは無理そうですね」

「一寸法師なら行けるかも」

「上水沿いの道をひたすら歩いたら、いつかは着くんですよね」

北側の小道から、五人は上水を覗いた。両岸のむき出しの土は、濃淡のある層が重なり、そこに木の根が絡み合って伸び、飛び出していた。いちばん上の層には落ち葉や植物が堆積《たいせき》して、川のほうへ落ちそうになっている。

「この土の層は、何百年か、もっと長い時間かかってできたんですかね」

出した。

「崩れてこないのが不思議」

「木の根がしっかり張ってるのかな」

五人は、岸のぎりぎりに立つ木の根がよく見えるところを写真に撮り、またゆっくりと歩き出した。

「この上水を掘った人たちがいて、もっとあとに遊歩道が作られて、それで今、こんないい感じで歩けてるんですね」

「三十キロは歩けなくなっちゃってますけどね」

「技術って進んでる一方じゃなくて、昔の建築物でどうやって作ったかわからない部分や今の技術では再現できないものもありますよね」

「手仕事や工芸は、継承する人がいなくて作れなくなる話もよく聞きます。今、書かせてもらってるウェブサイトで工芸の職人さんのインタビュー連載があるんです」

辻が、最近読んだボタン職人の話をした。

上水を横切るまっすぐな道路に出た。この道路は数年前に完成したばかりで付近の景色はそれまでとは変化したのだが、五人はそのことを知らず、ずっと以前からある道路だと思って横断歩道を渡った。

渡った先の北側に小さな公園の入り口が見えた。

「きつねっぱら公園、て書いてあります」

「キツネの像があるよ」

入り口のそばに公園名が入った石碑があり、そこに銅像のキツネが一頭は上に乗り、一頭は中ほどの穴から覗いていた。

「かわいい」

「タヌキやアナグマじゃなくてキツネがいたんだ」

「キツネって今もいるの？」

東京にキツネがいるのか五人は知らなかったし、誰も目撃したことはなかった。

「こっちの水路は、再生水が流れています、だって」

「いろんな整備事業やってるんですね」

遊歩道のところどころに、歩道の工事予定が掲示してあり、この林の木々やよく見られる鳥を解説した看板も立っていた。

「ぼくたちから見たら自然に見えるところも、人の手が入ってる」

「この鳴き声が聞こえてるのがコゲラ？」

少し前に見かけた看板にあった鳥を、辻が上を向いて探したが姿は見えない。他の四人も立ち止まって頭上を見回した。

「コゲラってキツツキの仲間でしょう」

「小鳥って姿は全然見えないよね」

「葉が落ちて見通しがよくなるからバードウォッチングは冬がいいらしい」

このあたりからは遊歩道は幅も広くなり、木の根や枝が飛び出しているところは減った。見上げる木々は、歩き始めた地点に比べるとかなり背が高く、樹冠はずいぶん遠いところにあった。その先の空は全体に曇ってきて、薄い灰色に覆われた部分が増えた。

「こんな感じで歩きながら話してる森木さんの小説を読んだことあります」

七坂が言った。

「すごく前だから断片的にしか覚えてないですけど、短い話で。駅まで行ったら電車が止まってて、別の路線の駅まで歩くんだったかな」

聞いていたヤマネは、頭の中でなにかが光るような感じがした。

「それ、『五分だけの散歩』っていう短編じゃないですか？」

「んー、タイトルは覚えてないです。五分じゃなくて二十分ぐらいは歩く感じだった気はします」

「雑誌に載ってました？」

「えーっと、小冊子みたいな感じだった気がします、カフェかな、お店に置いてあったと思うんですけど、十年ぐらい前だから全然記憶違いかもです」

ヤマネに急に質問された七坂は、少々戸惑いつつ記憶をたぐり寄せたが、思い浮かぶ光景は実際に体験したものなのか定かではなかった。

「ごめんなさい、次々聞いて。実は、タイトルだけわかってるけど内容もどこに書いたかも覚えてない短編小説があって……。もしかして七坂さんが読んだのがそれかも、と。ほかになにか覚えてることありますか？」

「えっ、そう言われるとめちゃめちゃ勘違いだったらすみません。たぶん三人ぐらいで歩いてて、夕日の話をして、空気中の塵《ちり》が多いほうが赤が強くなるから空気が汚れてる街は意外に夕焼けがきれいだって」

「へー」

湯元が言って、七坂が頷いた。

「そうそう、私もへーって思ったからなんか覚えてて。短い話で、あ、これで終わりなんだってなったのも覚えてます」

「そうかー」

ヤマネは唸《うな》るように言った。

「やっぱりそれが探してる短編のようなんですけど、夕焼けの色のことはエッセイでも書いたことがあるし、その話！　って感じには思い出せないですねえ」

「うろ覚えで……」

「いえいえ、ありがとうございます。手がかりがあっただけでも、というか、書いた本人が忘れちゃってるので。小冊子で、カフェに置いてあったというのは思い当たることがあるような」

東京に移ってきたころ、アパレルブランドの広報をしている知人がいて何度かエッセイや短い文章の依頼を受けた。知人は長らく音信不通だしそのアパレルブランドもなくなってしまったので、すっかり忘れていた。

「その短編、読んでみたいです」

辻が言った。

「私もです」

とヤマネが言うと、皆が笑った。

「そういうのを、残したり伝えたりする仕事をしたいんですよね」

ゆるゆると歩き出しつつ、七坂が話した。

風もなく微かに水の流れる音が聞こえる小道で、その声は空のほうへと吸い込まれていくようだった。

「さっき話していて、私は自分自身のことを語ったりなにかの形にしたりするのはたぶん苦手というか、積極的にはやらないんだなって思って。

講座に関わっていてずっと考えていたんですけど、昔あったできごととか、それを知って調べたらすごくおもしろいとか、誰かが話してくれたことや書いたこととか、そういうのを他の誰かに伝えたい、どうやって伝えようか考えていろいろやってみたい、というのが私なんだろうなと。

たくさん、あるじゃないですか。今日、ほんの短い時間歩いただけでも、その場所の過去にあったできごとも、水路や道を作った人のことも、木とか鳥のことも、皆さんの話も」

そして七坂は、半年前に丘ノ上の映画のロケ地探しを手伝ったことを話した。

大正時代の小説を元にした映画で、関東の近郊で当時の家が残っているところを探したが新しい建物や鉄塔などが映ってしまうのでイメージに合う場所が見つかるまでに紆余曲折があった。その過程で見せてもらった家に昔の着物や食器がそのまま残っていて、でも引き継ぐ人がいないので遠くに住む親戚が引き取り手を探していて、という話だった。

ヤマネたちが一時間ほど前に歩き出してから今この瞬間も、水は水路を流れ続けていた。透明な流れはもっと前の時間から続いて、とどまることはなかった。水路が掘られた四百年前から流れが増えたり減ったりしたことはあったが止むことなく流れ続けていた。水の流れはゆっくりと歩くヤマネたちをとうに追い越し、もうどこまで先に行ったのかわからない。ずっと同じ場所で動かずにいる木々の間を、水は流れ、夜が来て朝が来ることが繰り返されていた。

並ぶ木が途切れ、視界が開けた。その先のほうから、かけ声が聞こえてきた。運動部の声だなあ、とヤマネは懐かしく感じた。広い場所を走り回る選手たちの声とボールが跳ねる音の響きを聞くのは何年ぶりだろうか。

「サッカーかな」

「ラグビーじゃない？」

遊歩道の北側の少し先に緑色のグラウンドが見え、鮮やかな色のユニフォームを着た男子学生たちが練習をしている姿があった。学校らしい風景を見るのもずいぶんと久しぶりだとヤマネは思った。湯元や七坂も自分の学生時代の部活の光景を思い出した。朝鮮大学校ですね、と畑田が手元のスマホで地図を確かめ、それから前に働いていた会社の同僚が朝鮮大学校の卒業生だと言っていたけど、ここにあるんですね、一人旅をよくすると言ってて楽しい人だったんだけど忙しい職場だったからあまりしゃべる機会がなかったんですよね、とその職場での出来事を思い出しながら少し話した。

グラウンドを過ぎると、並木はまた背が高くなり、木々の間に休日で人のいない校舎が見えた。

この向こうに武蔵野美術大学がありますよね、高校の同級生が通ってました、と辻が言い、ヤマネは十年前に授業のゲストで行ったことがあると話した。映像作品のクラスで、短いシーンのセリフだけを私が書いて、それをいくつかのグループが演出するんです、どんな場面でどんな登場人物でどんなふうにセリフを言うかはそれぞれが解釈する、セリフは同じでも違うストーリーみたいになっておもしろかったです、撮影も本格的で。それを聞いた辻が、元同級生も映像の授業の話をしていたからそのときの学生の中にいたかもしれないと話し、それから、何年か前に一枚の塀を隔てて敷地が隣り合う朝鮮大学校と武蔵野美術大学の学生たちがそこに橋を架けて通路を作るプロジェクトをやっていましたよね、確か、とヤマネが言うと、七坂がそのプロジェクトの本を持っているので今度皆さんで見る機会を作りますよ、今日帰ったら資料をメールで送ります、と言った。

遊歩道は、学生がランニングし、近所に住む夫婦が散歩をし、雲の隙間から西日が差してきてしばらくすると消えた。孫を連れて散歩していた年配の男性が橋で会った知り合いと挨拶を交わし、小学生たちがその脇を駆け抜け、木の高いところからときおりどんぐりが落ちてきたがその音はささやかすぎて気づかれなかった。どんぐりは赤茶色の砂の上に積もり、いくつかは水路に落ちて流れていった。

湯元は、講座が終わった時期に撮らなくなった定点観測をまた再開しようか考えていると話した。今は出勤時間が朝早いから光の加減が難しそうだし、近くに大きなマンションが建設中で景色が遮られてしまうかもしれないですけど。何階から撮ってるんだっけ、と畑田が聞いた。六階です。もっと高いところかと思ってました、マンションが建っても富士山は見えるのかな、マンションが建つ最初から撮影してもおもしろかったかもしれないですね、と彼らが話す声をヤマネは聞いていた。

水路の向こう側の遊歩道にも、歩いている人たちがいて、走っていく人がいた。木々の向こう側にちらちらと姿は見えるが、話し声はこちらにまでは聞こえなかった。

七坂さんがロケ地探しを手伝ったっていう丘ノ上さんの映画はもう撮影したんですか、と湯元が聞いた。

ええ、ついこの間。私も二度ほど見学させてもらいました。いいなあ、俳優さんは誰が出てるんですか。それはまだオフレコです。オフレコ、はずっと非公開のことじゃないですか？　そうか、まだ未発表です。オフレコ、って、オフ・ザ・レコードの略だよね。考えてみればそうか。記録に残ってない話、たくさんあるんだろうなあ。オフレコだけどあとで出てきて記録に残る話もありますね。この世で起きたことのほとんどは、記録に残ってないんだなあ。

五人の話した声は、秋のほどよい温度の空気に拡散していった。

今までに何人の人がこの道をこんなふうに話しながら歩いていっただろう、とヤマネは考えていた。話した声はそのときのその場で消えて、大半は録音も記録もされていなくて、誰かの記憶には残っているかもしれないが、それもまたそれほど長い時間残るわけではない。

川沿いの木々がそのたくさんの声を聞いていて、木の中にはそれが残っていたらいいのに、とヤマネの頭の中の想像はとりとめもなく転がっていく。実は木には記憶があって、いつかそれを知ることができる技術が開発されるとか。いや、それは人間中心の見方だな、木のほうが私たちに伝えるようになるかもしれない。人の会話だけじゃなくて、他の木々や鳥や動物のこともわかるかもしれない。今は私たちがわからないと思っているだけなのかもしれないし。

ヤマネが考えているあいだに、七坂がロケ地探しで訪れた家のことを話していた。映画の内容については来月ぐらいには発表になるのでお楽しみになんですけどさっき話した家は結局は撮影には使わなかったんです。

黒い瓦屋根が印象に残るお家《うち》で、豪邸や特別に大きなお家ではないんですけど、敷地がゆったりして落ち着いて暮らせそうだなって、つい自分が住むのを想像してしまいました。築年は不明で、古いのは古いんですがどれくらい古いのか私が見ても正確にはわからなくて。

お家にそのまま残されている着物や食器はそんなに昔のものとは思えないすごく鮮やかでモダンなデザインで。着物って洋服よりもめちゃめちゃ派手な色で柄ですよね、よく考えると。でもほんと、大胆な幾何学模様みたいだったり風景がデフォルメされて着物一枚で周りの雰囲気が変わるくらいのインパクトがあったり、いいもの見せてもらったなあってうっとりして。

持ち主だった方は、地元の女学校時代に東京の小説同人誌に寄稿したりもしてたんだけど家を離れることは反対されて同じ町内の人と結婚して、それで住んだお家だそうです。

ヤマネの頭の中は、今度は戦前に単身でアメリカに渡った山沢栄子のことに移っていった。モダンな着物の持ち主だった人は、山沢栄子と近い世代だろうか。七坂が語る言葉から想像した着物の柄と、山沢栄子の抽象絵画のような写真が、重なり合った。着物と写真の年代は違っても、その人と山沢栄子が好きだったものがつながっていたりするかもしれない。

七坂は話し続けた。

案内してくれた人はその方の従兄弟《いとこ》のお孫さんで、昔この家にときどき連れてきてもらったけどいつもおしゃれで楽しい人だったそうだ。近所の子供たちもよく遊びに来ていて、何度か会ったことのある向かいの家の娘さんがその後北陸へ行って陶芸の職人になり、子供のころにあの家で美しい着物や食器を見せてもらったことが陶芸の道に進んだきっかけの一つだったと振り返ってみると思うと話していた。実際に手に取って見られたというのもあるけど、そのおばさんがそれぞれについてどんなところが好きで、どんなふうに素敵なのか、いきいきと話してくれたことが心に刻まれていたんだと思う、と。

そういうの、いいなと思って。七坂は遊歩道の木々やその向こうの家に視線を移しながら、自分自身で確かめるように言葉をつないだ。直接教わるとか弟子とかじゃなくても、そのときは目的みたいにはっきりとわかっていなくても、いつかどこかで、誰かにとってだいじなものになったり支えになってたりすること。

ですねえ、と誰かがしみじみ言った。
見上げた空の途方もなく遠いところに、とても小さく飛行機が見えた。どこに向かう飛行機だろうか、とヤマネは見失いそうな光を目で追った。あの高さなら、私たちが歩いているこの土地はどんなふうに見えるか、今までに乗った飛行機の窓から見下ろした地形がよくわかる風景を思い浮かべた。多摩の山々から川が流れ、水の流れに沿って開けた平野が海へと続いている。

二十代と三十代の四人は、自分の今の仕事や好きなもののきっかけになったのはあのときのあれだったかも、とそれぞれが思い出したことを話していた。

ヤマネは、七坂が読んだ短編のことを考えた。思い出せない短編の中で五分だけ散歩する間に、登場人物たちは何の話をしていたんだろう。それは小説を書いているときに考えたことだったのか、それとも今みたいに誰かと歩きながら話したことが元になっていたのか、だとしたら誰と歩いたのか。

ヤマネは人と歩くことも、歩きながら話すこともよくあった。今までにどのくらいかわからないが何人もの人と歩いて、今も覚えていることも今は忘れていることも話した。話している間に考えて、言おうと思って言えなかったこともたくさんあった。

「そういうことをなにかの形で手伝うようなことがしたいんですけどね。誰かが作ってきたりだいじにしてきたものを、別の誰かに手渡すような。誰かが待っているものを、どこかで見つけてくるような。自分に何ができるのかは模索中ですね、まずは来年度の仕事をどうするかって感じですし、現実の生活としては」

七坂が言い、三人も似たようなところがあると頷いた。

ヤマネも、続いた。

「私もですねえ」

「森木さんが？」

と辻が意外そうに聞き返した。

「長いこと書けないままの小説があって」

「長いことって、いつからですか」

「三年、あ、四年近いか。去年とおとといしあたりって記憶がごっちゃになってるから、実はかなり時間が経っててびっくりしますね」

「そうですよ、講座はもう二年前だから」

鳥がひときわ高く鳴いて飛んでいった。

「変電所を見に行ったのは、その小説のためですか？」

湯元が尋ねた。

「自分の中ではつながってはいるんですが、それを小説の中でどう書くかがまだつかめない感じですね。山がそこにあるんだけど、登り方がわからないというか、道が見つからないというか」

「登り方がわからない、道が見つからない。人生そのものが日々その状態です」

七坂が言うと、他の三人もわかると言ってそれぞれが今の仕事での悩んだり迷っていたりすることを話し、興味があることが自分の仕事にはつながらなそう、仕事じゃなくても続けたり人に知ってもらうにはどうしたらいいだろうと話した。

ヤマネは、ときどき自分に振られた質問に答えながら、彼らのような先が見通せない不安や現状への焦りからは、年を重ねた自分はそれなりに離れていると思った。これからどうするかどれを選べばいいのかとあまりに茫洋《ぼうよう》として揺らいでいた彼らくらいの時期を懐かしんでしまう自分に驚きもした。

今の自分に不安も焦りももちろんあり、生活も決して安定しているわけではないが、圧縮されて漂うような数年のあいだに切実に思うようになったのは、書きたいと考え続けてきたこと、やりたいと思ってきたことを、あとどれくらいできるかということだった。迷っている時間や、そのうちにいつかと思っている時間は、彼らにとっては重く長いものかもしれないけれど、自分にとってはすでに重くも長くもなく、もっとはっきりと目の前にある。

「山に登る道がわからないとき、森木さんはどうするんですか?」

「毎回、違いますねえ。前の山はこうやって登ったからって同じことをしてもうまくいかないので、また一からやってみる感じです」

「えー。人生の今後も大変そうだなあ」

思わず言った畑田に、ヤマネは笑いつつ、もっと前向きにアドバイス的なことを言ったほうがよかったかなと思ったりもした。

そして、講座に参加していたときに読んだ本に書かれていた、「お雇い外国人」の調査をしたグリフィスの手紙の一文が、頭の中に響いた。

〈夜が来る。だから生き残っている者は、早く記録を作っておくべきです。〉

遊歩道に沿って作られた小さな公園が見えた。真ん中に不思議な形をした薄桃色の遊具があり、かたつむりの中身みたい、三半規管っぽい、と彼らは適当な感想を言った。

だんだんと夕暮れの気配が広がっていた。昼間の陽気から秋のさらりと冷えた空気が満ちてきて、木々に囲まれた道は心地よかった。

今日は夕焼けにはならなそうだった。夕焼けになる日とならない日はなにが違うのか、ヤマネはわからないままだった。だから毎日、今日はどんな空の色になるのか気になった。

〈校庭で振り返ったときに見たあの美しい夕日を覚えているかしら〉

あの手紙が宛名の人に届いたのだったらいいなと、今はそう願うばかりだった。

「今日は皆さんと歩けてよかったです。いろんな人が作ってきたこの道を」

七坂が言った。

「ぼくは一人だとなかなかこんなに歩くことはないですね」

畑田が言った。

「話しながらだとけっこう歩けちゃいますよね」

辻が言った。

「ぼくは一人でも長距離歩きますけど、人と歩くのもいいですね」

湯元が言った。それから、湯元が以前テレビのドキュメンタリー番組で見た二千キロメートルを超える道の踏破に挑戦する人たちのことを話し、講座で入江が作品に書いていた巡礼の道の話になり、入江がいる島の道を歩きたいという話になり、瀬戸内海でも長距離を歩くイベントがある、走るのは苦手だけど歩くのだったらやってみたいかも、私が行ってた高校は真冬に登山の行事があって、と定まらないままの会話が続いて、彼らは、水の流れと並んで歩いた。

四月の終わり、速達で届いた七坂からの封筒を開けると、入り組んだ海岸線の見晴らしのいい場所から海を見下ろした写真が入っていた。折りたたまれた大きな紙は地図で、小さい紙二枚は手紙だった。

入江が島のいくつかの宿や店と協力して、ゴールデンウィークに映画のイベントを企画した。丘ノ上の映画が今日上映される予定で、講座の受講者の数人も島を訪れる。七坂は企画者の一人として先週から滞在中だ。ヤマネは別の仕事との調整がつかず、現地には行けなかった。

古地図を模して描かれた地図は、その映画イベントの案内図として入江が作ったもので、会場となる宿や店とともに入江や店主たちの好きな場所が描き込まれていた。手紙には、入江が何度か映像に撮っていた浜辺に行ったら満ち潮で堤防の際まで海だったと書いてあった。

ヤマネは、写真と地図をテーブルの上に並べてみた。海の青が写真と地図でちょうど同じ色だと思った。

スーパーで買ってきたものを冷蔵庫に片づけて、お茶を飲んだ。それから、机に向かった。白い画面に、書きかけている文章が並んでいた。文末で、今ここですよ、と知らせる印がちかちかと点滅している。

画面の向こうに、空が見える。ガラス越しの空は、静かで晴れていた。夕暮れまでには、まだだいぶ時間がある。

キーボードを打つ。規則的な音が響く。数行書いて、少し戻って消し、また数行書いた。「今ここですよ」の印が、その分だけ移動する。静かな部屋にかたかたと断続的な音だけが鳴り、白い画面に言葉が増えて、ヤマネは一息ついた。

日が暮れる前に、入江の宿で丘ノ上の映画が上映され、そのあとの対談ゲストとしてヤマネは部屋からオンラインで参加することになっている。なにを話そうか、と先週見た丘ノ上の映画を思い出して、いくつか質問をメモに書き加えた。

そうか、ここよりも西に位置する島の夕暮れは少しあとの時間になるのか、とヤマネは思い立ち、外の景色を映してもらえるように七坂にメッセージを送信した。

それから、ヤマネは白い画面に戻った。夕暮れの時間まで、書き続けられるところまで書こう。

窓の外に広がる明るい水色の空は、ほんの少しずつ色を変えていった。

（了）

参考資料

〈書籍〉
『お雇い外国人　明治日本の脇役たち』（梅溪昇 著、二〇〇七年、講談社学術文庫）
『東京焼盡』（內田百閒 著、二〇〇四年、中公文庫）
『山椒大夫・高瀬舟』（森鷗外 著、二〇〇六年、新潮文庫）から「普請中」
『高架鉄道と東京駅』［上］［下］（小野田滋 著、二〇一二年、交通新聞社新書）
『私は女流写真家　山沢栄子の芸術と自立』〈復刻保存版〉（山沢栄子／大阪府「なにわ塾」編、二〇一九年、ブレーンセンター）
『私の現代』（山沢栄子 著、二〇一九年、赤々舎）
『超芸術トマソン』（赤瀬川原平 著、一九八七年、ちくま文庫）

〈映画・映像〉
『ランブル　音楽界を揺るがしたインディアンたち』（キャサリン・ベインブリッジ監督、二〇一七年、カナダ）
『アメリカン・エピック』（バーナード・マクマホン監督、二〇一五年、アメリカ）
戦災建造物 東大和市指定文化財 旧日立航空機株式会社変電所
　証言記録ＤＶＤ　『沈黙の証言者』

〈ウェブサイト〉
『都市と芸術の応答体』 国立大学法人　横浜国立大学　https://rau-ynu.com/
一般社団法人 小田原市観光協会　https://www.odawara-kankou.com/

「読売新聞」夕刊　二〇二三年四月十七日～二〇二四年二月二十四日連載

柴崎友香

1973年、大阪府生まれ。99年「レッド、イエロー、オレンジ、オレンジ、ブルー」が「文藝別冊」に掲載されデビュー。同短編を含む『きょうのできごと』が2003年に映画化。07年『その街の今は』で芸術選奨文部科学大臣新人賞、織田作之助賞大賞、咲くやこの花賞、10年『寝ても覚めても』で野間文芸新人賞、14年『春の庭』で芥川賞を受賞。24年『続きと始まり』が芸術選奨文部科学大臣賞、谷崎潤一郎賞を受賞。他の作品に『千の扉』『百年と一日』など多数。エッセイに『よう知らんけど日記』『大阪』（岸政彦との共著）等がある。

JASRAC 出 2409830-401

遠《とお》くまで歩《ある》く

2025年1月25日　初版発行

著　者　柴崎《しばさき》 友香《ともか》
発行者　安部 順一
発行所　中央公論新社
〒100-8152　東京都千代田区大手町1-7-1
電話　販売 03-5299-1730　編集 03-5299-1740
URL https://www.chuko.co.jp/

ＤＴＰ　ハンズ・ミケ
印　刷　大日本印刷
製　本　小泉製本

Published by CHUOKORON-SHINSHA, INC.
Printed in Japan　ISBN978-4-12-005876-9 C0093